LE FLEUVE D'OR

LES EXPLORATIONS INCONNUES

LE

FLEUVE D'OR

VOYAGES ET AVENTURES

PAR

LUCIEN BIART

ILLUSTRATIONS DE F. LIX

PARIS

BIBLIOTHÈQUE NOUVELLE DE LA JEUNESSE

A. HENNUYER, IMPRIMEUR-ÉDITEUR

47, RUE LAFFITTE, 47

1885

LES EXPLORATIONS INCONNUES

LE

FLEUVE D'OR

VOYAGES ET AVENTURES

PAR

LUCIEN BIART

ILLUSTRATIONS DE F. LIX

PARIS

BIBLIOTHÈQUE NOUVELLE DE LA JEUNESSE

A. HENNUYER, IMPRIMEUR-ÉDITEUR

47, RUE LAFFITTE, 47

1885

LE FLEUVE D'OR

I

LES MONTS SUGAR-LOAF.

Si l'on se place en face d'une carte de l'Amérique
septentrionale gravée avant 1840, et que le regard
s'arrête sur le point où l'Arkansas se jette dans le
Mississipi, on est surpris de voir l'importante rivière,
à quelques lieues à peine du fleuve qui l'absorbe,
border des espaces formant une large tache blanche
jusqu'à la sierra Névada, vides désignés sous la vague
rubrique de : Territoires indiens. C'est que, en 1840,
les vastes déserts qui s'étendent de cette frontière
jusqu'à la Vieille-Californie, et que va bientôt traverser un chemin de fer, étaient encore inexplorés.

Des missionnaires — premiers pionniers du nouveau monde — avaient pénétré, il est vrai, jusqu'aux
montagnes qui bordent la rive droite de la rivière
Canadienne, à quelques lieues de son confluent avec
l'Arkansas. Mais du sommet de ces hauteurs — monts
Shaunies — leurs regards, tournés vers l'ouest, avaient
en vain cherché l'océan Pacifique qu'ils croyaient

proche, et dont les séparait encore une distance de plus de huit cents lieues, calculée à vol d'oiseau.

Or, à la fin du mois d'avril 1836, vers cinq heures du soir, un voyageur et deux chasseurs — la façon dont ces derniers étaient équipés permettait de les désigner ainsi — gravissaient avec lenteur le versant oriental et boisé de l'une des montagnes *Sugar-Loaf*, situées à quelques lieues de l'Arkansas, et dont le nom révèle l'aspect. Les trois piétons avançaient sans voir le ciel que leur cachaient des branches entre-croisées, et sans que leurs regards pussent s'étendre à plus de vingt pas autour d'eux, tant les arbres étaient pressés. De loin en loin, une encoche récente faite au tronc d'un sapin semblait leur servir de jalon, car ils prenaient soin de passer près des arbres ainsi marqués.

— Holà! Thibaut, cria soudain d'une voix essouf-flée un des chasseurs à celui qui ouvrait la marche, êtes-vous certain que cette montagne possède un sommet?

— Je n'ose vous le garantir, Lambert, répondit avec flegme l'interpellé, car je la gravis pour la pre-mière fois, et je tiens, vous le savez, à ne rien affir-mer à la légère. Seriez-vous par hasard fatigué?

— Hum! je n'ai pas la prétention d'être de fer. Sans compter que j'ai tant vu de troncs de sapin, de-puis cinq jours que nous sommes en route, qu'il me serait agréable, je l'avoue, de voir autre chose.

Thibaut s'était arrêté, et Lambert, continuant son

Les trois piétons avançaient sans voir le ciel.

ascension, se trouva bientôt près de lui. Un tel contraste existait entre la taille des deux voyageurs que
leurs personnes ne pouvaient manquer d'arracher un
sourire involontaire à ceux qui les voyaient côte à
côte pour la première fois. Thibaut, géant aux larges
épaules, avait des yeux bleus, des traits rudes et
francs, qu'encadraient des cheveux blonds frisés et
une barbe rousse ; on eût dit un terre-neuve humain.
Par contre, avec ses cheveux noirs, sa fine moustache,
sa bouche narquoise, son nez pointu et son regard
malicieux, Lambert avait la mine éveillée d'un chat.
Quoique son corps fût très bien proportionné, la
taille du jeune homme était si exiguë que son front
arrivait à peine à la hauteur de la poitrine de son
compagnon. A leur vue, on songeait malgré soi aux
deux héros bibliques, David et Goliath. Thibaut, d'origine canadienne, apparaissait lent d'allures, réfléchi,
méthodique ; tandis que Lambert, Parisien de nais-
sance, se montrait vif, pétulant, gamin, bien qu'il eût
déjà près de vingt-cinq ans, âge que Thibaut venait à
peine de dépasser.

Le troisième voyageur était un homme d'une quarantaine d'années, de taille moyenne, au front large
et aux traits intelligents. Ses cheveux commençaient
à grisonner ; mais sa longue barbe, d'un noir de jais,
donnait à son visage une gravité que tempérait un
regard bienveillant. Il marchait en s'appuyant sur un
bâton, et, au lieu de la blouse et du pantalon en peau

de daim brodés de fil de couleur dont ses compagnons
étaient vêtus, costume particulier à ces sauvages
blancs des solitudes américaines connus sous les noms
de *trappeurs* ou de *coureurs des bois,* il portait une
veste de lasting noir boutonnée du cou à la ceinture
où elle formait un bourrelet volumineux. Son pantalon, de même étoffe que la veste, se perdait dans des
guêtres de cuir, et sur sa poitrine, soutenu par une
chaîne de cuivre, reposait un crucifix d'argent. Le
lecteur a déjà reconnu sans doute un de ces missionnaires qui, animés de l'indomptable courage que
donne la foi, se condamnent à toutes les souffrances
dans le but de conquérir des âmes à Dieu.

— Avez-vous donc perdu la trace de M. Paul?
demanda le prêtre qui rejoignit ses compagnons.

— Non, *padré,* répondit Thibaut en se servant du
mot espagnol consacré dans presque toute l'Amérique, pour désigner les prêtres catholiques ; outre les
entailles dont il a marqué les arbres, nous avons, pour
nous guider, l'empreinte du pied des mules.

— Il me semble que nous tardons beaucoup à le
rattraper?

— M. Paul ne sait pas s'arrêter, reprit le Canadien ; sans compter, ajouta-t-il d'un ton malicieux,
que, grâce à l'heure d'avance que le faisan auquel
Lambert a donné la chasse lui a permis de prendre,
nous le trouverons déjà campé.

— Si nous ne calmons son impatience, Thibaut,

votre jeune chet nous fera chaque jour doubler les étapes. Dès ce soir, il faut que je règle avec lui cette importante question.

— Le missionnaire prit les devants, tandis que Thibaut approuvait ses paroles par un hochement de tête.

— Je croyais, Thibaut, dit alors Lambert à son compagnon, que cette question de faisan était bel et bien enterrée. Je ne possède ni votre coup d'œil ni votre expérience ; mais, ne fût-ce que dans votre jeu nesse, n'avez-vous jamais pris un coq de bruyère pour un faisan?

— Non, Lambert, foi de Canadien, et cela tient à ce que, né dans les bois, j'y ai toujours vécu. Ce qui m'a diverti dans votre chasse, c'est votre entêtement à vouloir que le gibier que vous poursuiviez fût un faisan. Vous connaissez mon principe, Lambert, il ne faut affirmer que ce dont on est sûr.

— A ce compte, répliqua le Parisien avec une moue comique, on ne pourrait jamais rien affirmer.

Pendant un quart d'heure encore, les chasseurs continuèrent à gravir. Rien ne bougeait autour d'eux, aucune aile d'insecte ne faisait vibrer l'air, aucun cri d'oiseau ne résonnait. Le silence, d'une majesté lugubre, n'était troublé que par la respiration haletante des deux amis, par le bruit de leurs pieds glissant sur l'épais tapis de feuilles qu'ils foulaient, par le choc de la poignée de cuivre de leurs couteaux

de chasse heurtant le canon de leurs fusils. Sur le sol,
pas d'autre végétation que des mousses vertes, jaunes,
grises, qu'émaillaient de loin en loin, en guise de
fleurs, des agarics blancs, des oronges rouges ou
roses. Parfois un écureuil, assis sur une branche, regardait passer les voyageurs avec une curiosité tranquille, les habitants des solitudes vierges attendant
pour fuir que l'homme leur ait déclaré la guerre.

Peu à peu l'obscurité s'amoindrit; les arbres se
montrèrent moins élevés, moins vigoureux. La couche
de terre végétale, sans doute entraînée par les pluies
dans la saison des orages, devenait de plus en plus
mince et, çà et là, laissait saillir les aspérités des
roches qu'elle recouvrait. Les chasseurs rejoignirent
le père Anselme sur un plateau couvert d'une herbe
chétive. En face d'eux, la fumée d'un foyer montait
droite vers le ciel.

Les voyageurs purent alors marcher de front; et la
taille de Thibaut écrasa plus encore que sur la pente
de la montagne celle de Lambert. En quelques minutes, les larges enjambées du géant lui permirent,
sans qu'il eût l'air de se hâter, de devancer ses compagnons. Il arriva le premier en face du bivouac, près
duquel deux Indiens, enveloppés de couvertures, surveillaient une marmite de fer placée au centre du
foyer, et dans laquelle, reconnaissables à l'odeur,
bouillaient deux écureuils. Un peu plus loin, un
robuste jeune homme d'une vingtaine d'années, à la

chevelure noire, à la barbe encore peu fournie, aux
traits mâles et sympathiques, vêtu d'une veste de
cuir et d'un pantalon de même matière, examinait
deux mules qui, à demi entravées, broutaient avec
avidité l'herbe rare.

A l'approche des nouveaux venus, le jeune homme
se dirigea vers eux et souleva le bonnet en peau de
renard dont il était coiffé, ainsi, du reste, que les
chasseurs et le padré. Ce dernier, en ce moment, défit
le bourrelet qui lui entourait la taille et se montra
vêtu d'une soutane.

— Je commençais à m'inquiéter de ne pas vous
voir paraître, dit le jeune homme ; avez-vous donc
hésité sur la direction à suivre?

— Non, monsieur Paul, répondit Thibaut, nous
avions pour nous guider les éraflures produites par
le sabot des mules, ce qui rendait inutile la peine
que vous avez prise d'entailler les arbres ; si nous
sommes en retard, c'est que Lambert a donné la
chasse à un... faisan.

— Va vite le déposer dans la marmite dont le con-
tenu est un peu maigre, dit le jeune homme au
Parisien.

— C'est que, reprit Thibaut, le faisan de Lambert
était un coq de bruyère, et il vole encore.

— Comment cela ? j'ai entendu tirer.

— Il n'y a que vous et Thibaut, monsieur Paul,
répondit Lambert avec dépit, qui soyez sûrs de vos

coups de fusil; quant à ce coq de bruyère pris par
moi pour un faisan, c'est là, paraît-il, une si étrange
aventure que je ne désespère pas de voir Thibaut
s'en divertir encore l'année prochaine.

— Là, là, Lambert, dit avec bonhomie le Canadien,
ne vous fâchez pas. Bien que nous soyons nés à douze
cents lieues l'un de l'autre, c'est le même sang qui
coule dans nos veines. Seulement, le vôtre bouillonne,
tandis que le mien circule avec lenteur. Je n'ai jamais
vécu que dans les forêts ou les prairies; si je le répète,
ce n'est pas pour m'en vanter, mais pour vous faire
comprendre que je ne sais que par ouï-dire ce qui se
passe dans les villes. Lorsque, avant-hier, je vous ai
demandé de combien de rames était pourvue la grande
pirogue qui vous a amené en Amérique, cette question et plusieurs autres de même nature vous ont si
bien amusé que vous en riez en toute occasion. J'ai
mes ignorances, c'est vrai; or, si depuis tantôt je
parle de votre faisan, c'est afin de vous convaincre
que vous avez les vôtres. Voulez-vous qu'à l'avenir
nous cherchions tout bonnement à nous éclairer? Cela
vaudra certes beaucoup mieux que de nous moquer
l'un de l'autre.

— Voilà qui est sagement parlé, s'écria Paul; mais
n'oublie jamais, mon brave Thibaut, que Lambert
est Parisien, et que les hommes de sa tribu ont ce
travers de se moquer de ce qui leur est inconnu.
Toutefois, leurs plaisanteries, je t'en parle par expé-

rience, ont pour but de provoquer le rire, non la colère ; elles sont la manifestation de leur esprit enjoué.

— M. Paul a sagement parlé à son tour, répondit aussitôt Lambert, et, pour rien au monde, Thibaut, je ne voudrais vous chagriner. Je tiens à votre amitié, car, pour une occasion que vous m'avez donné de rire, vous m'en avez déjà fourni cent d'admirer votre courage et votre bonté.

Les deux jeunes gens se tendirent la main ; puis ils se dirigèrent vers le foyer.

— Il serait difficile, dit le padré, qui les suivit d'abord du regard, de trouver deux hommes plus dissemblables que Lambert et Thibaut ; et je ne parle pas seulement de leurs qualités physiques, mais de leur caractère. L'un est vif, gai, actif ; l'autre lent, méthodique, réfléchi, comme le sont, du reste, tous les hommes élevés dans les solitudes. Quant à la droiture et à la bonté du cœur, elles sont égales chez ces deux braves jeunes gens. Lorsque je songe à votre périlleuse entreprise, je me réjouis, mon cher Paul, de vous voir secondé par d'aussi intelligents auxiliaires.

Tout en parlant, les deux interlocuteurs s'avançaient vers l'extrémité du plateau. Le panorama qui se déroula soudain devant eux leur arracha une exclamation, puis ils demeurèrent muets, admirant. Au-dessous d'eux s'étageaient, en plans successifs, des

sommets boisés, arides, aigus, arrondis, brusquement tronqués. Çà et là, parmi la sombre verdure
des sapins, de larges taches noires révélaient des vallées ou des ravins. A l'horizon le soleil, qui venait de
disparaître, teignait le ciel de lueurs orangées.

— Voilà notre route, dit Paul, dont la main s'étendit dans la direction du couchant. Par delà ces monts,
commencent les interminables prairies dont la traversée, selon toute probabilité, sera la partie la plus
laborieuse de notre voyage. Jusque-là, nous aurons
peut-être à lutter contre les fauves et les hommes,
mais non contre ces deux terribles gardiens des
déserts, la soif et la faim.

— Il est temps encore de retourner en arrière,
répondit aussitôt le padré.

— Je ne regarde plus en arrière, répliqua le jeune
homme avec résolution, je regarde en avant. Il faut
que je paye les dettes de mon père, que je sauve de
la misère sa veuve et ses enfants. Dans six mois, ou
je serai mort ou je serai campé sur la rive de ce merveilleux fleuve qui, au dire de Minno, coule sur un lit
de sable d'or.

— Au lieu de vous aventurer dans des déserts peut-
être infranchissables, reprit le missionnaire, et de
chercher un trésor problématique, ne serait-il pas
plus sage de prendre des arrangements avec les créanciers de votre père, de dépenser votre savoir et votre
énergie à terminer l'œuvre qu'il a commencée?

— Je l'ai voulu, padré, et j'ai trouvé des créanciers inflexibles. Ils exigent le million qu'ils ont prêté à mon père, ou, armés du traité au bas duquel il a posé sa signature, ils s'empareront du domaine qu'il a créé.

— N'êtes-vous pas ingénieur? Qui, mieux que vous, peut diriger les usines de la Roche-Verte, les faire prospérer?

— Vous ne connaissez qu'en gros mes malheurs, répondit le jeune homme avec tristesse, laissez-moi donc vous les raconter en détail. Oui, je venais d'achever à Paris mes études d'ingénieur quand la nouvelle de la mort de mon père m'arriva. Je me hâtai de m'embarquer, et, là où dix ans auparavant, j'avais laissé ma mère, morte quelques mois après mon départ pour la France, je me trouvai en face de la seconde femme de mon père et de ses quatre jeunes enfants. Or le domaine de la Roche-Verte m'appartient, car c'est avec la fortune de ma mère qu'il a été autrefois acquis; je dus rassurer ma belle-mère qui, ne me connaissant pas, croyait que je venais reprendre mon bien, l'expulser. Je lui déclarai que je considérais la Roche-Verte non comme ma propriété, mais comme un héritage commun à ses enfants et à moi, dont elle resterait maîtresse.

— Je sais cela, dit le missionnaire, et je vous ai déjà félicité, mon ami, de votre généreuse conduite.

— Ce que vous savez moins bien, continua le jeune

homme, c'est qu'à l'heure où je me mis en devoir de prendre la direction des usines, je me trouvai en face d'une situation embarrassée. Comptant sur l'avenir, mon père avait trop entrepris. Toutefois, s'il eût vécu, il aurait eu raison des difficultés qui menacent de nous laisser sans pain, moi et ceux que je considère comme les miens. M'opposant ma jeunesse, les créanciers de mon père n'ont pas voulu croire à mes capacités. Non seulement ils m'ont refusé les avances nécessaires pour le fonctionnement des usines, mais ils m'ont signifié que si, dans quatorze mois, je ne leur rembourse pas le million qui leur est dû, ils s'empareront de la Roche-Verte et de ses usines, qui en valent au moins trois.

— Pourquoi ne pas vendre ce domaine ? votre fortune serait encore considérable.

— J'ai tenté de le faire, répondit Paul ; par malheur, sur les bords de l'Arkansas, personne, en dehors de ceux à qui je dois, n'est assez riche pour débourser un million. Placé en face de cette situation impossible, le découragement m'a pris. J'ai voulu retourner en France, assuré d'y vivre de mon métier. Mais, songeant à mon père, il m'a paru qu'abandonner mes frères et leur mère dans les circonstances difficiles qui se présentaient serait une lâcheté que lui, l'homme énergique avant tout, ne me pardonnerait pas. Je me suis alors souvenu qu'un Indien que j'aimais beaucoup lorsque j'étais enfant, et dont mon

père avait toujours respecté la hutte dans ses défri-
chements, me parlait souvent, quand je l'interrogeais
sur les voyages qu'il avait faits dans sa jeunesse,
d'un fleuve d'or qui coulait par delà les montagnes et
les prairies, à quelques lieues de la grande mer où, selon son expression, le soleil va chaque soir se reposer.
J'allai le trouver assez perplexe, car les Indiens, vous
le savez, ont l'imagination pleine de ces légendes de
villes, de fleuves, de montagnes d'or, croyances qu'ils
semblent avoir puisées dans les contes des *Mille et une
Nuits*. Mais Minno ne parle pas par tradition ; il affirme
avoir vu le fleuve d'or, avoir recueilli dans son lit les
pépites qui forment le collier dont il aime à se parer.
Instruit de mes embarras, il m'offrit, en souvenir de
la bienveillance de mon père à son égard, de me
guider vers le pays qu'il me décrivait. J'ai accepté et,
nouveau Jason, me voilà en route pour la conquête
d'une nouvelle toison d'or.

— Ne m'avez-vous pas raconté, dit le padré, que
c'est en traversant le Texas, puis le Nouveau-Mexique,
que Minno atteignit autrefois le fleuve que vous espé-
rez retrouver ?

— C'est vrai ; mais cette route est longue, j'ai donc
résolu de marcher droit devant moi.

— Et cette résolution m'inquiète, reprit le missionnaire ; vous allez vous enfoncer dans des contrées inexplorées, dans des déserts où vivent des sauvages aux mœurs inconnues. N'est-ce pas là doubler

les périls d'une expédition déjà bien aventureuse?

— Je n'ai pas à mesurer le péril, j'ai à me hâter, répliqua Paul ; en marchant droit à mon but, j'abrège mon voyage de plusieurs centaines de lieues.

— Si Dieu exauce mes prières, seule aide que je puisse vous offrir, dit le padré en serrant la main de son jeune compagnon, vos espérances ne seront pas déçues, car votre entreprise mérite son appui. Depuis cinq jours que, par suite de notre rencontre inattendue, nous voyageons ensemble, j'ai pu juger votre noble nature et un de mes regrets sera d'ignorer long-temps, peut-être toujours, si vous avez réussi.

— Persistez-vous donc, padré, à vouloir vous séparer de nous lorsque nous aurons dépassé ces montagnes?

— Certes, mon ami ; je n'ai pas à chercher de l'or, moi, mais des âmes qui aient besoin d'être éclairées.

La nuit venait, le père Anselme et Paul se rapprochèrent du foyer que Thibaut alimentait de branches, tandis que Lambert causait avec les Indiens. Bientôt les six voyageurs commencèrent leur dîner, dont le menu se composa d'écureuils bouillis et de ces biscuits secs qui servent de pain aux marins. La température se refroidissait. Aussi, leur repas terminé, les deux Indiens s'enveloppèrent de la tête aux pieds dans leurs couvertures et s'étendirent sur le sol, exemple que suivirent presque aussitôt Lambert et Thibaut. Paul et le missionnaire causèrent encore longtemps, puis

ils se couchèrent à leur tour et furent vite endormis.
Convaincus qu'aucun animal redoutable ne vivait
dans ces hautes régions, et qu'aucune tribu indienne
n'était proche, les voyageurs avaient jugé inutile de
se garder.

Ils reposaient depuis une heure, lorsque les deux
mules, entravées à vingt pas du foyer, dressèrent
leurs oreilles avec inquiétude et regardèrent dans la
direction des sapins, éloignés de deux cents mètres
environ. Une forme noire, vaguement éclairée par
la pâle lueur des étoiles, apparut sur le plateau et
s'avança vers le bivouac. Ayant atteint la zone où le
foyer projetait la lumière de sa flamme, la forme,
jusqu'alors indécise, se dessina plus nettement : c'était
un Indien.

Le rôdeur demeura un instant immobile, puis il
reprit sa marche silencieuse, se dirigeant vers les
dormeurs. De petite taille, il était vêtu de la courte
blouse de laine grise rayée de noir et du pantalon
collant en peau de daim, frangé sur les côtés, que
portent volontiers les guerriers comanches : un long
couteau, enfermé dans une gaine d'écorce finement
ouvragée, pendait à la ceinture de cuir qui entourait
la taille de l'inconnu. A mesure qu'il avançait, ses
traits, mieux éclairés par la flamme du foyer, devenaient plus distincts. Sur son visage ovale se découpaient deux grands yeux noirs, brillants, à l'expression craintive. Les narines dilatées, la bouche en-

tr'ouverte, il retenait son haleine et montrait ses dents
blanches. Sur ses cheveux, nattés en une multitude
de fines tresses, était posée une couronne de corail
surmontée d'une rangée de petites plumes jaunes.

Le rôdeur s'empara de deux biscuits.

C'était, à en juger par les apparences, un garçon
d'une quinzaine d'années.

Sur la natte de jonc qui avait servi à la fois de
table et de nappe aux voyageurs, étaient restés deux
biscuits entiers, dont le rôdeur s'empara. S'éloignant

ensuite à reculons, sans que ses pieds chaussés de
sandales fissent le moindre bruit, il se retourna aussitôt qu'il eut atteint l'ombre dans laquelle il se perdit.
Les mules reprirent alors leur quiétude, le foyer jeta
des lueurs moins vives, et la nuit s'écoula sans que
le mystérieux sauvage reparût.

II

M. MARTIN.

Les voyageurs furent réveillés à l'aurore par le cri
des aigles qui, après avoir décrit de grands cercles
au-dessus des pics où se cachaient leurs aires, se laissaient brusquement choir dans les vallées. Lambert, à
peine debout, poussa une exclamation. Le plateau,
couvert de givre, apparaissait tout blanc.

— Pour voir un pareil spectacle, dit-il en grelot-
tant, je n'avais nul besoin de quitter mon faubourg
Saint-Jacques, et si c'est là ce que l'on nomme un
pays chaud, nous aurons des engelures avant qu'il
soit midi. Voyons, monsieur Paul, ai-je rêvé que vous
m'avez dit hier que nous cheminions sous la même
latitude qu'Alger?

— Non, Lambert, tu ne l'as pas rêvé.

— Alors, tandis que nous dormions, notre globe a
dû tourner à l'envers.

— Tu oublies que je t'ai prévenu que, à latitude
égale, le climat de l'Amérique est plus froid que celui
de l'ancien monde. Songe, en outre, que nous nous
trouvons en ce moment à quinze cents mètres au-

dessus du niveau de la mer ; la température doit donc être ici plus basse que dans la plaine.

— Si je ne me trompe, reprit Lambert, cela veut dire que madame la température descend à mesure que nous montons, ce qui est une singulière idée. Pourtant, puisque nous sommes huchés à quinze cents mètres au-dessus de nos contemporains, comment se fait-il que, nous trouvant plus rapprochés qu'eux du soleil, nous ayons plus froid?

— Cela tient, mon ami, à ce que si le soleil échauffe fortement la terre, il chauffe à peine l'air. Mais il faut songer à partir, et Minno me semble avoir besoin de toi.

Thibaut, déjà équipé, son fusil en bandoulière, préparait du thé. Le père Anselme relevait et roulait sa soutane qui, sans cette précaution, eût été, aux heures de marche, mise en lambeaux par les plantes épineuses ou les branches des buissons. Les deux sauvages, en dépit de la froidure, avaient rejeté la couverture qu'ont adoptée, en guise de manteau, tous les indigènes de l'Amérique en rapport avec les Européens, et ils s'occupaient de charger les mules des caisses qui contenaient des biscuits de mer, des munitions, quelques outils et les effets de rechange des voyageurs. Le plus âgé des Indiens, Minno, avait la haute taille et le nez busqué caractéristiques des Osages, tribu à laquelle il appartenait et qui peuplait autrefois les rives de l'Arkansas. Nu jusqu'à la ceinture, il avait

la poitrine et les bras tatoués de figures bizarres ; ses
cheveux, à l'exception de la touffe dite du *scalp*, défi
à ses ennemis, étaient complètement rasés. Ses traits
sévères, son regard fixe, ses gestes mesurés et son
front découvert lui donnaient un air imposant. Dans
la cartouchière serrée à sa taille et qui maintenait son
pantalon de cuir, étaient passés une hache, un couteau
et une pipe au long tuyau. Autour de son cou, s'enroulait un collier formé de trois rangs de pépites
recueillies autrefois dans les ondes du fleuve qu'il
s'agissait de retrouver. Ce collier soutenait une
écaille de mollusque, marque distinctive des Osages
qui se croient les descendants d'un homme tiré d'un
coquillage par le Grand-Esprit. Signe encore caracté-
ristique de sa nation, les oreilles de Minno étant tail-
ladées sur les bords et ornées de perles, d'anneaux
et de grains de verroterie.

Son compagnon, d'une taille moins élevée, était
aussi d'un type très distinct. Il avait le front bas,
couronné de cheveux noirs et rudes, le nez camard,
les pommettes des joues plus saillantes, le visage
moins allongé. Il appartenait à la tribu des Creeks
qui, après avoir habité la frontière de la Louisiane, a
été peu à peu rejetée par la civilisation vers le pays
des Osages.

Vampa, comme on le nommait, portait, à quelques
détails près, le même costume que Minno ; mais il
n'était pas tatoué, et ses oreilles n'étaient pas déchi-

quetées. Nouvellement converti, il se disait l' « ami »
du père Anselme, auquel il servait d'acolyte et de
guide, car les indigènes de l'Amérique du Nord, bien
différents en cela de ceux du Centre et du Sud, repoussent jusqu'à l'apparence de la servitude.

Vampa, de même que Minno, parlait assez couram-
ment le français. Tous deux vivaient sur un pied
d'égalité absolue avec leurs compagnons ; toutefois,
leur respect pour le caractère sacré du père Anselme
et leur déférence pour Paul étaient visibles. Ils
frayaient de préférence avec Thibaut, dont les coutumes se rapprochaient des leurs. Graves, réfléchis, ils
se montraient sans cesse surpris de la loquacité et du
rire perpétuels de Lambert, dont ils ne comprenaient
pas toujours les plaisanteries, et qu'ils appelaient
volontiers *Langue-agile*.

Lorsqu'il eut offert à ses compagnons une tasse du
thé qu'il venait de préparer, Thibaut chercha les biscuits dérobés par le rôdeur nocturne; biscuits qu'il
avait, disait-il, laissés exprès sur la natte pour le repas
du matin. Il parut soupçonner Vampa de cette dispa-
rition, et celui-ci, après avoir nié une fois, ne daigna
plus répondre. Enfin, sur l'ordre de Paul, on se mit
en marche. Le jeune homme et le padré prirent les
devants, suivis par Thibaut et Lambert, dont c'était
le tour de conduire les mules. Minno et Vampa, leurs
fusils en bandoulière, leur couverture sur l'épaule,
formaient l'arrière-garde de la petite caravane.

Le soleil avait déjà fait disparaître le givre, lorsque les voyageurs s'engagèrent sur une pente tapissée, comme la montée de la veille, de fines aiguilles de pins. Sur ce sol glissant, piétons et mules semblaient à chaque instant prêts à perdre l'équilibre. Lambert riait, maugréait, parlait.

— Je vous assure, Thibaut, cria-t-il soudain à son compagnon qui le précédait de quelques mètres, que nous n'arriverons pas au pied de cette côte sans recevoir une mule sur le dos. Voilà cinq fois que celle que je conduis manque de s'abattre, et cette aimable jeune personne profite de l'occasion pour essayer de me grignoter l'épaule, gentillesse que je trouve de mauvais goût.

— Tenez-lui la bride plus courte, Lambert ; de cette façon, vous la soutiendrez mieux et vous éviterez ses morsures.

— Oui, je vois et j'étudie votre tactique, mon camarade ; seulement, il me manque votre poigne pour la rendre efficace. Tiens ! le singulier arbre ; on dirait qu'un coup de sabre l'a pourfendu.

— Il a été frappé par la foudre, dit le Canadien. Mais taisez-vous un instant, si cela est possible, et surveillez de près votre mule parmi les roches que nous allons traverser, à moins que vous ne vouliez qu'elle se brise une jambe.

Lambert ne se tut pas, il changea simplement d'interlocuteur.

— Là, là, ma belle, pas si vite, et, bien que j'y veille, regardez un peu vous-même où vous posez vos pieds. Bon cela ; allons, un effort, nous y voilà. Holà! Thibaut, devons-nous absolument, ma bête et moi, passer où vous passez?

— Prenez la direction qui vous plaira, répondit le Canadien qui franchissait un pas périlleux, pourvu que vous laissiez votre langue en repos.

Lambert cessa de parler pour se mettre aussitôt à siffler, puis à chanter ; Thibaut, hors de peine, se prit à rire.

— Vous trouvez ma chanson amusante? demanda le Parisien.

— Non, dit Thibaut, car je ne la comprends pas ; je ris en songeant que, si vous jetez ainsi vos refrains aux buissons, votre chevelure ne garnira pas long-temps votre crâne.

— Eh bien, vous êtes gentil de rire de ces choses-là. C'est donc vrai, ces histoires de scalp?

— En doutez-vous donc?

— Il ne faut affirmer, répliqua Lambert d'un ton sentencieux, que les choses que l'on a vues.

— J'ai vu, répondit Thibaut.

— Ça doit être drôle, hein?

— Non, c'est laid, triste et hideux.

La route devint de nouveau si accidentée, si pénible, si dangereuse que Lambert, forcé de concentrer son attention sur le sol où il posait le pied, fut obligé de garder le silence. A plusieurs reprises les mules refusèrent de s'engager sur des roches où ne se voyait aucune aspérité ; sans la force corporelle de Thibaut et de Minno, qui les soutenaient, tandis que, les jarrets pliés, elles se laissaient glisser, on eût perdu de longues heures à les décharger et à les recharger. On atteignit un ravin, et l'on se trouva en face d'une pente dénudée, presque à pic, qu'il fallut gravir en décrivant des zigzags. Cette nouvelle montagne se terminait par une crête aiguë sur laquelle les voyageurs purent à peine prendre pied. On laissa les mules souffler un instant, puis on se remit en marche. Quelques chênes rabougris se montrèrent ; Lambert, ravi, salua d'un coup de chapeau le premier de ces arbres près duquel il passa, et lui adressa un petit discours de bienvenue, que Minno et Vampa écoutèrent avec stupéfaction, croyant qu'il s'agissait d'une prière. Enfin, vers le milieu du jour, on défi-lait au fond d'une gorge où Paul s'arrêta.

— Allons plus loin, dit le père Anselme ; je vois, à notre droite, une roche que précède une plate-forme et derrière laquelle se dresse un chêne. Les branches de l'arbre nous protégeront contre les rayons du soleil, et la roche nous servira de rempart.

— Craignez-vous donc, padré, de rencontrer des ennemis dans ce lieu où le hasard seul nous a ame-nés ? demanda Paul.

— L'humeur des sauvages les conduit partout,

répondit le prêtre, et c'est toujours à l'heure où l'on
y songe le moins qu'ils apparaissent.

On se dirigea vers la roche ; mais, en approchant,
les mules firent mine de résister. Tandis que Lambert
et Thibaut luttaient pour les faire avancer, Paul, suivi
du missionnaire, s'était élancé sur la plate-forme. Il
poussa une exclamation en apercevant l'entrée d'une
excavation profonde vers laquelle il se dirigea.

— Arrêtez, lui cria le père Anselme, et armez au
moins votre fusil.

— N'est-ce pas être trop prudent, répliqua le jeune
homme, que de supposer qu'une tribu indienne soit
ici en embuscade ?

Il achevait à peine de parler qu'il recula et saisit
son fusil ; il venait d'apercevoir, au fond de la caverne,
les lueurs de deux yeux ardents, et un sourd grondement se fit entendre. A ce bruit, Thibaut jeta à Lambert la bride de la mule qu'il guidait ; puis, avec une
rapidité qui prouva qu'il savait être vif au besoin, il
grimpa sur la plate-forme, prêt à tirer.

— C'est un ours, dit-il, après avoir regardé au fond
de la caverne, il nous laissera le temps de nous
préparer. Si vous êtes tenté de l'abattre, monsieur
Paul, postez-vous sur le sentier que la bête a tracé,
et qu'elle suivra par habitude.

Le Canadien parlait avec autorité ; la chasse était
son métier depuis qu'il savait tenir un fusil, et Paul
lui obéit sans répliquer.

— Nous n'avons pas le temps d'attendre que la faim oblige l'animal à sortir de sa tanière, dit le Canadien à Minno, qui de nous deux va le relancer ?

— Moi, répondit l'Indien sans hésiter.

Après s'être assuré que sa hache pouvait se dégager facilement, l'Osage s'avança vers l'ouverture et recula presque aussitôt. Un ours au long pelage noir parut, gronda, puis s'enfonça dans son repaire.

— Tiens, M. Martin ! s'écria Lambert qui arrivait sur la plate-forme.

— Et les mules ? demanda Thibaut.

— Soyez tranquille, elles sont entravées.

L'ours se montra de nouveau, et fit quelques pas en dehors de la caverne, dans la direction prévue par Thibaut. Voyant le sentier gardé, il recula, s'assit sur son train de derrière et battit l'air de ses bras armés d'ongles formidables. Un coup de feu retentit, et la lourde bête s'affaissa foudroyée. C'était Lambert qui avait tiré, et il regardait le résultat de son coup de fusil avec une stupéfaction comique.

— Pour un homme qui, en fait de bêtes féroces, n'a jamais tué qu'un chat dans sa vie, s'écria-t-il enfin, voilà un fier début.

Surpris de voir que personne ne lui répondait, le Parisien demanda avec inquiétude s'il avait commis quelque sottise.

— On n'a pas tous les jours l'occasion de tuer un ours, répondit Thibaut avec un peu de dépit ; or,

La lourde bête s'abattit foudroyée.

Minno et moi, nous avions réservé cet honneur à
M. Paul, et vous avez tiré trop vite.

— S'il a, comme je le suppose, frappé la bête au
cœur, dit l'ingénieur avec gaieté, il faut non le gronder, mais le féliciter. Du reste, la joie qu'il doit res-
sentir et qu'il ressentira dans l'avenir de cet exploit
est pour moi une compensation.

Lambert remercia et s'excusa.

— En vérité, dit-il, cela fait plus d'effet de voir
M. Martin de tout près que de le voir dans sa fosse du
Jardin des plantes, au pied de l'arbre sur lequel il ne
veut jamais grimper.

L'ours, renversé sur le flanc droit, barrait l'entrée
de la caverne. Bien qu'il le vît depuis un instant immobile, Thibaut, qui connaissait les ruses de l'intelligent plantigrade, ne s'approcha de lui qu'avec précaution. Il était bien mort. Le Canadien, secondé par
Minno et Vampa, le fit rouler au bas de la plate-forme.
Sur l'ordre de Thibaut, qui revint se placer à l'entrée
de la grotte, un foyer fut allumé ; alors, armé d'une
branche enflammée, Minno pénétra dans la caverne.
Les chasseurs n'ignoraient pas que l'ours noir vit
solitaire, mais la prudence ordonnait une reconnaissance, aucune règle n'étant sans exception. L'Osage
reparut; la caverne était peu profonde et ne cachait
aucun autre animal.

Les mules, amenées sur la plate-forme, furent enfin débarrassées de leurs fardeaux. Paul, Lambert,

Minno, Vampa et même le père Anselme s'occupèrent
de leur réunir une provende d'herbes. Pendant ce
temps, Thibaut dépeçait le gibier ; bientôt des grillades, à l'odeur appétissante pour des affamés, ras-
semblèrent les voyageurs autour du foyer.

Leur repas terminé, Thibaut, Minno et Vampa suivirent la pente du ravin, avec l'espoir de trouver de
l'eau pour abreuver les mules. Cet espoir ne fut pas
déçu, et ils conduisirent les animaux près d'une petite mare qu'alimentaient des gouttes d'eau suintant
d'une fissure de la roche. Lorsqu'ils revinrent, ils
trouvèrent Paul et le padré occupés à tailler des
branches de pins destinés à leur servir de torches ; ils
voulaient visiter l'intérieur de la grotte, à l'entrée de
laquelle Lambert, toujours furetant, venait de re-
cueillir un silex façonné en pointe par la main des
hommes.

III

LES TROGLODYTES.

Le père Anselme, de même que nombre d'anciens missionnaires, dont les « relations de voyages » sont aujourd'hui si précieuses pour les savants, notait au passage les particularités archéologiques ou ethnographiques des contrées qu'il traversait et préparait ainsi des documents pour les historiens futurs. De son côté, grâce à ses études, Paul s'intéressait à toutes les curiosités scientifiques qui le frappaient, surtout lorsqu'elles se rapportaient à la géologie. Aussi, quelle que fût sa constante préoccupation de marcher en avant, s'était-il rendu sans peine au désir de son compagnon qui, surpris de la trouvaille de Lambert, ne voulait pas s'éloigner de la grotte sans avoir au moins jeté un coup d'œil dans ses profondeurs. A une époque lointaine, alors qu'il ne savait pas encore bâtir, l'homme avait chassé l'ours de cette demeure pour s'y abriter lui-même, la pointe de silex le prouvait. Mais les siècles s'ajoutant aux siècles, l'homme avait appris à construire des huttes, des maisons, des palais. Immuable comme tous les animaux dans la manifesta-

tion de ses instincts, l'ours avait alors repris possession de son domaine.

— Ainsi, dit Lambert qui écoutait parler le père
Anselme, des hommes ont déjà parcouru les montagnes et les vallées que nous traversons ?

— Ils ont fait plus, répondit le padré ; ils les ont
habitées. En Amérique, de même qu'en Europe, on
commence à trouver des preuves que notre race a été
contemporaine des grands mammifères qui peuplaient
notre terre alors qu'elle était en quelque sorte inache-
vée. Sur l'un et l'autre continent, cet homme de la
première heure a choisi les grottes pour abri, et, singulière coïncidence, qui prouve, du reste, l'unité de
son origine, il a façonné ses premières armes, ses
premiers outils, avec des os, avec des pierres de pro-
venance volcanique : trap, silex ou obsidienne.

— Les habitants de cette grotte, demanda Lambert, ont-ils été les ancêtres de Minno ou de Vampa ?
Étaient-ce des Osages ou des Creeks ?

— On n'en sait pas si long, répondit le padré; tout
ce qu'il est permis d'affirmer, c'est que l'homme est
apparu en Amérique à la même époque géologique
que dans notre Europe — époque dite *quaternaire* —
et qu'il a dû défendre sa fragile existence contre les
mêmes cataclysmes, contre les mêmes animaux gigantesques qui lui disputaient l'empire de la terre.

Les torches improvisées étaient prêtes, et Paul, le
padré, puis Lambert, pénétrèrent dans la caverne. Dès

les premiers pas, ils furent incommodés par l'odeur
de fauve qui l'empestait. Le long de la paroi droite, ils
virent la place où l'ours avait empilé les herbes dont
ses pareils font provision avant l'hiver, saison durant
laquelle ils deviennent sédentaires et s'engourdissent.
Les explorateurs firent d'abord le tour de la sombre
demeure, profonde de six mètres et large de trois ;
puis le padré se mit à creuser le sol et vit apparaître la
terre rouge particulière aux cavernes qui renferment
des fossiles, terre de laquelle il retira quelques ossements. Chassé par la fumée, il continua ses fouilles
près de l'entrée, et trouva là des pointes de flèche, des
fragments de poterie, un os entaillé, preuves incontes-
tables que les troglodytes qui avaient habité cet antre
marchaient déjà vers la civilisation.

Portées au grand jour, les trouvailles des explorateurs excitèrent à peine la curiosité de Thibaut et
laissèrent les Indiens impassibles. En revanche, les
questions de Lambert se multiplièrent. Il eût voulu
être renseigné à fond sur l'histoire des habitants de la
caverne, savoir quelle était leur langue, de quelle façon ils se vêtaient, quels animaux ils avaient eu à
combattre. Il eût voulu, en un mot, soulever le voile
de leur mystérieuse origine, de leurs mystérieux com-
mencements.

Le padré ne pouvait guère le satisfaire ; cependant,
il lui apprit qu'à l'aide de ses armes en os, en trap, en
silex, en obsidienne, l'homme primitif, en Amérique

comme en Europe, a courageusement lutté contre
les mégathères aux ongles redoutables, les machaï-
rodos aux dents aussi tranchantes que la lame d'un
rasoir, les mammouths, les rhinocéros, l'ours et le
lion des cavernes, contre des jaguars de plus grande
taille que ceux qui existent aujourd'hui. Les détails
donnés par le missionnaire sur ces animaux disparus
intéressèrent enfin Thibaut; de même que son compagnon, il n'apprit pas sans surprise que le cheval,
qui avait disparu de la surface de l'Amérique lorsqu'elle fut découverte par Colomb, s'y découvre à
l'état fossile.

L'après-midi fut employé par le padré et son jeune
compagnon à fouiller de nouveau le sol de la caverne ;
puis on résolut de passer la nuit dans le ravin. Thibaut, Lambert et les Indiens s'occupèrent alors de
traîner au loin le corps de l'ours, dont l'odeur fé-
tide devenait intolérable. Le Canadien ne se résigna pas sans chagrin à voir se perdre la peau de
l'animal, peau qu'il estimait à plusieurs centaines
de francs.

On avait déjeuné de biftecks d'ours, et le dîner devait se composer du même plat. Thibaut, pour varier
cet ordinaire, résolut de descendre le long du ravin,
où sa bonne fortune pouvait lui faire rencontrer un
couple de colombes rayées — *Columba fasciata* des
savants — oiseaux assez communs dans les montagnes qui bordent la grande vallée de l'Arkansas.

Instruit du projet de son compagnon, Lambert voulut l'accompagner.

— J'ai du plaisir à vous sentir près de moi, lui dit le Canadien ; mais les colombes ont l'oreille si fine que votre voix les fera fuir avant que nous puissions les voir.

— Ai-je donc l'habitude de crier si fort, Thibaut ?

— Vous avez au moins celle de parler sans cesse et tout haut, mon camarade, et vous êtes un véritable épouvantail pour le gibier.

— Eh bien, laissez-moi vous suivre, je tiens à vous prouver que je sais parler bas.

— Cela ne suffit pas, Lambert ; il faudrait encore surveiller le sol à l'endroit où vous posez le pied pour ne pas faire craquer les branches sèches, puis ne pas aller, venir, tourner comme un écureuil, et enfin ne tirer qu'à coup sûr pour économiser des munitions que nous ne pourrons remplacer avant de longs jours.

— Voilà qui est entendu, Thibaut, je marcherai tout bas, et ma bouche sera close. Quant à tirer de nouveau, mon coup de fusil de ce matin me suffit pour aujourd'hui. A ce propos, mon camarade, il y a des gens qui, paraît-il, vendent la peau d'un ours avant de l'avoir tué ; moi, c'est tout le contraire, j'ai tué l'ours, et je ne puis vendre sa peau.

Lambert partit d'un éclat de rire, et Thibaut le regarda avec sévérité.

— Je comprends, dit le Parisien, il ne faut pas non

3

plus rire tout haut. Soyez tranquille, je me conten-
terai désormais de sourire : tenez, comme ça.

Lambert fit une si amusante grimace que Thibaut
perdit cette fois sa gravité. Il se mit à rire de bon
cœur, du rire silencieux des trappeurs.

— Parbleu ! s'écria Lambert, voilà une leçon dont
je saurai profiter. A Paris, nous rions en dehors ;
vous, Thibaut, vous riez en dedans, et je vais étudier
votre manière. Partons-nous ?

Les chasseurs s'éloignèrent, et, fidèle à ses pro-
messes, Lambert suivit pas à pas son compagnon,
marchant dans l'empreinte de ses pieds, à la façon
indienne.

— Attention, dit le Canadien à mi-voix, je viens
d'entendre un bruit d'aïle.

Le Parisien ne desserra pas les lèvres ; il toucha du
doigt son oreille et secoua négativement la tête, ce
qui signifiait sans doute qu'il n'avait rien entendu.
Thibaut s'avança avec plus de lenteur, s'arrêta, puis
épaula. Lambert, le nez en l'air, examinait en vain le
sommet de l'arbre vers lequel le canon du fusil de
son compagnon était dirigé ; il ne voyait rien. Enfin
il découvrit un oiseau de couleur rouge, qui modula
un roucoulement. Le gracieux volatile était à bonne
portée, et Thibaut ne tirait pas. Intrigué de cette
inaction, Lambert allait parler ; une détonation retentit à temps pour l'arrêter, et une colombe, tombant
de branche en branche, arriva sur le sol.

Les oiseaux servirent au repas du padré.

Thibaut rechargea son arme, puis alla ramasser son gibier dont la nuque était marquée d'une raie blanche et la queue d'une raie noire, particularité qui lui a valu son nom.

— Vous voyez, mon camarade, ce que l'on gagne à ne pas se presser, dit le Canadien.

Lambert exécuta une pantomime des plus compliquées.

— Que voulez-vous dire? s'écria Thibaut. Parlez.

— Je prends ces arbres à témoin, dit alors Lambert, que c'est vous qui m'autorisez à rompre le silence. Je vous disais donc qu'en voyant votre lenteur à tirer, j'ai cru que l'oiseau vous avait fasciné.

— Je voulais la paire, dit le Canadien qui ramassa une autre colombe.

Lambert le salua en s'inclinant jusqu'à terre.

— A la prochaine occasion, dit-il, j'essayerai de tuer deux ours à la fois.

Les oiseaux servirent au repas du padré, de Paul et de Lambert, peu amateurs de la chair de l'ours, dont semblaient, au contraire, se régaler leurs compagnons.

Un peu avant la nuit, on disposa un foyer le long de la plate-forme. Si l'ours vit seul dans sa tanière, il a souvent des voisins; or, bien que sa nourriture se compose d'herbes, de graines, de fruits, et qu'il ne devienne carnivore que sous l'impulsion de la faim, encore ne faut-il pas le tenter.

Pour éviter une surprise, on convint de faire sen-

tinelle, et Minno fut chargé de la première veille. Se
fiant à ses sens exercés, l'Osage s'assit au sommet de
la roche qui dominait le bivouac, et pendant les
deux heures que dura sa faction, il demeura dans une
immobilité absolue. Vampa, qui lui succéda, l'imita
de tous points et fut remplacé par Paul. Las bientôt
de demeurer immobile, le jeune homme descendit de
son observatoire et se tint debout. Tout à ses pensées
constantes, sa mémoire lui rappelait les faits récemment passés. Il ne parvenait pas à s'expliquer le
mauvais vouloir, l'hostilité même qu'il avait rencontrés parmi les anciens amis de son père. Ces colons,
Allemands pour la plupart, voyaient-ils avec envie
un Français au milieu d'eux ? Cependant sa belle-
mère était une femme de leur nation, et elle eût dû,
jeune, belle, malheureuse, trouver des protecteurs
dans ses compatriotes.

Parfois Paul serrait avec force le canon de son fusil :
c'est lorsqu'il se souvenait du dédain avec lequel on
l'avait écouté, lui jetant à la face sa jeunesse, son
inexpérience. Énergique, bon, loyal comme son père,
il se sentait de force à continuer son œuvre à laquelle
la prospérité croissante des États-Unis allait bientôt
donner une valeur inestimable. C'était là, sans aucun
doute, la cause de la dureté des créanciers. Quelle
joie de réduire à néant leurs odieux calculs, de leur
enlever le bien qu'ils convoitaient, dont ils se croyaient
déjà possesseurs ! A l'idée de cette vengeance, Paul

était tenté de réveiller ses compagnons, de se remettre aussitôt en route, afin d'atteindre plus vite ce fleuve merveilleux qui les rendrait, lui et ses demi-frères, libres, riches et puissants.

Au milieu de son désastre, Paul n'avait trouvé d'amis que parmi les humbles. Le brave Thibaut d'abord, avec lequel il avait joué dans son enfance et qui venait vendre sur le domaine le produit de ses chasses; puis Minno, le pauvre Osage que chacun traitait de rêveur ou d'imposteur lorsqu'il parlait des richesses qu'il allait lui livrer. A la fin, détournant sa pensée des souvenirs irritants, le jeune homme fit en imagination le voyage dont il avait à peine franchi quelques étapes. Il se vit, après avoir échappé à maints dangers, après avoir découvert des pays nouveaux, rentrant en maître à la Roche-Verte, d'où l'on espérait l'expulser, et montrant à son tour le pouvoir de l'or.

Vers trois heures du matin, Paul alla secouer doucement Lambert, dont c'était le tour de veiller. Le Parisien, aussitôt debout, se plaça en arrière du foyer afin de voir sans être vu, précaution dont Thibaut lui avait, à plusieurs reprises, démontré tous les avantages. Bientôt, il se logea au sommet de la roche, remuant les bras, piétinant, dans la crainte de s'endormir. Et pourtant, il était bien éveillé, quoiqu'il lui semblât par instants que ce foyer, qui projetait au loin des lueurs rouges, que ces Indiens qui dormaient à

ses pieds, que ce voyage qu'il allait entreprendre,
n'étaient au fond que des rêves. Mais non ; lui, l'enfant du faubourg Saint-Jacques, se trouvait bel et
bien en Amérique, parmi ces Peaux-Rouges qui, il
l'avait lu dans mainte histoire, n'ont d'autre occupa-
tion que de fumer le calumet, marcher sur le sentier
de la guerre, chasser le bison et scalper les visages
pâles. Il en faisait partie, de la tribu des visages pâles,
et ces forêts vierges, ces tigres, ces savanes, ces crocodiles, ces serpents dont il avait si souvent eu la
vision en plein Paris, allaient bientôt défiler devant
lui. Après avoir vu toutes ces choses, vues avant lui,
il est vrai, par des bonshommes antédiluviens, il pourrait, surtout si l'on découvrait le fleuve au sable d'or,
rentrer dans son pays et y vivre de la vie des heureux.
A moins, toutefois, qu'il ne fût scalpé avant d'avoir
contemplé ces merveilles, malheur que Thibaut, avec
son flegme plus que britannique, déclarait possible et
même probable.

Lambert, fils d'un menuisier, était externe dans le
pensionnat où Paul avait été placé lors de son arrivée
à Paris. Mais le petit Parisien savait déjà lire et
écrire, et il passa peu de temps après des bancs de
l'école à l'établi. Paul, dans la suite de ses études, ne
perdit jamais de vue son humble ami de la première
heure, auquel il avait souvent promis de l'emmener en
Amérique. Brusquement rappelé par la mort de son
père, le jeune homme se disposait à partir sans plus

se souvenir de sa promesse, lorsque Lambert était venu le conjurer de la tenir. Certain de trouver à utiliser l'ouvrier menuisier sur le domaine dont il croyait prendre paisiblement possession, Paul avait payé son passage à bord du navire sur lequel lui-même s'embarquait ; puis, sachant qu'il possédait en lui un être dévoué, après l'avoir amené de Paris jusque sur les rives de l'Arkansas, il l'entraînait maintenant vers le fleuve d'or.

En somme, Lambert, qui avait toujours ambitionné de voyager, n'était qu'à demi fâché de la tournure inattendue prise par les affaires de son ancien camarade. N'ayant peur ni de la misère ni du danger, riant de tout, et plus particulièrement de la mauvaise fortune (afin de la dégoûter, disait-il, de le prendre pour victime), il était aussi désireux que Paul de marcher en avant, afin de voir du nouveau. Bien que l'éducation qu'il avait reçue dans l'atelier de son père ne lui permît guère de briller dans un salon, il possédait une délicatesse de sentiment et un tact parfaits. Ainsi, en dépit des instances de l'ingénieur, il cessa de le tutoyer dès le jour où il le considéra comme son patron.

S'il goûtait peu l'impassible gravité de Minno, et moins encore son laconisme, Lambert, en revanche, admirait beaucoup Thibaut et se déclarait son élève. L'affection de Minno pour Paul était visible, incontestable ; mais celle de Thibaut paraissait encore, à l'ancien menuisier, de meilleure qualité ; elle ressemblait

à la sienne. En dépit de leurs petites querelles, que
l'habitude de vivre ensemble devait rendre de plus en
plus rares, ces deux loyales natures, à la fois si dis-
tinctes et si semblables, étaient faites pour s'entendre.
Quant au padré, rencontré par hasard au pied des
monts Sugar-Loaf, au moment où il se disposait à les
franchir pour aller, sans autre arme que son crucifix,
apprendre le catéchisme à des sauvages, Lambert le
vénérait et prisait beaucoup son savoir. Pour Vampa,
il le trouvait moins bel homme et moins bien mis que
Minno : c'était tout ce qu'il en pensait.

Bien que Lambert surveillât avec soin le foyer,
son esprit vif courait ainsi du présent au passé, du
passé à l'avenir, car lui aussi se croyait par instants
sur les rives du fleuve d'or, à l'ombre des palmiers
qui le bordaient, et ses traits mobiles reflétaient ses
impressions. Le Parisien devenait sérieux lorsque son
regard s'arrêtait sur Paul, souriant lorsqu'il contemplait le grand corps de Thibaut. Soudain, il se mit à
rire silencieusement. Il songeait que, s'il faisait encore nuit en Amérique, le soleil éclairait déjà Paris.
A l'heure où il eût dû saisir son rabot ou sa scie, voilà
qu'appuyé sur le canon d'un fusil, dans une chambre
à coucher située en plein air, près de la tanière d'un
ours qu'il venait de tuer, il veillait sur le sommeil
d'un missionnaire, d'un ingénieur, d'un trappeur et
de deux Indiens! C'était drôle, mais, en somme, plus
amusant que d'ajuster une mortaise, et, pour rien

au monde, Lambert n'eût voulu changer de position.

Le rêveur fit un soubresaut ; un léger craquement venait de se faire entendre dans le grand silence qui régnait autour de lui. Il retint son haleine, se pencha, regarda dans tous les sens : rien. Il se tourna vers le foyer, convaincu que l'un des tisons avait crépité, et reprit peu à peu le cours de ses rêveries. Mais le bruit se produisit de nouveau, plus rapproché, semblable à celui d'une menue branche que l'on aurait brisée. Était-ce un animal qui rôdait ? Lambert songea à réveiller ses compagnons et ne bougea pas. Quel ridicule s'il troublait le sommeil du camp à cause d'un écureuil trop matinal ou attardé !

Le hardi Parisien s'avança dans la direction où le craquement lui avait paru se produire et chercha à voir dans les ténèbres. Se retournant pour ne pas perdre de vue le foyer, il vit se dresser sur le sentier de l'ours l'Indien qui, la nuit précédente, s'était déjà mystérieusement approché du bivouac. Lambert revint en arrière, puis épaula son fusil. C'était pour la première fois qu'il couchait en joue un de ses semblables ; il hésita à tirer. L'Indien, qui l'aperçut, disparut à l'improviste. Lambert appela aussitôt ses compagnons.

IV

On a le sommeil léger au désert, aussi Lambert achevait à peine de crier le mot : Alerte! pour la seconde fois, que Minno, Vampa et Thibaut l'entouraient.

— Qu'as-tu vu? demanda l'Osage.

— Un Indien, répondit Lambert.

— Un Indien? tu as rêvé.

— Non, non, Minno; je l'ai vu, en chair et en os, comme je te vois en cet instant.

Paul et le padré s'approchèrent à leur tour, et l'on se hâta de se placer derrière le chêne, afin de se soustraire aux lueurs des flammes. Là, tous les regards sondèrent les ténèbres, et l'on prêta l'oreille durant plusieurs minutes, sans entendre d'autre bruit que le crépitement des tisons du foyer.

— Parle, explique-nous ton aventure, dit alors l'ingénieur à son ancien condisciple.

— Elle est peu compliquée, répondit Lambert, et la voici en deux mots. J'ai entendu craquer une branche, puis une autre, sans démêler si ce bruit se

produisait en avant ou en arrière de moi. Ne voulant
pas donner une fausse alarme, je me suis avancé dans
le bois. Tout à coup, sans l'avoir entendu marcher,
sans comprendre comment il était arrivé là, j'aperçus
un Indien debout sur le sentier de l'ours. Je le cou-
chai en joue; il se courba et disparut.

— Pourquoi n'avoir pas tiré? demanda Thibaut.

— Je voulais le faire, mon camarade; mais l'homme
que je visais n'avait pas d'arme, il ne me menaçait
pas; j'ai hésité à le frapper.

— Lorsqu'un Indien se cache pour s'approcher la
nuit d'un foyer, reprit le Canadien, c'est que ses intentions sont mauvaises, et il ne faut jamais lui mar-
chander la balle qu'il s'attend à recevoir. Maintenant,
Lambert, puisque vous avez si bien vu ce rôdeur, il
doit vous être facile de nous dire de quelle façon il
est vêtu?

— Certes, Thibaut; je le puis d'autant mieux qu'il
me semble le voir encore. C'est un homme jeune,
dont les cheveux, nattés en petites tresses, sont surmontés d'une couronne de plumes. Il est vêtu d'une
blouse d'étoffe à grandes raies, qui lui descend à la
ceinture, et d'un pantalon de cuir orné d'une frange
sur les côtés; ses pieds sont chaussés de sandales, et
non de mocassins.

Thibaut et les Indiens avaient écouté avec attention
cette description, et aucun d'eux ne souffla mot. Le
costume décrit par Lambert se rapprochait de celui

des belliqueux Comanches; comment admettre qu'un des cavaliers de cette redoutable tribu, établie sur les frontières du Texas et du Nouveau-Mexique, se fût aventuré dans les montagnes que l'on traversait? L'incrédulité silencieuse de ses compagnons n'échappa pas à l'intelligent Parisien.

— Si j'avais eu le malheur de m'endormir, dit-il, ou si j'avais été la dupe d'un rêve, je ne chercherais pas à le déguiser, et j'aurais déjà confessé ma faute. J'étais éveillé quand l'Indien s'est approché; je l'ai vu et bien vu, tenez-vous donc pour avertis. Je sais, à présent, que je dois traiter en gibier l'homme que je verrai la nuit s'approcher de notre bivouac; néanmoins, j'aurai toujours peine, je crois, à tirer sur un de mes semblables, alors surtout qu'il ne me menace pas.

— Au désert, il faut tuer pour n'être pas tué, répéta Thibaut.

Lambert fit une grimace; cette loi, si nettement formulée par un brave garçon, qu'il fallait occire les gens qui ne s'habillent pas à la mode de Paris, dont la peau a cette singularité d'être brune au lieu d'être blanche et qui s'approchent peut-être de votre feu dans le seul but d'allumer leur pipe, semblait un peu rude à l'ex-menuisier, qui ne le dissimula pas à son compagnon.

— Quand vous aurez vu les sauvages à l'œuvre, répliqua Thibaut, vous changerez d'avis. En attendant,

ne méprisez pas mon conseil ; il vous évitera un mal
de tête dont on guérit rarement.

Les voyageurs demeurèrent en observation, guet-
tant avec impatience l'apparition du jour, qui, de
même que la veille, ne fut salué que par le cri rauque
d'aigles et de faucons. On examina le sol dans la direction indiquée par Lambert, dont aucune empreinte
ne vint confirmer les assertions. Aussi, Minno et
Vampa, revenus près du foyer, jetèrent-ils des regards de dédain sur Langue-agile.

— Dans les livres que j'ai lus, pensait le brave
garçon avec dépit, il suffit aux Indiens de regarder le
sol pour découvrir une piste, pour la suivre avec la
même sûreté qu'un chien de chasse suit le lièvre qu'il
voit courir devant lui. Eh bien, c'est un conte auquel on ne me fera plus croire, jusqu'à nouvel ordre.
Il y a deux heures, un monsieur à peau jaune, assez
joli garçon, bien que sans faux-col et sans gilet, se
promenait là où Minno et Vampa déclarent ne rien
voir. Mais j'y songe, Minno et Vampa seraient-ils de
faux Indiens ? Il faudra que je m'assure que la couleur de leur peau est bon teint.

Une heure plus tard, la petite caravane atteignait
le sommet de la montagne au pied de laquelle elle
avait campé, puis redescendait presque aussitôt vers
une vallée verdoyante qu'elle entrevoyait par échap-
pées. En face d'elle se dressait un rempart de granit
haut de plusieurs centaines de mètres, taillé à pic.

Cette barrière préoccupait beaucoup Paul, elle allait obliger à longer la vallée, peut-être à revenir en arrière. Inquiet, le jeune homme prit les devants, et ses compagnons le rejoignirent près d'un ruisseau au-dessus duquel voltigeaient des libellules et des hirondelles.

On s'arrêta et l'on déchargea les mules, afin de les laisser paître un instant. Paul, parti de nouveau en éclaireur, paraissait et disparaissait derrière les blocs de grès qui jonchaient la vallée. Lambert croyait que ces roches provenaient d'éboulements, et le père Anselme lui expliquait qu'ils avaient été apportés là par l'action des glaciers qui couronnaient autrefois les montagnes, lorsque la voix de Paul se fit entendre. Grimpé sur un bloc, le jeune homme montrait le fond de la vallée avec des signes de satisfaction; il apercevait sans doute une issue. En ce moment, une détonation retentit; Paul fit aussitôt volte-face, ses amis le virent ajuster, tirer, puis son fusil s'échappa de ses mains, tandis que lui-même, perdant l'équilibre, roulait au bas de la roche sur laquelle il était placé.

Tous les voyageurs s'élancèrent à la fois. Thibaut, qui arriva le premier près du jeune homme, l'aperçut le visage contre terre et poussa un cri de colère. Lambert, suffoqué, se précipita sur le corps de son ami.

— Il vit encore, dit Thibaut, qui venait de s'assurer que l'ingénieur respirait.

Il roula au bas de la roche.

Le robuste Canadien, soulevant le blessé, le porta derrière la roche. Le père Anselme se hâta de chercher l'endroit où le jeune homme avait été atteint, découvrit que le sang coulait de son bras gauche, et, secondé par Lambert, se hâta de le dépouiller de sa veste.

Minno et Vampa, accroupis contre la roche, surveillaient le point de la forêt d'où le coup fatal était parti. Aussitôt que Thibaut eut entendu le padré déclarer que Paul n'était que blessé, il alla se placer près des Indiens.

L'imprévu de cette attaque, le silence qui la suivait, semblaient étranges aux chasseurs. Comment les agresseurs, qui ne pouvaient être que des Indiens, n'avaient-ils pas salué de leurs cris accoutumés la chute de leur victime? Ce silence, du reste, était un danger; l'ennemi guettait. Minno et Vampa rampèrent et atteignirent les arbres, dont les troncs devinrent pour eux un abri. D'un bond, Thibaut se logea sur la roche, à la place qu'avait occupée Paul. L'ennemi, à n'en pas douter, avait vu la manœuvre de l'Osage et du Creek, et il allait se découvrir. C'est ce moment que l'audacieux Canadien attendait, prêt à frapper à son tour. Personne ne se montra, pas un rameau ne bougea.

Minno et Vampa s'étaient redressés; à l'improviste, rapides, ils passaient d'un tronc à un autre, gravissant la pente. Ils regardaient surtout à leur droite et

à leur gauche, car des ennemis, en exécutant la
même manœuvre qu'eux, eussent pu leur couper la
retraite.

— Marchez, je veille, leur cria Thibaut.

Les chasseurs connaissaient la sûreté du tir de leur
compagnon, et ils avancèrent plus vite, intrépides.

— Je comprends, murmura Thibaut ; l'Osage et le
Creek veulent se surpasser, gagner la palme du courage. Il faut que j'y mette ordre, ou ils se feront tuer.

Le Canadien fit entendre un sifflement, sauta au
bas de son observatoire, traversa l'espace qui le séparait des arbres, et gravit à son tour la pente. Lui, qui
venait de trouver ses compagnons trop hardis, prenait
encore moins de précautions qu'eux. On eût dit qu'a-
près les avoir admirés et avoir deviné leur émulation,
il voulait, à son tour, montrer le sang-froid et l'audace dont sont capables les hommes blancs. Mais
non ; Thibaut était inaccessible à ces questions d'a-
mour-propre. L'Osage et le Creek combattaient à
leur manière, lui à la sienne. Il ne se croyait pas plus
brave qu'eux — nul ne dépasse en courage un Indien
— toutefois il était moins avide de tuer, alors surtout
qu'il s'agissait d'un animal dont la peau n'avait aucune valeur.

Les chasseurs avaient parcouru près de deux cents
mètres sans trouver la moindre trace de ceux qu'ils
cherchaient, et le tronc des arbres qu'ils dépassaient
leur cachait maintenant la vallée. Thibaut fit cesser

la poursuite, au grand regret de ses compagnons, et redescendit pensif. Il était hors de doute, après ce qui venait d'arriver, que Lambert n'avait pas donné une fausse alerte; néanmoins, comment expliquer qu'un ennemi se fût approché du foyer pour ne frapper qu'alors que l'on était en mesure de lui répondre? Cette tactique, si contraire aux habitudes des sauvages, restait inexplicable pour le Canadien.

Arrivés près de la roche, les explorateurs trouvèrent Paul debout. Le padré achevait de le panser, et le jeune homme, dont la balle avait par bonheur simplement déchiré les chairs de l'avant-bras, se dépitait de s'être évanoui pour si peu. Il raconta qu'au bruit du premier coup de feu, il s'était retourné et avait aperçu, près d'un arbre, un petit nuage de fumée. Un trappeur, non un sauvage, s'était montré; leurs balles s'étaient croisées, et le jeune homme avait la conviction d'avoir blessé son antagoniste. A la demande de Thibaut, il désigna l'arbre derrière lequel il avait vu le trappeur, arbre qui se trouvait à gauche du terrain que le Canadien venait d'explorer.

Paul, très excité, parla de se lancer à la poursuite de ceux qui l'avaient blessé; puis, se calmant, il ordonna d'équiper les mules, pour reprendre la marche en avant. Le père Anselme combattit cette décision; un repos de quarante-huit heures lui semblait nécessaire à la sécurité du blessé. On s'occupa aussitôt de chercher un lieu de campement, et on le choisit

4

adossé à la muraille de granit, sur un entablement élevé de deux à trois mètres au-dessus de la plaine. De ce point, on dominait la vallée, et nul ne pouvait déboucher de la forêt sans être aussitôt aperçu. Tandis que Minno, Vampa et Thibaut se tenaient en observation, le père Anselme et Lambert établissaient les mules sur l'entablement et préparaient un lit d'herbes pour Paul, qui se révolta de ce soin. En somme, il avait perdu peu de sang, et, s'il ne pouvait remuer le bras, il se déclarait en état de se tenir debout et même de marcher.

Par son adresse à tirer, le jeune homme ne le cédait qu'à Thibaut. Il affirmait avec une telle assurance qu'il avait dû atteindre celui qui l'avait blessé que Thibaut résolut de pousser une reconnaissance dans la forêt. C'était s'exposer gratuitement à un danger, chercher la guerre, et Paul détourna lui-même le Canadien de cette idée. D'ailleurs, il fallait songer à manger. Or, si quelques passereaux voltigeaient au-dessus des buissons qui bordaient le ruisseau, c'était là une maigre chère pour six estomacs affamés. La forêt que l'on avait en face de soi pouvait fournir des écureuils, et Minno offrit de s'y rendre.

— Nous irons ensemble, s'il le faut, lui dit Thibaut; mais des lapins doivent se loger au pied de la muraille qui nous abrite : tandis que Lambert et Vampa feront le guet, nous pouvons aller nous en assurer.

Lambert eût bien voulu suivre les chasseurs, tou-

tefois il se résigna. Assis près du Creek, il regarda
mélancoliquement vers la gauche, tandis que son
compagnon surveillait la droite. Paul et le padré causaient; car, en dépit des instances du missionnaire, le
jeune homme refusait de se coucher. Il s'assit à la fin
et garda le silence, suivant le vol des hirondelles qui,
le bec plein de moucherons, remontaient en quelques
coups d'aile vers les hauts sommets où se trouvaient
leurs nids.

Il y avait plus d'une demi-heure que Minno et Thibaut s'étaient mis en chasse. Pendant longtemps, on
avait pu les voir avancer, puis ils avaient disparu derrière des buissons.

Tout à coup, une détonation retentit.

— C'est la voix du fusil de Minno, dit Vampa, nous
mangerons tout à l'heure.

— Je ne voudrais, dit au même instant Lambert,
causer de souleur à personne, ni faire de nouveau
rire à mes dépens. Cependant, je dois prévenir l'ho-
norable société que quelqu'un se promène en rampant près de la roche où sont restés les effets de
M. Paul.

L'ingénieur, Vampa et le padré se rapprochèrent
du Parisien; ils regardèrent avec anxiété dans la direction qu'il avait indiquée, sans rien apercevoir.

— Attendez, dit Lambert, je n'ai pas plus rêvé à
présent que cette nuit.

Soudain, un homme se montra et parut mesurer

du regard la distance qui le séparait des voyageurs.
Vampa, poussant un cri guttural, bondit le long des
roches. Il avait à peine fait vingt pas que l'inconnu,
coiffé du bonnet de l'ingénieur, portant sa veste et
son fusil, atteignait les arbres derrière lesquels il disparut. Lambert avait épaulé, son ami l'avait empêché
de tirer. La distance ne permettait pas d'atteindre
le voleur, et il ne fallait pas dépenser une charge de
poudre sans résultat.

— Mais, sabre de bois ! s'écria le Parisien avec indi-
gnation, nous sommes donc dans une des succursales
de l'ancienne forêt de Bondy ! En voilà un désert! On
pénètre la nuit dans votre chambre à coucher, on
vous perce la peau, on vous vole votre redingote :
c'est trop fort !

Le fait qui venait de se passer était au moins aussi
étrange que l'apparition nocturne annoncée par Lambert, que la façon dont Paul avait été attaqué, et les
voyageurs, que venaient de rejoindre Minno et Thibaut, se perdirent en conjectures. En somme, on était
suivi, espionné, et il fallait redoubler de prudence.
Le bivouac que l'on avait choisi formait une sorte de
forteresse que l'on ne pourrait attaquer qu'à découvert ; donc, de ce côté, rien à craindre, tant que le
soleil serait sur l'horizon. Si Paul, désolé de la perte
de son fusil, eût été valide, il eût sans nul doute entraîné ses compagnons à la recherche des agresseurs.
Par bonheur, le jeune homme possédait une arme de

rechange : au lieu de songer à poursuivre des ennemis que l'on ne réussirait peut-être pas à rejoindre,
il ordonna de s'occuper de la cuisson des lapins tués
par Minno.

Les deux explorateurs se trouvèrent en face d'un cadavre.

La journée s'écoula dans de perpétuelles appréhen-
sions, mais sans incident nouveau. Lorsque vint la
nuit, on établit le foyer au pied de l'entablement. Deux
sentinelles veillèrent à la fois, et le père Anselme prit
sa part de la peine. Aussitôt que le jour parut, Paul,

bien qu'un peu fiévreux, voulut se mettre en route, affirmant que l'inaction lui serait plus préjudiciable que la marche.

Tandis que l'on chargeait les mules, Thibaut, qui paraissait observer le ciel, regardait, en réalité, des aigles, des vautours, des milans tournoyer au-dessus de la forêt, vers le point désigné par Paul comme celui où s'était montré son agresseur. La confiance des prudents rapaces, que l'on voyait parfois se laisser choir entre les arbres, prouvait à la fois l'absence d'êtres vivants et la présence d'une proie. Thibaut, avant que l'on se mît en marche, obtint l'autorisation d'aller reconnaître la cause de l'attroupement des voraces oiseaux, et, suivi de Lambert, il gravit obliquement la montagne. Les deux explorateurs se trouvèrent bientôt en face d'un cadavre. Un vautour, défiant les aigles, moins hardis que lui, se disposait à se repaître de cette proie. Ses yeux devinrent menaçants à la vue de ceux qui venaient troubler son repas ; il étendit ses ailes puissantes et fit siffler l'air sous leurs battements, pour s'enfuir enfin. Thibaut s'approcha du mort, écarta les feuilles dont on lui avait couvert le visage et recula.

— On dirait, s'écria Lambert, le contremaître de la scierie du domaine.

— C'est lui, répondit Thibaut pensif, ou je rêve éveillé,

V

LES CONSTRUCTEURS DE TERTRES.

La funèbre découverte des deux explorateurs était
trop importante, à tous les points de vue, pour qu'ils
négligeassent d'en aviser Paul ; aussi, un quart
d'heure plus tard, la petite caravane était groupée
autour de la victime, que l'ingénieur et Minno reconnurent à leur tour.

— Dieu m'est témoin, dit le jeune homme avec tristesse, que je n'ai frappé que pour me défendre.

Le contremaître, dont l'identité ne faisait aucun
doute, était un Hanovrien que, durant son séjour à la
Roche-Verte, Paul avait trouvé peu traitable. Cependant, il n'avait eu avec lui aucun démêlé, et sa présence en ce lieu, son agression qui, par bonheur, avait
tourné contre lui, restaient inexplicables. Le Hanovrien n'était pas seul, car deux empreintes bien dis-
tinctes des siennes étaient marquées sur la terre. Ces
empreintes, on les suivit jusqu'au sommet de la montagne, où l'on découvrit un foyer entouré de trois lits
d'herbe.

Par sa disposition, ce bivouac révélait la main

d'Européens. Lambert, ravi, venait enfin de voir
suivre une piste ; s'il admira la sagacité de Minno et
de Thibaut, il se convainquit vite, cependant, que
c'était là une simple science d'observation, car ce fut
lui, à sa grande satisfaction, qui signala des éraflures
récentes sur le revers de la montagne. On acquit bientôt la certitude que les inconnus, épouvantés sans
doute par la mort de leur compagnon, retournaient en
arrière.

On revint près du cadavre, auquel le père Anselme
voulait donner la sépulture. Comme les outils nécessaires pour creuser le sol manquaient, il fallut se
contenter de couvrir la victime, dont on désirait soustraire la dépouille aux becs des oiseaux de proie, de
rameaux maintenus par de grosses pierres. Le missionnaire récita les prières des morts ; puis les voyageurs, très émus par cette simple cérémonie, regagnèrent la vallée pour reprendre aussitôt leur marche
en avant.

— Vous êtes sûr, demanda le missionnaire, qui
cheminait près de Paul, de n'avoir jamais offensé
l'homme auquel nous venons de rendre les derniers
devoirs ?

— J'en suis sûr, padré.

— Qui donc, alors, peut l'avoir lancé à votre poursuite avec des intentions homicides ?

— Ce sont, répondit le jeune homme avec colère,
les misérables qui veulent me dépouiller. Moi mort,

ils sont assurés de prendre possession de la Roche-
Verte, et je me demande si, avant de continuer mon
voyage, je ne dois pas rebrousser chemin pour châtier
ces assassins.

— Retournez, dit avec vivacité le padré qui s'arrêta, je vous l'ai déjà conseillé. Je ne vous vois pas
sans terreur, je l'avoue, vous lancer vers des contrées
inconnues avec trois hommes qui, si braves qu'ils
soient, sont de bien faibles auxiliaires. Votre vie est
nécessaire aux vôtres ; ne la risquez pas à la recherche
d'un trésor dont Minno exagère peut-être l'importance.

— Il me faut de l'or, dit Paul ; ma vie, inutile à la
Roche-Verte, appartient aux êtres que mon père a
laissés sans autre protecteur que moi, et sauver leur
fortune est un devoir auquel je ne veux pas faillir. Le
sang du malheureux que l'on a armé contre moi re-
tombera tôt ou tard sur la tête des vrais coupables. Ils
espèrent, je le devine, que l'on m'attendra en vain à
la Roche-Verte ; ils seront déçus.

Le missionnaire n'insista pas. Il se sentait une vive
sympathie pour l'audacieux et généreux jeune homme
qui, s'il cherchait la fortune, ne la voulait que pour
un noble but.

La vallée décrivait une courbe et se dirigeait vers
l'ouest ; c'est ce que Paul, par ses gestes, annonçait à
ses compagnons quelques minutes avant d'être blessé.
Vers quatre heures de l'après-midi, après une halte

pour le déjeuner, la caravane campa sur le sommet
d'un monticule à surface plane, au pied duquel passait le ruisseau dont elle avait suivi le cours. Un peu
plus bas, la petite rivière se perdait dans un marais
où pullulaient des grenouilles. C'était là une précieuse découverte, et l'on s'occupa de pêcher les ba-
traciens.

Bien qu'ils fussent à peu près certains de n'être pas
suivis, les voyageurs, à tour de rôle, veillèrent sur le
bivouac qui, élevé de trois mètres au-dessus du niveau de la vallée, permettait de voir le pied des montagnes. Paul, fatigué, s'était endormi sur l'herbe;
Thibaut, Vampa et Minno s'occupaient de récolter
des grenouilles, tandis que Lambert, debout sur le
tertre, examinait tour à tour l'horizon et le père
Anselme. Celui-ci, pensif, se promenait autour de
l'éminence. Il se mit à l'entailler à l'aide d'une hache,
prit une poignée de terre, et Lambert le vit la com-
parer à celle qui bordait le marais.

— Puis-je vous demander sans indiscrétion, dit le
jeune menuisier lorsque le padré fut remonté sur la
plate-forme, si c'est pour juger de sa qualité, avant
d'en faire l'acquisition, que vous avez pris des échantillons de cette belle terre bru e?

— J'ai voulu m'assurer, répondit le missionnaire,
que l'éminence que nous foulons en ce moment est
bien l'œuvre des hommes.

— L'œuvre des hommes! s'écria Lambert qui, re-

gardant autour de lui avec curiosité, remarqua la
forme elliptique du tertre dont il occupait le centre ;
au fait, vous devez avoir raison. Voilà un ovale par-
faitement dessiné, et la nature ne travaille pas avec
cette régularité. Ainsi, ce monticule a été bâti par les
bonshommes qui ont jonché des débris de leurs
vieilles terrines l'intérieur de la grotte de l'ours?

— Non pas ; ceux-là étaient des chasseurs, et des
milliers d'années ont dû s'écouler avant que leurs
descendants aient eu le loisir de remuer la terre et de
l'amonceler.

— Le loisir, répéta Lambert ; tous les hommes primitifs, tous les sauvages, en un mot, ne sont-ils pas
des rentiers qui, n'ayant ni loyer ni contributions à
payer, ni nourriture ni vêtements à acheter, n'ont
qu'à se chauffer au soleil ?

. — Le travail est une loi de Dieu, répondit le missionnaire, loi à laquelle nul homme ne peut se soustraire. Si le sauvage n'achète point de nourriture, il
mange néanmoins. Aussi, de l'aurore à la nuit, ses
heures se passent-elles à fabriquer des armes, à tendre
des pièges, à guetter le gibier, à le poursuivre.

— Alors le peuple qui a édifié ce tertre n'était pas
un peuple de chasseurs ?

— Non, Lambert, car, du Canada au golfe du
Mexique, il a couvert le sol de milliers de ces singuliers monuments, dont plusieurs ont une longueur
d'une demi-lieue sur une hauteur de trente ou qua-

rante pieds. Après l'homme des cavernes, il est le plus
ancien de ceux qui ont laissé une trace de leur passage sur le sol de l'Amérique septentrionale. Or ce
n'est que lorsqu'ils apprennent à cultiver, lorsqu'ils
possèdent des animaux domestiques, que les hommes
commencent à se bâtir des abris qui soient autre
chose que des nids temporaires. Le peuple qui a construit ce tertre était donc un peuple agriculteur et
déjà civilisé.

— Quel est son nom?

— On l'ignore, répondit le padré; toutefois, en
raison de ses travaux, les savants le désigneront probablement sous le nom de *Constructeur de tertres*[1].

Lambert demeura un instant silencieux.

— Ainsi, reprit-il avec une moue comique, encore
deux illusions perdues : l'homme sauvage n'est pas un
rentier, et ce désert, comme celui d'hier, est un faux
désert. Mais dans quel but, s'il vous plaît, ces premiers
citoyens des États-Unis remuaient-ils la terre avec
tant d'application; à quoi leur servaient ces tertres?

— C'étaient, répondit le padré, des monuments
religieux, des sépultures, des autels, plus rarement
des habitations. De l'un de ces monticules, j'ai vu
retirer des squelettes, des crânes dont la conformation
est distincte de ceux des tribus indiennes encore

---

[1] Le padré ne se trompait pas, c'est par le nom de *Mound-builders*
que les Américains désignent aujourd'hui ces premiers habitants de
leur sol.

existantes, des poteries aux formes savantes ou gra-
cieuses, des armes en silex, en jaspe, en agate et des
pipes représentant des animaux. Les Constructeurs de
tertres étaient nombreux, puissants, et je serais surpris si, dans le long voyage que vous allez accomplir,
vous ne rencontrez par douzaines les monuments
dont ils ont couvert les contrées qu'ils ont traversées
ou habitées.

— Si nous découvrons le fleuve aux pépites d'or,
s'écria Lambert, et s'il reste, lorsque M. Paul aura
prélevé le million dont il a besoin, quelques centaines
de francs que je puisse m'approprier, je me donnerai
la satisfaction de faire fouiller un de ces tertres. Je
ne serais pas fâché, une fois de retour à Paris, de
fumer en plein boulevard une pipe culottée par un
monsieur qui a vécu cinq mille ans avant moi.

Aussitôt relevé de faction, Lambert erra à l'aventure, et il se trouva en face d'un second tertre, que
terminait un renflement circulaire. Il escalada ce
cylindre, et sa stupéfaction fut grande, en regardant
à ses pieds, de voir que le tertre qu'il dominait figurait un homme couché sur le dos, les jambes écartées,
et sur la tête duquel il se tenait en ce moment en
équilibre. Il appela le père Anselme, qui lui apprit
que les Constructeurs de tertres, dans leurs travaux,
se plaisaient à représenter non seulement des hommes,
mais des mammifères, des reptiles, des oiseaux, des
figures géométriques, et parfois des animaux antédi-

luviens, circonstance qui semble prouver que ces derniers ont été leurs contemporains.

Les questions de Lambert, plus sérieux au fond que
pouvait le faire croire son ton habituel de plaisan-

Le tertre qu'il dominait figurait un homme couché sur le dos.

terie, ne tarissaient pas. Quant au père Anselme, bien
que les monuments antiques que l'on avait sous les
yeux eussent attiré depuis longtemps son attention,
il ne faisait que pressentir leur importance au point
de vue de l'histoire de l'homme. Aujourd'hui que les

déserts américains se peuplent, qu'un chemin de fer traverse un coin des contrées explorées par nos voyageurs, on sait que, du Saint-Laurent au golfe du Mexique, du Mississipi à l'océan Pacifique, c'est-à-dire du 27e degré de latitude nord au 37e, les Mound-builders ont partout laissé des traces de leur civilisation. On a calculé que les tertres connus jusqu'à nos jours, si on les joignait bout à bout, représenteraient un travail de terrassement d'au moins un million de kilomètres de longueur, travail plus extraordinaire que celui des pyramides.

— Ces Constructeurs de tertres, demanda encore Lambert, ne savaient-ils que remuer la terre et l'amonceler?

— Ils ont aussi construit des villes de pierres, répondit le padré; mais, de toutes les œuvres de l'homme, on dirait que celles qui résistent le mieux à l'action du temps sont celles qui prouvent la vanité de son orgueil, c'est-à-dire les tombeaux. Toutefois, sur quelques points, on découvre des fortifications qui démontrent, hélas! que la guerre n'est pas chose nouvelle; puis des canaux qui permettent de supposer que ce peuple avait atteint un haut degré de civilisation.

— Et de quelles armes se servaient-ils?

— De haches et d'épées en pierre, si semblables parfois à celles que l'on rencontre dans notre Europe que l'on pourrait croire qu'elles sont l'œuvre d'un même peuple. En outre, ils savaient travailler le cuivre, l'or et l'argent, mais ils se servaient peu de ces deux derniers métaux.

A l'heure du repas, il fut de nouveau question des Constructeurs de tertres, car la curiosité de Lambert était insatiable. En revanche, Thibaut, Minno et Vampa écoutaient parler le missionnaire d'une oreille distraite. Faut-il s'en étonner alors que nous avons vu nos paysans d'Europe découvrir pendant des siècles, dans les champs dont leurs bêches ou leurs charrues retournaient la terre, des silex travaillés qu'ils ne daignaient pas ramasser et que les savants considéraient comme l'œuvre des Gaulois ou des Romains? C'est depuis cinquante ans à peine que l'homme s'occupe scientifiquement de ses véritables ancêtres, et que Boucher de Perthes, pris d'abord pour un rêveur, a posé les premières assises de l'histoire, aujourd'hui si riche en documents matériels, de l'homme préhistorique.

Une question d'un intérêt plus vif pour les voyageurs, c'était la tentative d'assassinat dont Paul avait failli être victime, laquelle devint de nouveau le sujet de la conversation. Pour le jeune ingénieur, plus il y réfléchissait, plus il se persuadait que ce crime devait avoir été prémédité par les créanciers de la Roche-Verte, qui seuls pouvaient désirer sa mort. Mais pourquoi les meurtriers n'avaient-ils pas tenté de le frapper plus tôt? Ils avaient attendu, selon toute probabilité, que l'on fût assez loin des habitations pour que leur crime restât sans témoins, sans preuves. Les survivants allaient sans doute porter à la Roche-Verte le bonnet, le fusil, la veste ensanglantée qu'ils avaient dérobés, recevoir le salaire de leur crime.

Une fois de plus, Paul fut tenté de rebrousser chemin, d'aller châtier les meurtriers et leurs instigateurs. Seulement, comment prouver ce qu'il croyait être la vérité? Puis, c'eût été perdre un mois peut-être. En somme, on ne pouvait chasser les détenteurs de la Roche-Verte que dans dix-huit mois, et, avant ce terme, alors que ses ennemis se croiraient à la veille de triompher. Paul comptait apparaître les mains pleines d'or, en mesure de se venger.

Bien que les voyageurs fussent persuadés que les complices du contremaître, effrayés par la mort de leur chef et sans doute convaincus que leur sinistre tâche était accomplie, se dirigeaient vers la Roche-Verte, une sentinelle, aussitôt la nuit venue, veilla à la sûreté du bivouac. Le plus vigilant des gardiens, quand vint son tour, fut Lambert. On n'avait pas trouvé trace de l'Indien qu'il déclarait avoir vu parmi les empreintes observées, et un sourire d'incrédulité continuait à se dessiner sur les lèvres de Thibaut chaque fois qu'une allusion venait rappeler à l'improviste cet incident.

— Que voilà bien les hommes, pensait le Parisien, j'ai eu, l'autre jour, toutes les peines du monde à

convaincre Thibaut que l'histoire du Petit Poucet est
un conte, et voilà qu'il s'obstine à prendre pour un
conte une histoire vraie. Je serais curieux de savoir si
les Mound-builders étaient, eux aussi, « de glace pour
la vérité, de feu pour les mensonges ». Car, enfin, je
suis sûr de n'avoir pas rêvé, et parce qu'il ne faisait
pas partie de la bande de gredins qui nous a attaqués,
cela ne prouve rien contre l'existence de mon Indien.
S'il avait eu de mauvaises intentions, ce bonhomme,
il s'est approché d'assez près de nous pour choisir sa
victime; toutefois, je l'ai assez bien vu pour affirmer
que son regard était plus inquiet que menaçant.

La nuit se passa paisible, et le lendemain, après
une montée fatigante, on se trouva sur un plateau
que l'on traversa. Depuis deux jours, on cheminait
sur le territoire des Choctas, et, bien que le projet des
voyageurs fût de passer, autant qu'il leur serait possible, au large des villages, la partie périlleuse de
leur long voyage allait commencer. Aussi, ne fût-ce
pas sans une pointe de mélancolie qu'ils examinèrent
l'immense horizon qui se déroulait sous leurs yeux.

Adossés à l'Etat d'Arkansas, à leur droite s'étendait
les déserts qui devaient former plus tard l'Etat de
Kansas, et, à leur gauche, par delà la rivière Rouge,
commençaient les interminables prairies du Texas.
En face d'eux, avec ses montagnes sans nom, ses rivières inconnues, ses forêts inexplorées, s'étageait le
pays encore mystérieux qu'ils allaient essayer de

franchir, et qui, vingt ans plus tard, devait constituer les États du Colorado, d'Utah et de Névada, dont le premier doit son nom à un fleuve, le deuxième à un lac et le troisième à la chaîne de montagnes qui, courant du nord au sud, l'isole de la haute Californie. C'était ce dernier pays que Paul voulait atteindre, et plus de huit cents lieues l'en séparaient !

En somme, la plaine semée de bois, placée immédiatement au-dessous des voyageurs, était si riante, si accidentée, si pittoresque, avec sa végétation semitropicale, qu'ils s'attardèrent à la contempler et se mirent en route à regret. Paul, dont le bras était encore gonflé, ouvrait la marche avec le père Anselme, et tous deux gardaient le silence. Ils s'étaient déjà pris de vive amitié l'un pour l'autre, et, dans trois ou quatre jours, ils allaient se séparer : Paul pour traverser le continent dans sa plus grande largeur, le missionnaire pour s'enfoncer dans les contrées où la civilisation a refoulé les Indiens Chéyennes, Chibsas, Séminoles, Chérokies et Arapahoés. De là, le padré comptait se lancer à la recherche des Apaches et des Comanches, tribus indomptées qui parcourent encore aujourd'hui les solitudes du Nouveau-Mexique et de l'Arizona.

La pente de la montagne sur laquelle les voyageurs venaient de s'engager était nue. Lambert, assis au pied d'une roche, regardait d'un air distrait Vampa et Minno faire décrire aux mules de longs zigzags,

précaution sans laquelle les caisses que portaient les
braves animaux leur auraient passé par-dessus la
tête, tant le sol était incliné. En ce moment, l'imagination du Parisien voyageait par delà le pays qu'il
avait sous les yeux. Il allait donc enfin voir d'autres
arbres que des pins, d'autres oiseaux que des aigles
ou des vautours, d'autres plantes que des sauges ou
des bruyères. Puis, bien que Paul tînt à éviter tout
contact avec les Indiens, Lambert ne désespérait pas
de pouvoir contempler de vrais sauvages, car Vampa,
qui était un chrétien auquel le père Anselme avait
appris à se servir d'un mouchoir de poche, et Minno,
qui parlait français, ne lui paraissaient, ni l'un ni
l'autre, des sauvages d'une authenticité prouvée. Un
coup de sifflet, appel de Thibaut, qui s'étonnait de
l'absence de son voisin habituel de marche, réveilla
en quelque sorte Lambert. Il allait se lever et se lancer à son tour sur la pente, certain de rejoindre ses
compagnons en un instant, lorsqu'il se rassit et se
pressa contre la roche qui l'abritait. Il arma doucement son fusil, le souleva avec lenteur, visa dans la
direction d'un bouquet de sapin qui se trouvait à sa
droite, puis rabattit son arme en faisant un geste de
dénégation.

Le gibier que venait de viser Lambert, c'était l'Indien qu'il avait déjà vu et qui venait d'apparaître
entre les arbres. Le cou tendu, le sauvage se dirigeait
vers la pente que descendait la petite caravane, et

passait d'un arbre à un autre, comme s'il craignait
d'être aperçu. Il franchit, courbé, la distance qui le
séparait du bord du plateau et s'étendit sur le sol.
Lambert épaula par deux fois, sans se décider à tirer.
S'il eût fait nuit, peut-être eût-il suivi le précepte de
Thibaut; mais là, en plein jour, de sang-froid, tuer
un être humain, il ne le pouvait pas, c'était plus fort
que lui.

Que faire? L'embarras du Parisien était grand. Sa
première idée fut de courir vers l'Indien, qui, se voyant
découvert, regagnerait infailliblement les sapins. Appeler? c'était lui donner l'éveil, et, l'oiseau parti,
Lambert passerait une fois encore pour avoir mal vu
ou rêvé. Un nouveau coup de sifflet retentit, il fallait
prendre une résolution. Lambert se redressa et fit au
Canadien d'énergiques signes d'appel. Lorsqu'il re-
porta ses regards vers l'endroit où l'Indien s'était
couché, il poussa une exclamation en ne le voyant
plus.

— Allons, murmura-t-il avec résignation, ce garçon doit posséder un paquet de cette fameuse poudre
de Perlimpinpin qui rend invisible, et Thibaut va se
moquer de moi; ayons bon caractère.

Toutefois, au lieu d'aller au-devant de son compagnon, il lui fit signe de hâter le pas.

— Que vous arrive-t-il, Lambert? demanda le Canadien aussitôt qu'il fut à portée de la voix; vous seriez-vous blessé?

— Non, mon camarade, répondit le Parisien ; j'ai
vu un coq de bruyère ou un faisan, je veux que vous
décidiez le cas.

— Est-ce pour rire plus à votre aise de m'avoir fait
grimper cette côte, Lambert, que vous commencez par
rire à vos propres dépens ?

— Non, mon ami, je désire vous soumettre un doute.
Le bourgeois, l'Indien de l'autre soir, veux-je dire,
vient de reparaître ; il s'est avancé jusqu'au bord du
plateau, là-bas, et s'est couché pour vous observer.
Vous m'avez appelé, et pendant que je vous faisais
signe d'accourir, le bonhomme a disparu.

— Parlez-vous sérieusement.

— Certes.

— Votre fusil n'est donc pas chargé ?

— Si ; toutefois, je viens encore de m'en convaincre :
il ne veut pas partir lorsqu'il y a un homme au bout.

Le Canadien haussa ses larges épaules ; puis, après
avoir armé son fusil, il marcha vers les sapins. Arrivé
près des arbres, il examina le sol et se dirigea vers la
roche au pied de laquelle, au dire de Lambert, l'Indien s'était couché.

— Voyons, Lambert, demanda le chasseur après
avoir regardé la terre, est-ce une plaisanterie ?

— Non, Thibaut ; du reste, voyez, ni vous ni moi
n'avons passé par là, et voilà une petite plante dont la
tige ne doit pas s'être brisée toute seule.

Thibaut regarda la plante avec attention ; puis, le

doigt sur la détente de son fusil, il se dirigea vers une
roche placée sur la pente, décrivit un cercle autour
du bloc et s'arrêta.

Ne tirez pas.

— Ne tirez pas, cria-t-il à Lambert.

Le jeune Indien venait de se redresser, et il tendait
vers le Canadien ses mains désarmées.

VI

NILCA.

Thibaut, à la grande surprise de Lambert, rejeta son fusil sur son épaule et se rapprocha de l'Indien.

— D'où sors-tu, pauvre Nilca, lui demanda-t-il en espagnol, et comment te trouves-tu de ce côté des montagnes?

— Je me suis enfuie de la Roche-Verte, répondit l'Indienne ; je ne veux pas mourir parmi les blancs.

— Tu voyages seule?

— J'ai su que ton chef et toi vous alliez marcher vers les plaines de mon pays, et je vous ai suivis.

— A pied, sans armes?

— Quand les blancs se sont emparés de moi, ils ont brisé mon arc et mes flèches.

— Est-ce donc toi, demanda Thibaut, qui t'es approchée la nuit de notre foyer?

— Oui ; j'avais faim.

— Pauvre petite! il fallait nous accoster en plein jour, te faire reconnaître.

— Je craignais, je crains encore, dit l'Indienne, dont le regard anxieux se fixa sur le visage du Cana-

dien, comme pour lire dans sa pensée, que ton chef
ne me retînt prisonnière pour me ramener ensuite à
la Roche-Verte.

— Tranquillise-toi; aucun de nous ne voudrait te
priver de la liberté que tu as reconquise. Allons,
viens.

— J'ai souvent entendu les habitants de la Roche-
Verte te nommer Cœur-Loyal, dit l'Indienne, je crois
donc à tes paroles; si ton chef doit me rendre à la servitude, laisse-moi partir, ou tue-moi.

— Loin de te livrer, Nilca, mon chef te défendrait
au besoin. Chasse donc toute crainte de ton esprit, et
accompagne-moi.

La stupéfaction de Lambert, attentif à cette conversation, était comique à observer. Il avait appris un
peu d'anglais et d'espagnol pendant son séjour à la
Roche-Verte; il comprenait donc à peu près ce que
disait la jeune sauvage, dont il admirait la gentillesse,
l'air résolu, les grands yeux noirs. Il était très intrigué, car il ne se souvenait pas de l'avoir vue sur le
domaine, où son costume n'eût pas manqué d'attirer
son attention. Au moment où, sur les pas de Thibaut,
la jeune Indienne s'engagea sur la descente, le Parisien se rapprocha d'elle.

— Le chemin est rude, dit-il; si mademoiselle ou
madame veut me faire l'honneur de s'appuyer sur
moi?

Il présentait son bras. L'Indienne, ne comprenant

rien à son acte de courtoisie, recula et le regarda avec
inquiétude.

— Rassure-toi, Nilca, s'empressa de dire Thibaut,
qui ne put se défendre de sourire; ce guerrier te croit

L'Indienne le regarda avec inquiétude.

fatiguée, et, selon la coutume des hommes de sa nation, il t'offre son bras afin que tu puisses t'y appuyer.

— Je sais marcher, répondit Nilca.

Et elle continua de suivre Thibaut, près duquel
Lambert essaya de se maintenir.

— Vous m'avez blâmé, lui dit-il, de n'avoir pas tiré sur le rôdeur que j'avais aperçu; à ma place, vous auriez donc tué cette jolie personne?

— Non, Lambert; car si je n'avais pas reconnu Nilca, j'aurais au moins reconnu une femme.

— Oui, j'ai fait pis, cette fois, que de prendre un coq de bruyère pour un faisan; en conscience, Thibaut, pouvais-je deviner que les Indiennes du désert portent des culottes?

— C'est là un fait pourtant assez commun, reprit le Canadien; néanmoins, votre méprise est excusable; je ne serais pas moins désolé que vous s'il était arrivé malheur à cette enfant. Toutefois, n'oubliez pas mes conseils, Lambert; ce ne sont pas les femmes qui viennent d'ordinaire rôder, la nuit, autour des foyers, et, d'ici au terme de notre voyage, nous ne trouverons plus de Nilca sur notre route.

A mi-chemin de la descente, les retardataires aperçurent leurs compagnons groupés autour des mules qu'ils avaient débarrassées de leurs fardeaux. La vue de Nilca les surprenait, et ils avaient hâte de connaître la cause de sa présence. Thibaut, aussitôt qu'il les eut rejoints, leur expliqua ce qu'il savait de l'histoire de l'Indienne, que le père Anselme, qui parlait la langue des Comanches, se hâta d'interroger. Après une courte conversation, il lui fit donner un biscuit, qu'elle mangea avec avidité.

— Nous pouvons reprendre notre marche, dit à

Paul le missionnaire; cette jeune fille déclare ne pas
être fatiguée et pouvoir nous suivre.

— Qui est-elle? d'où vient-elle? demanda le jeune
homme.

— Elle est, d'après son récit, la fille d'un chef. Elle
a été faite prisonnière, il y a plusieurs mois, sur la
frontière du Texas et amenée dans l'Arkansas. Bien
que ce trafic soit défendu, elle a été vendue à un colon
de la Roche-Verte.

— Oui, dit Thibaut; on l'avait affublée d'une robe,
de souliers, et la pauvre petite faisait triste figure
sous cet accoutrement. Ses maîtres n'étaient pas de
mauvaises gens, ils ne la maltraitaient pas, exigeaient
d'elle peu de services et cherchaient à combattre sa
tristesse.

— Comment se fait-il qu'elle porte le costume des
guerriers de sa nation? demanda Paul.

— Elle vient de m'expliquer, répondit le padré,
qu'elle avait conservé les habits dont elle était vêtue à
l'heure où elle est devenue prisonnière, et qu'elle les
a endossés la nuit où elle a gagné les bois pour vous
suivre, car elle avait su que vous vous dirigiez vers
son pays. Elle paraît très intelligente, continua le père
Anselme, et ce n'est pas sans dessein que la Providence l'a envoyée vers nous. De toutes les nations
indiennes qui parcourent le grand désert, celle des
Comanches est la plus cruelle, celle qui a le plus besoin de la parole de Dieu. Je songe à reconduire cette

enfant parmi les siens ; si elle est, ainsi qu'elle le
déclare, la fille d'un chef puissant, elle pourra, par
reconnaissance, me protéger contre les caprices souvent inexplicables de ses compatriotes et me donner le
temps de leur parler du vrai Dieu.

— Les Comanches passent pour être intraitables,
dit Paul ; d'après Minno, c'est lorsque nous traverse-
rons les grandes prairies, où ils errent, que nos exis-
tences seront véritablement en danger. Puis, vous le
savez mieux que moi, padré, les femmes ont peu d'in-
fluence sur les chefs indiens. Une fois parmi les
siens, Nilca oubliera peut-être le service que vous lui
aurez rendu pour ne se souvenir que de sa servitude
et s'en venger.

— C'est possible, reprit le missionnaire ; pourtant
j'ai plus de confiance que vous dans les bons instincts
gravés par Dieu au fond de toute âme humaine.
D'ailleurs, mon jeune ami, si vous bravez la mort pour
venir en aide à ceux que vous aimez, pourquoi la
craindrais-je, moi qui voudrais partager avec chacun
de mes semblables les richesses célestes que mon
maître a promises à ses élus?

— Alors vous renoncez suivre à votre premier itinéraire?

— Oui. Pénétrer dans un village comanche me
semblait, ce matin encore, une entreprise impossible ;
conduit par cette enfant, je pourrai peut-être pénétrer
parmi les siens, me faire écouter d'eux, et ce ne sera

pas la première fois que Dieu aura employé la main
d'une femme pour ramener des âmes à lui.

Paul ne combattit pas la nouvelle résolution du
missionnaire, bien qu'il en entrevît le danger. Il allait
de nouveau vivre pendant de longs jours avec un
compagnon de route instruit, expérimenté, et son
égoïsme amical était excusable. D'ailleurs, une fois
dans les prairies, il espérait le dissuader de son dessein, l'entraîner plus loin encore; toutefois, il se
garda de révéler sa pensée.

Le padré, Paul, Thibaut et Lambert rivalisèrent
bientôt de sollicitude pour la fugitive. Minno et Vampa,
avec lesquels elle avait échangé quelques mots en anglais, car la langue des Osages n'a aucun point de
ressemblance avec celle des Comanches, la regardaient avec ce mépris que les Indiens affichent pour
leurs compagnes. Pour eux, en effet, une femme est
un être inférieur, une servante, une bête de somme,
une chose. Cette suprématie que s'arroge l'Indien
n'est justifiée par aucune autre infériorité physique
que celle de la force; car, au désert, la femme est
d'âme aussi vaillante que l'homme. Plus industrieuse,
plus laborieuse que lui, elle travaille du matin au
soir avec une assiduité, un courage, une abnégation
que ne récompensent, en général, que de mauvais
traitements.

Lambert avait délaissé Thibaut pour marcher près
de Nilca; car la jeune sauvage excitait vivement sa

curiosité. Svelte, dotée de petites mains et de petits pieds, de grands yeux noirs et de dents d'une blancheur éblouissante, elle eût été belle partout en dépit de sa peau orangée. Lambert l'interrogeait parfois ; elle lui répondait avec complaisance, d'une voix d'un timbre agréable. Il apprit ainsi qu'elle était âgée de seize ans environ, qu'elle savait se servir d'un arc et d'un fusil, qu'elle était fille du chef Tonnerre-qui-gronde, lequel pouvait réunir jusqu'à vingt mille guerriers.

Si agréable qu'il lui fût de causer avec Mlle Tonnerre-qui-gronde — ce nom amusa beaucoup le Parisien — il se garda pourtant de la fatiguer et de devenir importun. D'ailleurs, il s'occupait beaucoup de la belle végétation au milieu de laquelle il cheminait, et qui lui paraissait d'autant plus souriante qu'il la comparait aux bois de sapins et aux roches dont il était, disait-il, rassasié. On foulait une herbe épaisse, émaillée de fleurs, et les bouquets d'arbres que l'on rencontrait fréquemment, que l'on traversait parfois, se composaient de sycomores aux troncs lisses, d'ébéniers aux feuilles menues, de magnolias d'un vert d'émeraude. Des geais au plumage noir et bleu, semé de petites étoiles blanches, volaient en avant des voyageurs et semblaient les guider. Tout à coup, Paul cria le mot halte ; il venait d'apercevoir, à sa gauche, la fumée d'un foyer. La petite troupe serra ses rangs et tint conseil. Elle se disposait à contourner un bou-

quet d'arbres, avec l'espoir de passer inaperçue de
ceux qui entouraient le foyer entrevu, lorsqu'un
Indien se montra dans la plaine, multipliant les gestes
pacifiques. Le padré, escorté de Vampa, alla à sa

Le padré alla à sa rencontre.

rencontre. C'était un Choctas, mot qui signifie « voix
charmante »; il avait les épaules chargées de peaux.

Les Choctas, nommés Chactas par les Français,
étaient une des nations les plus importantes de l'A-
mérique septentrionale lors de la découverte de ce

continent. Ils habitaient alors les rives du Mississipi
et de l'Alabama. Relégués peu à peu entre la rivière
Canadienne et la rivière Rouge, ils commencent à
s'occuper d'agriculture. De tout temps, les Choctas
ont été renommés pour leur douceur et leur loyauté,
qualités qui ne les ont pas protégés contre les spolia-
tions des blancs. Lambert eut encore une désillusion
en apprenant que les peaux qui garnissaient les
épaules du sauvage, et qu'il croyait faire partie de son
costume étaient des marchandises.

— En vérité, dit-il, ce n'était pas la peine de quitter
le faubourg Saint-Jacques, de traverser la mer, des
fleuves, des montagnes, et d'aborder enfin une sa-
vane, pour s'y trouver nez à nez avec un marchand
de peaux de lapins.

— Remarque pourtant, Lambert, lui répondit Paul,
qui ne put s'empêcher de rire, que ces peaux de lapins, si tu les voyais de près, sont bel et bien des peaux
d'ours, de tigres noirs et de castors.

— Eh bien, c'est le tigre ou le castor eux-mêmes
que je voudrais voir.

— Patience, tu les verras.

En dépit de la confiance dont il avait fait preuve
en s'approchant seul des voyageurs, on tint le Choctas à distance. On ignorait le nombre de ses compagnons, et l'on ne voulait pas qu'il pût examiner le
chargement des mules. Très surpris de voir refuser
ses peaux — les blancs des frontières ne faisant guère

que le trafic de ces dépouilles — il donna néanmoins
avec complaisance quelques indications sur la direction
qu'il fallait suivre pour atteindre plus vite la rivière
Canadienne.

— Il n'est pas du tout sauvage, ce sauvage, s'écria
Lambert en se remettant en route.

— Les Choctas vivent depuis deux siècles entourés
d'Européens, répondit le padré, et cependant, de
même que toutes les autres races indigènes, ils n'ont
voulu renoncer ni à leurs coutumes ni à leur costume.
Ils repoussent la civilisation, dont ils entravent le
développement; aussi les repousse-t-elle à son tour.
Elle ne les combat plus guère par les armes; mais
elle les force à émigrer vers le désert et les décime
plus sûrement que par les balles en leur fournissant
cette « eau de feu » dont ils sont si avides. Avant un
siècle, ajouta le padré avec tristesse, ces grands enfants, qui n'ont de l'homme que le courage et une
certaine noblesse de sentiment, auront disparu du
continent américain.

— Encore un nouveau mécompte, s'écria Lambert,
les Indiens ne sont pas des sauvages ?

— Ils ne le sont pas tous en effet, répondit le père
Anselme, et il est bon que vous le sachiez, Lambert,
pour vous éviter une erreur trop générale. Il est très
vrai que les indigènes de l'Amérique du Nord n'ont
jamais su que chasser ou se battre, qu'ils ne sont
jamais sortis de l'état barbare, et il y a là un phéno-

mène de race très curieux. En revanche, les peuples
qui habitaient les contrées du Sud, lors de la découverte du grand continent américain, avaient atteint
un haut degré de civilisation. Les Mayas, qui peuplaient le Yucatan ; les Toltèques, les Alcolhuas, les
Aztèques, qui ont successivement occupé le Mexique, et enfin les Quichuas, qui habitaient le Pérou,
ont été des nations puissantes, civilisées, qui culti-
vaient tous les arts, possédaient des lois, et avaient
inventé une écriture. Le nom générique d' « Indien »,
qui nous sert à désigner tous les anciens indigènes
de l'Amérique, jette dans l'esprit des Européens une
confusion regrettable et leur fait croire qu'une seule
race d'hommes peuplait autrefois ce continent. C'est
là encore une erreur. L'Algonquin, le Huron, l'Osage,
n'ont rien de commun avec le Comanche, si ce n'est
leur vie de chasse, et le Comanche n'a rien à voir avec
le Maya. Les indigènes des deux Amériques, abusi-
vement confondus sous un même nom, sont, en réalité, aussi distincts les uns des autres, par la couleur
de leur peau, leur langue, leurs coutumes, leur religion et le nom qu'ils se donnent à eux-mêmes, que
le Lapon, le Turc, l'Espagnol et l'Anglais le sont entre
eux. Avec cette différence, pourtant, que Lapons,
Turcs, Anglais ou Espagnols ont accepté la qualifi-
cation d'*Européens*, tandis que le Natchez, le Comanche, l'Aztèque, en un mot toutes les nations
aborigènes des deux Amériques, repoussent, avec

raison, celle d'*Indiens*, mot qui n'existe même pas dans leur langue.

— Vous allez certainement m'apprendre, padré, reprit Lambert, que Colomb n'a pas découvert l'Amérique ?

— Pour cela non, répondit le missionnaire, car, si le nouveau monde porte le nom d'Améric Vespuce et si ses côtes ont été aperçues du temps de Charlemagne par des marins normands, c'est bien le pied de Colomb qui a foulé pour la première fois le sol d'une des îles de la cinquième partie du monde.

On s'engagea dans un bois où le Choctas avait annoncé que l'on rencontrerait un ruisseau, et Thibaut, suivi de Lambert, que les énormes enjambées de son compagnon forçaient à trotter, prit les devants avec l'espoir de trouver un gibier pour le déjeuner.

Le bois, peu épais, était coupé de clairières ; au moment où les deux chasseurs allaient traverser un de ces espaces, cinq ou six gros oiseaux passèrent du sommet d'un arbre à un autre.

— Voilà de drôles de merles, dit Lambert à voix basse ; on dirait qu'ils volent sans ailes et sans bruit. Comment nommez-vous, Thibaut, ces singuliers oiseaux ?

Le Canadien regarda son compagnon, puis son rire silencieux secoua sa vaste poitrine.

— Voilà une façon très claire, reprit le Parisien, de me faire comprendre que je viens de dire une sottise.

Voyons, mon camarade, ce ne sont pas des tortues, je
suppose, qui se sont envolées sous notre nez ?

Thibaut saisit le bras de son compagnon et lui montra, assis sur une branche, un écureuil roux qui semblait les regarder.

Il vit que l'animal avait les pattes réunies par une membrane.

— Ne le perdez pas de vue, murmura-t-il, et laissez-
moi le soin de le tirer.

Il se dirigea vers l'arbre; l'écureuil, qui le surveillait, courut jusqu'à l'extrémité de la branche, puis se

lança dans le vide. Il parut grossir de moitié, et, à la
grande surprise de Lambert, fila en planant vers le
sommet d'un autre arbre. Un coup de feu arrêta son
essor, et il tomba dans l'herbe. Le Parisien alla ramasser le gibier ; il vit alors que le petit animal avait les
pattes réunies par une membrane qui lui servait de
parachute et lui permettait de se maintenir quelques
instants dans l'air.

— Si vous m'aviez parlé, il y a une heure, d'écureuils volants, dit-il à Thibaut, j'aurais cru que vous
vous moquiez de moi. A votre maxime, qu'il ne faut
affirmer que ce dont on est sûr, j'ajouterai, dorénavant, qu'il ne faut jamais rien nier.

L'écureuil volant ou polatouche — *Pteromys volucella*
des savants — eût été un maigre déjeuner, si un ma-
rail, sorte de dindon sauvage, n'était venu se placer
à la portée du fusil de Thibaut, qui l'eut bien vite
abattu.

Les deux chasseurs arrivèrent près du ruisseau annoncé par le Choctas et furent rejoints par leurs compagnons. Délivrées de leurs fardeaux, les mules se
mirent aussitôt à paître, et Nilca, qui, depuis son
entrée dans le bois, avait ramassé des branches sèches,
commença à édifier un foyer.

— Permettez, mademoiselle, lui dit Lambert, ceci
me regarde.

Nilca prit alors le gibier.

Thibaut, à son tour, le lui retira des mains. La

jeune fille regarda ses nouveaux amis d'un air offensé.

— Je suis la fille d'un chef, dit-elle avec orgueil;
mais je connais les devoirs d'une femme.

— Nous n'en doutons pas, Nilca, lui répondit Thibaut; seulement, nous devons nous remettre en route
tantôt, et nous voulons que tu te reposes.

La jeune fille, un moment indécise, n'insista pas, et
elle alla s'asseoir à l'écart.

Tandis que Thibaut et Lambert cuisinaient, que
Minno et Vampa veillaient sur le petit camp, Paul et
le père Anselme se rapprochèrent de Nilca, que ce
dernier interrogea. Elle raconta de nouveau qu'ayant
vu défiler la petite caravane et décidée à reprendre sa
liberté ou à mourir, elle était partie le soir sur ses
traces. Elle voulait la suivre à distance et vivre des
débris de ses repas, jusqu'à l'approche des prairies
que parcouraient les hommes de sa nation. Quatre
jours auparavant, elle avait failli être surprise par
trois trappeurs, dans lesquels elle avait reconnu des
blancs de la Roche-Verte. Persuadée que ces hommes
la poursuivaient, elle leur avait laissé prendre les devants, afin de les dérouter, et s'était aperçue, au soin
avec lequel ils examinaient sa piste, que c'était la
petite caravane qu'ils cherchaient. A sa grande surprise, elle avait vu deux des faux trappeurs rétrograder, sans soupçonner ni leur tentative criminelle ni la
mort de leur compagnon. Si elle eût deviné le dessein

de ces hommes, elle aurait prévenu Cœur-Loyal, dans
lequel elle voyait un ami, car plus d'une fois, alors
qu'elle était prisonnière, il avait essayé de la consoler.

Au moment où Lambert décrocha le rôti et cria
joyeusement : A table! Nilca parlait de son pays. Elle
n'appartenait pas à la tribu comanche établie à l'ouest
des monts Witchita, mais à celle qui erre dans les
solitudes que bornent les montagnes du Colorado.
Cette tribu, bien que le chemin de fer sud du Pacifique traverse depuis peu son territoire, est encore
indomptée.

On se remit en route dans l'après-midi, car Paul,
bien qu'il souffrît de sa blessure, ne consentait qu'avec
peine à s'arrêter. L'ardeur du soleil incommoda un
peu les voyageurs, et Lambert envia le costume de
Minno. On campa au sommet d'un monticule, et le
surlendemain, sans qu'aucun incident eût entravé la
marche, on dépassa enfin les monts Shaunies. Évitant de suivre les sentiers qu'elle rencontrait parfois,
la petite caravane, appuyant sur sa droite, se dirigea
vers la rivière Canadienne. D'après le père Anselme,
on était sorti du territoire des Choctas, et l'on traversait celui des Chikassas.

— Quelle tribu est-ce là? demanda Lambert, qui
l'entendait nommer pour la première fois.

— Les Chikassas sont des parents des Choctas, répondit le missionnaire; ils ont été une des tribus les
plus belliqueuses de l'Amérique et ont souvent vaincu

leurs voisins, les Chérokies, les Osages, les Creeks et
les Kikapous. Aujourd'hui, chassés comme eux des
contrées où vécurent leurs aïeux, ils reculent vers le
désert.

Les noms employés par le padré déroutaient souvent Lambert.

— Il y a donc, demanda-t-il, autant de tribus indiennes que d'étoiles?

— Pas précisément, répondit le père Anselme; cependant leur nombre est de plus d'un millier.

— Alors, s'écria Lambert, je renonce à les connaître toutes, et je vous prie, padré, de ne me nommer
désormais que les principales. Dites-moi, est-ce que
chacune de ces tribus porte un costume différent?

— Oui et non; car cette différence se réduit souvent
à un détail à peine sensible pour ceux qui l'ignorent;
une marque sur les armes, par exemple, ou un objet
de parure. On ne peut confondre un Osage avec un
Creek, mais on a peine à distinguer un Choctas d'un
Chikassas.

— Lorsque j'étais enfant et que je commettais une
sottise, dit le Parisien, mon père me traitait avec dédain d'Iroquois. Verrons-nous des hommes de cette
nation?

— Non, Lambert, ou du moins c'est peu probable.
Les Iroquois, les Hurons, les Sioux, les Algonquins,
qui habitaient le Canada, sont aujourd'hui à peu près
anéantis.

— En quoi, demanda Lambert, pouvais-je bien ressembler à un Iroquois?

— Mais, répondit le missionnaire qui sourit, peut-
être du côté de la légèreté, ou par votre ignorance, à
cette époque, des lois de la civilité. La vérité, c'est
que, bien qu'ils se soient toujours montrés nos ennemis, les Iroquois, auxquels il faut quand même rendre
justice, ont été une nation puissante, brave, et d'une
grande habileté politique.

La petite caravane, qui venait de traverser des bouquets de bois composés de pacaniers, d'ébéniers, de
noyers noirs, déboucha en face de collines de sable
sur lesquelles elle s'engagea. Elle savait que des collines de cette nature bordent la rivière Canadienne, et
elle s'attendait, chaque fois qu'elle atteignait un sommet, à découvrir le beau cours d'eau. Bientôt, pour
avancer, on dut marcher latéralement, non sans courir le risque de voir le sable s'écrouler.

Les mules n'en pouvaient plus, et l'on prévoyait
qu'il allait falloir camper sur ce sol aride, lorsque, par
une brèche, on aperçut au loin la rivière. On redoubla
d'efforts pour atteindre le versant qui devait conduire
sur ses rives, et l'on touchait presque au but lorsque
Paul et le padré, qui avaient pris les devants, reculèrent et firent signe à leurs compagnons de s'arrêter.
Ils venaient d'apercevoir, à cent pieds au-dessous
d'eux, un village indien.

VII

UN VILLAGE INDIEN.

Inquiets de leur découverte, les voyageurs tinrent
conseil. Ils savaient de longue date qu'un important
village de Shaunies était établi sur la rive droite de la
rivière Canadienne, et que les chasseurs des différentes tribus environnantes, au printemps et à l'approche de l'hiver, se réunissaient sur ce point. De là,
ils se rendaient en caravane sur les frontières de l'Arkansas pour troquer des peaux contre des armes, des
munitions ou des objets de parure. Seulement, Paul
et ses compagnons croyaient avoir dépassé ce village,
et c'était avec la confiance de ne rencontrer que des
Indiens isolés qu'ils avaient marché dans la direction
de la rivière.

Maintenant, reculer ou avancer était également ha-
sardeux ; puis la marche forcée entreprise sur les collines de sable, avec l'espoir sans cesse déçu d'atteindre
la rivière, avait fatigué les mules outre mesure. Il fallait donc, qu'on le voulût ou non, camper là où l'on se
trouvait, et, triste perspective, passer une nuit sans
eau, sans pâturage, sans bois pour dresser un foyer,

alors qu'à cent mètres au-dessous de soi tout ce dont
on avait besoin abondait.

Les Shaunies, un des débris de la grande nation
des Algonquins, habitaient originairement la Pensyl-
vanie, et furent longtemps des guerriers redoutés.
Bien qu'ils soient restés indépendants, leur contact
prolongé avec les blancs a modifié quelques-uns de
leurs usages. Ainsi, contrairement à la coutume générale des hommes de leur race, ils coupent leurs cheveux, laissent croître leurs moustaches, ne s'arrachent
pas la barbe et dédaignent les bagues, les colliers, les
boucles d'oreilles, les vêtements luxueux dont les
Indiens, plus que leurs femmes, aiment à se parer.
Rejetés sur les bords de la rivière Canadienne, les
Shaunies, depuis la guerre de l'indépendance améri-
caine, s'occupent un peu d'agriculture et vivent en
paix avec les blancs.

Le padré, qui le savait, offrit de se rendre parmi
eux. Mais Minno déclara qu'il allait descendre lui-
même au village, où il était sûr d'être bien accueilli,
les Shaunies étant des alliés de sa tribu. Vampa se
trouvait dans le même cas; les deux Indiens partirent
donc en ambassade.

Lambert eût bien voulu les accompagner, et il fallut l'autorité de Paul pour l'empêcher de se poster au
sommet de la colline, d'où il comptait suivre la
marche de ses compagnons. Après deux heures d'attente, qui parurent éternelles aux voyageurs, car ils

commençaient à craindre pour leurs ambassadeurs,
ils les virent enfin reparaître. Ils apportaient l'assurance d'un bon accueil de la part du chef des Shaunies, qui offrait à la petite troupe une cabane, le
feu, l'eau, le sel et les vivres dont elle pouvait avoir
besoin.

Les mules furent équipées, et l'on se mit en devoir
de gagner la vallée. Au moment du départ, Minno
s'approcha de Lambert, et lui recommanda sans façon
de parler peu, de se conduire en homme lorsque l'on
traverserait le village, c'est-à-dire de ne pas rire et de
se garder de tourner la tête de droite à gauche ou de
gauche à droite avec une curiosité indigne d'un guerrier. Lambert promit d'obéir, tout en déclarant ces
avis inutiles, attendu qu'il avait l'habitude d'observer
les règles qu'on lui dictait, assertion qui fit sourire
Thibaut.

Trois quarts d'heure plus tard, précédée de Minno
et de Vampa, la caravane défilait entre deux rangées
de cabanes spacieuses, dont quelques-unes avaient
des murs de pierre. Nilca, dès l'entrée du village,
s'était drapée dans une des couvertures de ses amis, et
se tenait près de Thibaut, dont la haute taille surprenait visiblement les Indiens. Lambert, qui conduisait
les mules, regardait droit devant lui, et cependant
il remarqua plusieurs Indiens dont le costume le surprit.

Près d'une cabane assez vaste, les voyageurs trou-

vèrent un groupe de Shaunies ; ce groupe se composait du chef, vêtu d'un long manteau orné de dessins bizarres, et de quelques-uns des anciens qui formaient son conseil. Tous saluèrent le père Anselme,

Les voyageurs trouvèrent un groupe de Shaunies.

derrière lequel Paul s'était effacé, et lui souhaitèrent
la bienvenue, déclarant que ses fils étaient heureux
de lui offrir l'hospitalité.

Le missionnaire remercia, et bientôt des femmes
apportèrent une cuisse de daim, des fruits, du pain

de maïs, puis des tiges de cette plante pour les mules. La nuit venait; le chef se retira, après avoir prié ses hôtes de vouloir bien, jusqu'à nouvel avis, ne pas dépasser certains arbres qu'il leur désigna. Il les assura qu'ils n'avaient rien à redouter des Shaunies, mais que des Chéyennes, des Séminoles, des Chérokies et même des Witchitas, venus pour échanger des peaux, campaient à l'autre extrémité du village, et ceux-là pouvaient être tentés de chercher querelle aux étrangers.

Les voyageurs, épuisés de fatigue, se hâtèrent de cuisiner; puis, leur repas terminé, ils songèrent à se reposer. La réception amicale des Shaunies paraissait sincère; néanmoins, on jugea prudent de faire veiller une sentinelle.

Lambert avait déjà dormi longuement, lorsque Vampa vint l'appeler et le conduisit près d'un châtaignier dont les branches s'étendaient jusqu'à la cabane.

— C'est ici la limite de notre camp, dit-il; reste donc là, et, sous aucun prétexte, ne laisse approcher personne.

— Attends un peu, s'écria Lambert en retenant le Creek, si je parle trop, je trouve, mon camarade, que tu ne parles pas assez. Dois-je, selon l'ancienne consigne, tirer sur ceux qui feront mine de vouloir causer avec nous?

— Non pas; tu dois appeler.

— Bien ; maintenant, qui sont ces hommes que je vois là-bas, couchés sur le sol ?

— Ce sont mes compatriotes et ceux de Minno ; ils sont là pour nous prêter aide.

— Et, du côté opposé, sont-ce également des Osages et des Creeks ?

— Non ; ce sont des Shaunies.

— Ils veillent aussi sur nous ?

— Oui.

— Alors, je dois, moi, veiller ceux qui nous veillent ? C'est amusant. Et le bonhomme au grand manteau décoré d'un soleil, d'un quartier de lune et d'une collection d'étoiles qui déclarait le pays sûr ! J'ai compris la consigne, Vampa, tu peux aller dormir.

Lambert s'adossa contre le châtaignier avec la ferme résolution de rester immobile. Au bout de dix minutes, il commença à remuer les bras, puis les jambes.

— C'est plus fort que moi, murmura-t-il ; quand je voudrai ne pas bouger, il faudra que je me fasse attacher. Comment donc s'y prend ce brave Shaunie qui me sert de pendant ? On le croirait pétrifié. Décidément, le métier que je fais n'est pas toujours drôle, et il y a des minutes où je regrette mon faubourg Saint-Jacques, mon établi et mon rabot. Pourvu que le fameux fleuve d'or qui, au dire de Minno, roule des flots vermeils entre des rochers de pourpre, qu'ombragent des arbres auxquels nos chênes serviraient à

peine de branches, au-dessous duquel voltigent des
oiseaux couleur de flamme et que gardent des hommes plus laids que des singes, ce qui me paraît difficile, ne soit pas un rêve de ce pauvre garçon? Mais
non, c'est un homme sérieux, je crois même qu'il n'a
jamais ri.

En ce moment, un coq chanta, puis un chien
aboya; Lambert secoua la tête et se mit à rire à la
façon de Thibaut.

— Il ne me manque que d'entendre braire un âne,
murmura-t-il, pour que je puisse me croire aux environs de Paris, à Montmorency. Il est cocasse leur désert.
Depuis les monts Sugar-Loaf, où les promeneurs sont
rares, j'en conviens, et dans lesquels mon ami Paul a
cependant récolté un coup de fusil, nous avons rencontré une jeune fille comanche, un marchand de
peaux de lapin, et nous voici dans un village où les
coqs chantent et où les chiens aboient. Et moi qui me
figurais que le désert, c'était, à perte de vue, des
arbres et de l'herbe, puis de l'herbe et des arbres, avec
un charivari de miaulements de tigres et de coups de
sifflet de serpents. Comme hôtes de ce paradis, je rêvais
à des troupes de crocodiles, à des collections de singes,
à des nuées de perroquets, puis à un sauvage roulant
des yeux féroces, marchant à quatre pattes, grimpant
aux arbres, avalant de la viande crue. Jusqu'à cette
heure, je n'ai aperçu, en fait de sauvages, qu'un tas
de messieurs très bien habillés, graves comme des

juges, dont quelques-uns se fourrent des boucles d'o-
reilles jusque dans le nez.

Néanmoins, soyons juste, ce ne sont pas tout à fait
des vautours ni des aigles qui planent au-dessus de
Paris, et s'il y a des ours au Jardin des plantes, il est
défendu de tirer dessus. En outre, s'il existe des écureuils volants dans le bois de Boulogne, j'avoue ne
les avoir jamais vus.

Lambert cessa de parler ; ce n'était plus un coq qui
chantait, mais vingt, et le ciel se teignait peu à peu
d'une belle couleur d'opale, où se montrèrent des
taches roses, puis des taches bleues. Les ténèbres devinrent transparentes ; on eût dit qu'une main invisible enlevait un à un une série de voiles, de plus en
plus lumineux. Le soleil parut : Lambert s'aperçut
qu'il dominait la rivière, large d'au moins cent mètres
et bordée de bouquets d'arbres disposés par la nature
avec un art infini. La Canadienne coulait lente, ma-
jestueuse, silencieuse, et la verdure de ses rives
faisait mieux ressortir la teinte presque laiteuse de
ses eaux.

Les coqs s'étaient tus ; des oiseaux, dont la voix et
les modulations harmonieuses frappaient l'oreille du
Parisien pour la première fois, chantaient dans le
feuillage. Bientôt ils s'envolèrent, semant l'air de
rayons multicolores. Les regards perdus sur l'immense plaine, qui se déroulait de l'autre côté de la
rivière, et que bornaient au nord des collines rendues

vaporeuses par l'éloignement, Lambert, si prosaïque
un quart d'heure auparavant, subit peu à peu l'in-
fluence de cette nature grandiose et admira. Il aperçut une pirogue qui descendait la rivière, et dans
laquelle un Indien, armé d'un arc, se tenait debout.
L'étroite embarcation se dirigeait vers cinq hérons
d'un blanc de neige, qui, leur long bec rose appuyé
sur leur poitrine, venaient de se poser près d'une
touffe de joncs. Au-dessus d'eux planaient des faucons ;
décidément la Seine était loin.

Lambert le sentit mieux encore en se tournant vers
le village, dont la rue principale se déroulait devant
lui, bordée de cabanes alignées. Des enfants, vêtus
d'une blouse qui leur venait aux genoux, jouaient
déjà sur les seuils, sans bruit, sans cris, sans tur-
bulence. Des Indiens, enveloppés de couvertures, fumaient et causaient, parfois debout, plus souvent assis
à la façon des Orientaux.

Des femmes, affublées d'une tunique en peau de
daim couverte de broderies, les jambes emprisonnées
dans des guêtres de même matière, circulaient affai-
rées, se rendaient à la rivière en portant sur leur tête,
sur leur épaule gauche ou sur leur hanche, des vases
de formes variées. Plusieurs vinrent présenter aux
hôtes du village des fruits, du riz, des volailles, du
poisson. Elles avaient le profil grec qui distingue les
femmes shaunies ; leur démarche et leurs gestes ne
manquaient pas de grâce. Les Indiens, à mesure que

le soleil s'élevait sur l'horizon, écartaient ou reje-
taient les couvertures dans lesquelles ils se drapaient,
et leurs visages, leurs bras, leurs poitrines, leurs
jambes tatoués, convainquirent à leur tour Lambert
que, s'il n'était pas dans un désert tel qu'il se l'était
figuré, il était néanmoins bien loin de son cher faubourg Saint-Jacques.

Thibaut releva enfin son compagnon de faction, en
le priant de l'aider à préparer le déjeuner. Nilca offrit
de nouveau ses services, et cette fois, on les accepta.
Paul, dont le bras commençait à désenfler, était toujours condamné à une inactivité absolue, et il s'en
dépitait. Il se promenait de long en large devant la
cabane, songeant à ses déceptions, à ses frères, au
fleuve d'or. Des Indiens s'approchèrent; ils montraient
de petites médailles pendues à leur cou, et se disaient
chrétiens.

Le père Anselme alla converser avec eux, et s'établit au sommet de la pente qui conduisait à la rivière.
Une trentaine d'hommes s'assirent en face de lui et
l'écoutèrent bientôt avec attention. Il leur racontait,
dans leur langue, la venue sur la terre du fils du
Grand-Esprit, et les tortures auxquelles il avait été
soumis. Éloquents, les Indiens aiment l'éloquence, la
parole les captive. Quoiqu'il soit facile de leur faire
admirer le Christ, attaché au poteau des tortures, impassible devant ses ennemis, ils ne comprennent guère
sa mansuétude. La grandeur d'âme, pour eux, con-

siste bien à braver la douleur, mais le sublime est
d'injurier en même temps l'ennemi qui vous marty-
rise, d'exciter sa colère par des paroles de mépris.
L'Indien que l'on prêche s'étonne toujours de la douceur du Dieu qu'on veut lui faire adorer, et ce n'est
jamais au précepte qui commande l'oubli des injures
qu'il obéit d'abord.

Vampa et ses compatriotes se tenaient près du missionnaire, qu'écoutaient aussi Minno et les siens.
Pendant ce temps, la marmite, garnie de deux poules
et de riz, « mijotait », selon l'expression de Lambert,
sous la surveillance de Nilca. Le Parisien avait rejoint
Thibaut qui, assis sous le châtaignier, regardait des
pirogues courir sur la rivière.

— Nous est-il encore défendu, demanda Lambert,
d'aller faire un tour parmi les cabanes?

— Oui, jusqu'à nouvel ordre et par mesure de prudence.

— Qu'arriverait-il donc, Thibaut, si je me hasar-
dais dans le village?

— Rien peut-être; toutefois, les Indiens sont ici
chez eux. Si l'un d'eux a reçu quelque injure d'un
blanc, il pourrait vous en rendre responsable et vous
fendre la tête d'un coup de hache.

— Hum! voilà qui tempère singulièrement ma
curiosité. Il n'y a donc ni gendarmes ni juges parmi
ces braves gens?

— Non, chacun se fait justice lui-même, quitte à

expliquer sa conduite devant le chef et son conseil, qui félicitent ou blâment le coupable.

— Et s'ils le blâment ?

— Eh bien, tout est dit.

— Voilà, répliqua Lambert, une justice commode et paternelle, qui aurait dans mon pays beaucoup de succès près des coquins.

Des Indiens passaient à chaque instant à proximité des deux causeurs et jetaient des regards surpris vers la cabane, sur le seuil de laquelle se tenait Nilca; puis ils allaient se joindre au groupe qui entourait le père Anselme. Un d'eux, de haute taille, les oreilles garnies de boucles d'oreilles, les joues, la poitrine et les bras tatoués, passa sans autre vêtement qu'un caleçon de peau.

— Voilà un citoyen qui va prendre un bain, dit Lambert.

— Non, répondit Thibaut, c'est un Chéyenne des bords de la rivière Cimarron.

— Tous ses compatriotes sont-ils aussi bien bâtis que lui?

— A peu près; aussi, avec les Osages, les Chéyennes passent pour être les plus beaux hommes de l'Amérique. Ce sont d'habiles cavaliers, moins voleurs que le sont en général les Indiens.

— Et cet autre qui est si économiquement vêtu de peaux?

— Un Chérokie. Sa nation, presque civilisée, habitait autrefois les bords de l'Alabama ; elle dépérit maintenant autour des montagnes Bleues.

— Son voisin ne nous regarde pas d'un bon œil, il me semble ?

— C'est un Séminole, répondit Thibaut, un parent de Vampa. Repoussés de leur pays, les Séminoles n'ont reculé que pas à pas, luttant sans relâche. Si toutes les nations indiennes avaient répondu à leur appel et combattu avec la même opiniâtreté, la race blanche eût peut-être été momentanément chassée des États-Unis.

Thibaut se leva tout à coup : un Indien, tatoué du front à la ceinture et rendu hideux par ces marques indélébiles, venait de s'arrêter et de prononcer quelques mots. Il tenait un arc, et un paquet de flèches était suspendu à son épaule.

— Quel est cet affreux bonhomme ? s'écria Lambert.

— Un Witchita, c'est-à-dire une bête féroce, répondit Thibaut.

— Que veut-il à Nilca ?

— C'est ce que je vais voir.

L'Indien, au lieu de gagner l'endroit où se tenait le père Anselme, avait marché vers la cabane. Il continuait à parler d'une voix sourde et injuriait Nilca qui, le regard enflammé, les narines dilatées, répondait par de simples monosyllabes, sans élever non plus la voix. Tout à coup, l'Indien brandit son arc et

prit une flèche; Nilca, se croisant les bras, le regarda
d'un air de défi; Paul se plaça entre eux, mais l'Indien écarta sans peine le jeune homme, qui ne pouvait se servir que d'un de ses bras. Thibaut arrivait;
il saisit le provocateur par l'épaule et le força de se
retourner.

A la vue de ce gigantesque adversaire, le Witchita
recula et leva sa flèche. Thibaut, l'entourant d'un de
ses bras, le serra contre lui comme dans un étau, lui
arracha son arc, son carquois, sa hache et les jeta vers
la cabane. Vive comme l'éclair, Nilca se précipita sur
ces dépouilles, puis, ajustant une flèche, elle menaça
à son tour son ennemi.

— Empêchez-la de tirer, cria Thibaut.

Paul et Lambert continrent la jeune fille, qui se
débattit un instant avec vigueur, puis se réfugia dans
la cabane.

Cette scène rapide s'était passée sans bruit, sans
éclat de voix. Ni Paul, ni Thibaut, ni Lambert ne connaissaient la cause de cette querelle inattendue; car,
à toutes les questions, Nilca répondait que le Witchita n'était qu'un chien. Quant à celui-ci, qui semblait ne comprendre ni l'espagnol, ni l'anglais, ni
le français, ni la langue des Osages, il luttait pour
aller reprendre son arc. Thibaut, impatienté, le souleva de terre et le porta près du châtaignier, terrain
neutre. Surpris de s'être vu enlever, le Witchita se tint
un instant immobile. Reprenant le calme apparent

Paul et Lambert contiurent la jeune fille.

de sa race, calme que démentaient son regard et le frémissement de son corps, il fit signe qu'il voulait ses armes.

— Je te les rendrai, dit Thibaut, lorsque je serai sûr que tu n'en veux pas faire un mauvais usage. Ne bouge pas d'ici, ajouta le Canadien, qui traça avec son pied une raie sur la terre. Surveillez-le, Lambert, tandis que je vais interroger Nilca et la désarmer à son tour.

Thibaut avait à peine tourné le dos que l'Indien, enhardi par la petite taille de Lambert, s'avança vers lui.

— On ne passe pas, mon bonhomme, dit le Français.

L'Indien le regarda dédaigneux et fit un geste pour le saisir; il espérait sans doute le traiter ainsi qu'il venait d'être traité lui-même. Lambert se méfiait; il tomba en garde les jambes écartées, les bras levés, sautillant comme le font les tireurs de chausson ; puis, au moment où le Witchita croyait le tenir, d'un habile croc-en-jambe il l'étendit sur le sol.

— Si monsieur a besoin d'un coup de brosse, dit le Parisien, il peut se rapprocher.

L'Indien, furieux cette fois, se releva et se précipita sur son antagoniste, qui, lui glissant entre les mains comme une anguille, le renversa de nouveau. Maintenu par Thibaut, qui, bien que la situation fût grave, riait de la dextérité de son compagnon, le Witchita

poussa un cri d'appel. Du reste, le père Anselme et
ses néophytes accouraient, ainsi que Minno, Vampa
et leurs compatriotes. Quelques haches brillèrent au
soleil, bien que nul ne sût au juste ce qui venait de se
passer.

— Celui-ci, cria Thibaut de sa voix de stentor en
remettant le Witchita sur ses pieds, veut violer les
lois de l'hospitalité. Qu'il s'explique, et que chacun
écoute.

L'attitude calme de Thibaut, sa voix, sa taille, le
firent regarder avec respect.

— Parle, dit un Shaunie au Witchita.

— Ces hommes, dit le sauvage, sont guidés par une
Comanche; or les Comanches sont des renards lâches
et voleurs, qui s'emparent des femmes et des enfants
pour les vendre aux blancs.

Nilca parut aussitôt; elle s'avança gracieuse et
légère, la tête droite, frémissante.

— Il ment, dit-elle avec dédain; les Comanches
sont des guerriers qui rougiraient de s'attaquer aux
femmes; aussi laissent-ils en paix les Witchitas.

Prise sur ce ton, la discussion pouvait devenir dangereuse; aussi le père Anselme se hâta-t-il de prendre
la parole. Il parla en anglais, cette langue devant être
comprise par tous ceux qui l'entouraient. En ce moment, le chef des Shaunies parut; il était escorté de
cinq vieillards, et élevait au-dessus de sa tête le calumet de sa tribu, dont le tuyau, long d'un mètre,

était garni de lanières de cuir de différentes couleurs, parées de perles, de rubans et de plumes d'aigle.
Le fourneau, en ardoise, représentait un castor. Une
tribu indienne, on le sait, ne possède qu'un calumet
toujours déposé dans la cabane de son chef. On ne le
tire de son étui que dans les grandes occasions ; il sert
alors de drapeau parlementaire, et toute hostilité doit
être suspendue à sa vue.

Les haches, les casse-tête et les couteaux reprirent
leur place, et, à l'exemple du chef, les Indiens s'assirent sur le sol. Aucune femme n'approcha du cercle,
et Nilca, après avoir hésité, rentra dans la cabane.
Le Witchita fut alors invité à parler ; il raconta que,
plusieurs mois auparavant, une troupe de Comanches
avait traîtreusement pénétré dans son village, volé
des chevaux, des bestiaux, des armes, puis emmené
des femmes et des enfants, dont deux des siens,
pour les vendre aux blancs du Texas. A la vue de la
femme de cette nation qui accompagnait les blancs,
il n'avait pas su retenir sa colère. Il l'avait injuriée
avec l'intention de la tuer, les femmes comanches
sachant mieux manier l'arc que l'aiguille, et prenant
souvent part aux expéditions de leur tribu.

Un murmure approbateur accueillit le récit du
Witchita ; il avait à venger ses enfants, et chacun
comprenait sa colère. Ce fut le père Anselme qui se
chargea de répondre à l'Indien. Il commença par
vanter le courage et la sagesse de chacune des tribus

dont il voyait devant lui un représentant, exaltant
surtout l'impartialité des Shaunies, dont la loyauté
était connue jusque sur les rives du Mississipi. Il établit ensuite que la tribu comanche qui avait envahi
la frontière des Witchitas ne pouvait être celle de
Nilca, qui habitait près des montagnes de la rivière
Rouge, à plus de vingt jours de marche des monts
Witchita. Il raconta que c'était près de cette rivière
que Nilca, tombée dans une embuscade, était elle-
même devenue prisonnière des blancs. Elle avait pu
s'enfuir, et lui et ses compagnons, qui tous étaient
des amis des Indiens, voulaient la reconduire dans
son pays; certes, la douleur du malheureux Witchita
se comprenait; pourtant, devait-il se venger, sur
une enfant innocente, de méfaits commis par des
hommes étrangers à la tribu à laquelle elle appartenait? Non, les Shaunies, les Witchitas eux-mêmes
ne trempaient pas leurs flèches dans le sang des
femmes.

Les paroles du père Anselme furent à leur tour
bien accueillies, et lorsqu'il termina sa harangue en
suppliant les Shaunies de ne pas laisser ensanglanter
leur territoire, car ses amis étaient résolus à ne livrer
la fille comanche à aucun de ses ennemis, fussent-ils
des blancs, on l'applaudit.

Le chef shaunie consulta ses conseillers à voix
basse; puis, prenant à son tour la parole, il pria le
Witchita de se rendre à la raison. L'Indien ne comp-

tait que deux ou trois alliés dans le village; il courba
la tête et promit, en étendant la main au-dessus du
calumet, de respecter le territoire de ses hôtes. Il réclama ensuite son arc et ses flèches. Lambert s'élança
dans la cabane; il reparut bientôt effaré, et déclara
au père Anselme que Nilca, pelotonnée dans un
coin, refusait avec obstination de rendre les armes de
son ennemi.

VIII

GUET-APENS.

Thibaut pénétra à son tour dans la cabane. Nilca, adossée contre une des parois de la fragile demeure, avait placé le carquois sur son épaule gauche et pressait l'arc contre sa poitrine.

— Tu ne vas pas me reprendre ces armes? dit-elle en jetant vers le Canadien un regard craintif.

— C'est toi qui vas me les rendre, répondit Thibaut; car tu sais qu'elles ne nous appartiennent pas.

— Ne les as-tu pas enlevées au Witchita?

— Oui; pour l'empêcher de tirer sur toi, non pour les garder. Donne.

— Non, dit la jeune fille avec résolution; si le Witchita veut son arc, qu'il vienne me le demander.

— Et recevoir en pleine poitrine, n'est-ce pas, la flèche qu'il te destinait?

— Oui.

Cette réplique, si nette et si franche, interloqua Thibaut. Comment, sans employer la violence, amener la jeune sauvage à restituer les armes dont elle s'était emparée, qu'elle tenait étroitement embrassées?

Le Canadien appela le père Anselme à son aide, et celui-ci, se servant de la langue comanche, réclama à son tour, avec douceur et fermeté, les armes qui devaient, par respect pour l'hospitalité impartiale des Shaunies, être remises à leur propriétaire. Nilca écouta avec attention les raisons du missionnaire et parut les approuver; lorsqu'il tendit la main, elle se recula et, pour unique réponse, secoua la tête.

La situation devenait embarrassante, car il répugnait au padré, plus encore qu'à Thibaut, d'avoir recours à la violence pour enlever à Nilca le trophée dont elle refusait de se dessaisir. Paul, qui survint, tenta de vaincre la résistance de l'obstinée.

— Nous t'avons protégée et nous te protégerons encore contre ceux qui voudraient te nuire, dit-il à la jeune fille, tu n'as donc pas besoin d'armes.

— Si, répondit-elle; les marches seront longues d'ici aux plaines de mon pays, et je veux pouvoir me défendre moi-même si nous rencontrons des ours, des buffles, des panthères ou des Witchitas.

— Nous sommes les hôtes des Shaunies, Nilca, puis nous sommes six, et ils sont deux cents; si nous les fâchons, ils nous prendront par la force les armes qui ne nous appartiennent pas, et peut-être aussi les nôtres. Est-il sage de chercher la guerre alors que l'on est certain d'être vaincu?

Nilca garda le silence.

— Rends-moi cet arc et ces flèches, reprit Paul; il

y en a d'autres dans le village, nous les achèterons.

— Tu ne me trompes pas? s'écria la jeune fille dont le regard s'enflamma.

— Non.

Nilca dégagea avec lenteur le carquois de son épaule; puis, d'un mouvement brusque, elle le tendit à Paul. En même temps, deux larmes, qui révélaient combien ce sacrifice lui était douloureux, roulèrent sur ses joues.

— Allons, allons, dit Paul, touché de la soumission de la jeune sauvage et de son chagrin, console-toi, je tiendrai ma promesse.

Il sortit de la cabane et se rapprocha du Witchita, auquel il remit ses armes.

— Si tu veux me les vendre, lui dit-il, je t'en offre une pièce de cinq dollars en or.

Tous les regards se concentrèrent sur la brillante monnaie que présentait Paul, et vers laquelle plusieurs mains se tendirent. Ce n'était pas sa valeur intrinsèque qui excitait la convoitise des Indiens; l'argent monnayé est inutile à des hommes dont le commerce se réduit à des échanges; mais chacun songeait que, percé d'un trou et suspendu à son cou, le beau rond d'or formerait une parure aussi rare que magnifique.

Le Witchita, indécis, regardait alternativement son carquois et la pièce de monnaie; un silence profond régnait; on épiait sa réponse.

— Non, dit-il enfin, d'un ton de regret; il y a des panthères et des buffles sur les sentiers qui conduisent à mon pays; j'ai besoin de mes armes.

Il achevait à peine de parler que vingt Shaunies présentaient leurs arcs à Paul. Le jeune homme, qui ne s'attendait pas à ces offres multipliées, se trouva un peu embarrassé. Il ne se connaissait guère en arcs et se disposait à consulter Minno, lorsque Nilca parut. Ses traits étaient si réguliers, ses yeux si expressifs, sa démarche si gracieuse qu'un murmure d'admiration la salua. Elle s'inclina vers le chef des Shaunies, puis son regard examina rapidement les arcs que les Indiens élevaient au-dessus de leur tête. La plupart de ces armes étaient en bois d'acacia et garnies de lanières de cuir teintes de différentes couleurs. D'autres arcs, en corne ou en os, constituaient des armes de luxe. Ceux-là attirèrent d'abord les regards de Nilca, mais elle revint vite aux premiers. Elle en saisit un, long d'un mètre environ, recouvert d'une peau de serpent, et dont elle essaya la souplesse. Prenant une flèche, elle l'ajusta sur la corde qu'elle tendit avec vigueur. Le trait partit en sifflant, alla s'implanter dans le tronc d'un arbuste éloigné d'une trentaine de pas, preuve d'adresse et de force qui valut à la jeune fille de nouveaux murmures approbateurs.

Elle courut dégager la flèche, s'empara du carquois d'où elle l'avait tirée, puis examina un à un les

8

projectiles qui le garnissaient, et dont les pointes
étaient en os, en fer ou en silex. Satisfaite de son
inspection, elle emporta les armes dans la cabane,
tandis que leur propriétaire, aussi heureux qu'elle,
recevait la pièce de monnaie enviée. Il se dirigea
aussitôt vers sa demeure, suivi de la plupart de ses
compatriotes et de son chef, qui lui offrait déjà des
poules, des peaux ou des pipes, en échange du beau
rond d'or.

L'algarade de Nilca n'avait pas laissé d'inquiéter
les voyageurs, qui, en somme, étaient à la merci des
Indiens. Ils se sentirent donc heureux de se retrouver
seuls, et Paul parla aussitôt de se remettre en marche.
On discuta, durant le déjeuner, sur la direction qu'il
convenait de suivre. L'intention première de Paul,
lors de son départ de la Roche-Verte, était de remonter le cours de la rivière Canadienne jusqu'aux
monts Witchita, dont on connaissait alors à peine
l'existence; puis de traverser le désert de l'Estacado.
Mais les événements que l'on venait d'apprendre
donnaient à réfléchir.

S'aventurer dans un pays récemment ravagé par les
Comanches, et cela en compagnie d'une femme de
leur nation, n'était-ce pas s'exposer à des hostilités
redoutables? Et cependant, si compromettante que
pût être pour eux la présence de Nilca, aucun des
voyageurs ne songeait à l'abandonner. L'humanité
faisait un devoir de protéger la jeune fille, qui, du

reste, une fois dans les grandes prairies, pourrait protéger à son tour ses sauveurs contre les barbares guerriers de sa tribu, dont les déprédations, la traîtrise, la cruauté, étaient aussi redoutées des Chikassas, établis sur leurs frontières, que des colons du Texas et du Nouveau-Mexique.

Le père Anselme proposa de descendre vers le sud, jusqu'à la rivière Rouge, dont on chercherait la source. On arriverait ainsi chez les Kioways-Comanches, après avoir évité le pays des Witchitas. C'était là tourner le dos au point que Paul avait hâte d'atteindre, perdre de longs mois peut-être, alors que l'ardent jeune homme voulait, au contraire, en gagner, fût-ce au prix d'un péril. Il décida que l'on passerait sur la rive droite de la rivière Canadienne, rive habitée par les Arapahoès, qui devaient être en paix avec les Comanches.

Cette discussion avait lieu en français, et Nilca, qui entendait souvent prononcer son nom, écoutait avec anxiété. Le padré la mit au courant de la résolution que l'on venait de prendre et lui en expliqua la cause.

— Les Witchitas sont des renards, s'écria-t-elle avec mépris ; nous pouvons traverser leurs terres ; ils s'enfuiront en nous voyant passer.

— Mais leurs flèches et leurs balles tuent, mon enfant, répondit le missionnaire, et nul d'entre nous ne songe à combattre, à tuer ni à se faire tuer. Les Wit-

chitas ne sont pas nos ennemis; ils nous respecte-
raient : c'est uniquement pour éviter qu'il t'arrive
malheur que nous allons nous détourner de notre
route et marcher à l'aventure; il est utile que tu le
saches.

— Oui, vous êtes bon pour Nilca, dit la jeune fille,
et elle saura s'en souvenir.

Le père Anselme et Paul, avant de se remettre en
marche, jugèrent convenable et prudent d'aller remercier le chef des Shaunies de son hospitalité. Lambert, dont la curiosité était toujours en éveil, obtint
la permission de les accompagner.

Il remarqua que les cabanes devant lesquelles il
passa affectaient différentes formes ; la plus générale
était celle d'un cône, disposition qui rappelle la tente
des peuples nomades. Les plus vastes de ces demeures
mesuraient à peine cinq mètres carrés, et un lit
d'herbes sèches, élevé d'un demi-pied au-dessus du
sol, en composait à peu près tout le mobilier. Au
centre, se groupaient les pierres du foyer, dont la
fumée s'échappait par un trou ménagé au sommet du
cône. Au dehors, près de la porte sans fermeture, que
les enfants seuls pouvaient franchir sans se baisser,
un berceau en forme de boîte, orné de peintures bizarres, était suspendu aux basses branches d'un arbre
et contenait un ou deux poupons. Les mères, tout en
s'occupant des soins de leur ménage, venaient de
temps à autre examiner les nourrissons et pousser

le berceau, qui se balançait alors comme une escar-
polette.

Près du seuil, le maître du logis, armé d'un casse-
tête, d'une hache, d'un arc ou d'un fusil, comme prêt
à livrer bataille, se tenait gravement assis. Il fumait
en regardant, sans songer à leur prêter aide, sa
femme et ses filles couper du bois, raccommoder des
filets ou racler des peaux pour en enlever les ma-
tières putrescibles, avant de les fumer en guise de
tannage.

L'Indien, alors même qu'il vit à côté des blancs, ne
leur emprunte guère que les casse-tête, les haches
d'acier, les couteaux, les fusils et les verroteries dont
il aime tant à s'armer ou à se parer, et qu'il ne sait
pas fabriquer. Hors de là, arcs, flèches, engins de
pêche ou de chasse, vêtements, chaussures sont des
produits de son industrie primitive et restreinte, ou
plutôt de celle de sa femme, tour à tour potier, maçon,
couturière, cuisinière, tanneur, bûcheron, labou-
reur, etc. Cette ouvrière infatigable, cette servante
docile, attentive, économe, ses coutumes obligent
l'Indien à la mépriser en public; au fond, cependant,
il a pour elle de l'affection.

Le chef reçut avec dignité les visiteurs et leur offrit
des pipes bourrées de tabac. Sans lui révéler la direction que l'on comptait prendre, le père Anselme l'interrogea sur la topographie des pays qui se dérou-
laient à l'ouest, pays inconnus des Européens. Il

apprit qu'à quelques lieues du village se dressaient
de hautes collines, habitées par les misérables débris
de la nation autrefois puissante des Delawares, puis
venaient les monts Witchita. Sur la rive droite de la
rivière s'étendaient des prairies coupées de bouquets
de bois, que ne parcouraient que des chasseurs arapahoés. Au delà, dans tous les sens, les déserts où
erraient les quatre grandes tribus comanches, solitudes dont elles seules connaissaient les mystérieuses
profondeurs.

Vers midi, la petite caravane se mit en marche, et,
pendant une heure, elle fut accompagnée par trois
Osages et deux Creeks convertis. Au moment où ils
firent leurs adieux à Minno et à Vampa, le père Anselme offrit à ces guides volontaires des colliers de
verroteries ornés d'une médaille représentant le Christ,
cadeau qui les ravit. Ils promirent, dans le cas où ils
découvriraient que les voyageurs étaient suivis, de
revenir aussitôt vers eux pour les aviser et leur prêter
aide. A dater de cet instant, on chemina sur un terrain accidenté, côtoyant la rivière.

De temps à autre, on apercevait une pirogue : c'était
un pêcheur, souvent accompagné de sa femme, qui
regagnait le village. L'homme fumait, et la femme
ramait, spectacle qui irritait toujours Lambert. Il
prenait alors à partie Minno et Vampa, et leur expliquait, à sa manière, les lois de la galanterie. Les deux
Indiens l'écoutaient, mais ne daignaient pas lui ré-

pondre. Quant à Nilca, elle lui donnait tort, ce qui exaspérait le Parisien et faisait rire Thibaut.

Au lieu de se rapprocher des voyageurs, les pirogues qu'ils croisaient se dirigeaient aussitôt vers la rive opposée; l'homme se hâtait d'armer son fusil et de tendre son arc, tandis que sa femme se courbait. La méfiance est un des traits caractéristiques de l'Indien qui, rusé, redoute la ruse.

D'aussi loin que l'on apercevait des arbres, Nilca, à laquelle Thibaut avait procuré des mocassins, s'élançait en avant, trottinait pendant une demi-heure, et s'éloignait parfois considérablement de ses compagnons qui, inquiets, la rappelaient en vain. Ils avaient deviné la cause de ces fugues; heureuse de posséder des armes, la jeune sauvage avait hâte de s'en servir, de découvrir un gibier. Lorsqu'elle se laissait rejoindre, on la sermonnait sur son imprudence. Elle répondait alors avec orgueil qu'elle était la fille d'un chef, qu'elle ne craignait ni les balles ni les flèches; puis, rapide, gracieuse comme si elle eût eu des ailes, elle reprenait son élan, et, de même que la brise, dont, à son dire, elle portait le nom, elle semblait glisser sur l'herbe qu'effleuraient à peine ses petits pieds.

Ni Minno ni Vampa ne s'occupaient d'elle, et lorsqu'ils lui adressaient la parole, c'était toujours d'un ton bref, impérieux, méprisant. De son côté, il est vrai, Nilca les traitait avec dédain; on voyait qu'il y

avait entre eux antipathie de race. En effet, tenus
pour des sauvages par les blancs, Minno et Vampa
considéraient à leur tour comme une sauvage la jolie
fille des prairies, et lui reprochaient, en outre, sa
qualité de femme. Nilca ripostait alors avec arro-
gance, et Lambert l'applaudissait, déclarant que, dans
ces occasions, elle avait bien l'air d'être la princesse
qu'elle disait être.

Lorsque Thibaut lui donnait un conseil, la jeune
fille semblait approuver chacune de ses paroles, et
agissait à sa tête. Les avis du père Anselme, reçus
avec déférence, n'étaient pas mieux suivis. Quant à
Langue-Agile, qui riait de tout, Nilca l'imitait et riait
de son côté. On ne tarda guère à remarquer qu'elle
n'obéissait en réalité qu'à Paul. S'il l'appelait, elle
revenait prompte et docile se placer à son côté, quitte,
il est vrai, à reprendre sa volée un quart d'heure plus
tard.

Le pays que l'on traversait était trop près du village
des Shaunies pour que le gibier ne s'y montrât pas
rare et méfiant; aussi Nilca se fatigua-t-elle en vain.
Vers cinq heures, le moment de camper approchant,
on résolut de traverser la rivière, très large, mais peu
profonde. Tandis que Minno, Lambert, Thibaut et
Vampa surveillaient les mules qui n'avançaient que
pas à pas, Nilca prit de nouveau les devants; à peine
fut-elle sur l'autre bord qu'on la vit courir et tendre
son arc à plusieurs reprises. Lorsqu'on la rejoignit,

elle avait tué trois perdrix qu'elle présenta orgueil-
leusement à Paul.

Bientôt, le soleil étant près de toucher l'horizon, il
fallut songer à camper. On se dirigea vers un bouquet d'arbres, se frayant un passage entre de hautes
herbes fleuries. Une fois encore, Nilca prit les devants.
Parfois elle s'arrêtait, se retournait vers ses compagnons, et c'était alors une vision charmante que de
voir sa jolie tête, que parait d'une façon si originale
sa couronne de plumes, émerger au-dessus d'un immense bouquet de fleurs.

La jeune fille approchait des arbres, lorsqu'elle
s'arrêta, se courba, puis tendit son arc. Elle apercevait évidemment un gibier, et tous les regards se por-
tèrent dans la direction que menaçait sa flèche. Tout
à coup, elle poussa un cri aigu ; une détonation retentit, et elle disparut dans l'herbe.

A cette attaque inattendue, il y eut un instant de
surprise parmi les voyageurs, puis d'angoisse. Nilca
était-elle tuée ? Tous, y compris le père Anselme, qui
n'avait pas d'arme, et Paul, qui ne pouvait encore se
servir du fusil qu'il portait, s'élancèrent vers le point
où la jeune fille avait paru s'affaisser. Lambert courait
près de son ami, auquel sa nature généreuse faisait
oublier la prudence et tentait de l'arrêter. Une exclamation de joie s'échappa de toutes les poitrines lorsque
Nilca se redressa soudain.

— Es-tu blessée ? lui demanda Thibaut.

— Non, répondit-elle, avec dédain, les Witchitas
sont des chiens de mauvaise race ; ils aboient et ne
mordent pas.

Une vingtaine d'arbres composait le bouquet vers

Es-tu blessée? lui demanda Thibaut.

lequel on avançait : Minno et Vampa qui, sans doute,
s'étaient donné le mot, remontaient vers la droite
pour les prendre à revers. Lambert cheminait en
avant de Paul et du père Anselme, et Thibaut, l'œil
au guet, le doigt sur la détente de son fusil, suivait

Nilca, dont il essayait en vain de contenir l'ardeur.

En ce moment, on aperçut trois Witchitas ; ils traversaient la plaine au pas de course et se dirigeaient vers la rivière ; un seul d'entre eux était armé d'un fusil. Minno, Vampa et Nilca se lancèrent à leur poursuite, leur criant des injures ; lorsque les chasseurs atteignirent le bord de la rivière, les Indiens avaient déjà gravi la berge opposée, et se tenaient là en observation. Essayer de les rejoindre eût été une folie. On revint donc près des arbres vers lesquels, abandonnées à elles-mêmes, les mules s'étaient instinctivement dirigées.

Les Witchitas, à la traîtrise desquels Nilca venait d'échapper, étaient ceux qui se trouvaient dans le village, Minno et Vampa l'affirmèrent. Ce n'était donc pas le hasard, mais le désir de frapper la jeune Comanche qui les avait amenés dans la plaine. Si Nilca, qui pourtant semblait marcher à l'étourdie, se fût un seul instant départie de la méfiance de sa race, c'en était fait d'elle. Par bonheur, son œil exercé avait aperçu, derrière un arbre, le profil de l'un des ennemis qui la guettaient, et, grâce à son sang-froid, elle avait échappé au coup qui la menaçait.

Du reste, elle ne semblait pas le moins du monde émue de son aventure, et proclamait, avec « sa jactance de princesse mal élevée », comme le disait Lambert, la supériorité des hommes de sa nation sur tous les autres. Minno et Vampa, qui tenaient l'un les

Osages, l'autre les Creeks pour les plus vaillants des guerriers, se fâchèrent et parlèrent avec mépris des Comanches. Nilca répliqua avec colère, et Paul dut se hâter d'intervenir.

— Tu oublies, dit-il à la jeune fille, que Minno et Vampa ont couru à ton aide, qu'ils ont poursuivi tes ennemis.

— Tu as raison, répondit-elle avec soumission ; en parlant, je n'ai voulu désigner ni les Osages ni les Creeks ; les Comanches savent que si les blancs ont pu les vaincre, ils n'ont jamais pu les asservir.

Cette déclaration, faite avec gentillesse, apaisa la susceptibilité des deux Indiens et ramena la bonne harmonie dans le petit camp.

A l'heure où le soleil fut prêt à disparaître, la silhouette des trois Witchitas, toujours postés au sommet de la berge, se découpa en noir sur le ciel empourpré. Bientôt, par un effet de mirage assez commun dans l'immense vallée que traverse la rivière Canadienne, les trois Indiens semblèrent grandir, et leur taille devint gigantesque. En dépit de la distance à laquelle on se trouvait d'eux, on ne perdait aucun de leurs gestes. Ils étendaient souvent les bras dans la direction du camp, sans se douter qu'aucun de leurs mouvements n'échappait à leurs ennemis. Ils disparurent enfin, tournant le dos à la rivière, manœuvre que les voyageurs tinrent pour une ruse.

Ces derniers allumèrent des branches pour feindre

d'établir un foyer; puis, l'œil au guet, ils soupèrent
des restes de la cuisse de daim donnée la veille par le
chef du village. Ni Paul ni le padré ne croyaient à la
retraite définitive des Witchitas, qu'ils redoutaient de
voir reparaître en nombre. Vers huit heures, la nuit
étant obscure, on chargea sans bruit les mules, pour se
diriger vers un bouquet d'arbres dont on avait étudié
la position avant le coucher du soleil, abri que l'on
atteignit vers neuf heures. Là, on campa un peu au
hasard, et, bien que l'obscurité rendît une attaque
peu probable, deux sentinelles veillèrent jusqu'au
matin.

Aussitôt debout, les voyageurs examinèrent avec
soin la plaine, sans rien découvrir qui pût les inquiéter. Après leur tentative avortée, les Witchitas avaient,
on l'espérait, repris la direction qui devait les ramener dans leur pays. Néanmoins, on ne se rapprocha
pas de la rivière, et l'on chemina durant toute la
matinée dans une prairie semée de bouquets d'arbres
trop peu étendus pour mériter le nom de bois. De loin
en loin, on faisait envoler des cailles et, près des
cotonniers, des bandes de passereaux.

Ce fut du pied d'un ébénier que Lambert, émerveillé, entendit pour la première fois le chant de l'oiseau moqueur, *Mimus polyglottus* des savants. Il mo-
dulait ses gazouillements harmonieux en sautillant de
branche en branche, descendait, remontait, pirouet-
tait, justifiant, en même temps que sa réputation de

virtuose, le nom d'*oiseau-danseur* que lui donnent
volontiers les Indiens. Parfois, agitant ses ailes avec
vélocité, le petit musicien restait immobile dans l'air,
et c'était alors qu'il jetait ses notes les plus sonores.

Cessant de chanter, il se mit à caqueter, et Lambert s'amusa des modulations étranges de ce cousin
des merles qui semblait parler tantôt en espagnol,
tantôt en français, et répondre aux questions que les
voyageurs s'adressaient. Lambert désirait beaucoup
voir de près le joyeux bavard ; mais, ainsi que le déclara Thibaut, il ne valait pas, au point de vue culinaire, la charge de poudre et de plomb qu'il eût coûté.
Nilca, contre sa coutume, demeura en arrière ; puis
vint bientôt présenter à Lambert un mignon oiseau
à longue queue, au bec convexe, dont le dos était
couvert de plumes brunâtres, la poitrine et le ventre
de plumes grises pointillées de blanc pur. Le Parisien remercia la jeune fille de son attention ; mais, sa
curiosité satisfaite, il se reprocha la mort du petit
polyglotte qui venait de le charmer, et auquel son
habileté à imiter le parler des hommes, le cri ou les
chants des autres oiseaux, et, dit-on, la voix des mammifères, a valu son nom de moqueur.

— Comment se fait-il, demanda Lambert au père
Anselme, que l'on n'ait jamais transporté de ces oiseaux en France, où leur chant et leur talent d'imitation les feraient plus rechercher encore que les perruches ou les perroquets ?

— C'est que le moqueur, répondit le missionnaire, bien qu'il construise volontiers son nid près des habitations humaines et se montre familier, ne peut vivre en cage ; de même que l'hirondelle, il meurt lorsqu'on le prive de sa liberté, moins par regret, je crois, de se voir captif que par suite de la privation de la nourriture qui lui convient.

Vers midi, on traversa un long rideau d'arbres, et le père Anselme proposa de camper, quitte à faire une légère étape durant la seconde moitié du jour. Paul, toujours impatient, voulut pousser jusqu'au pied d'une éminence, distante d'un quart de lieue. Déjà Minno entraînait les mules, lorsqu'il les ramena avec précipitation derrière les arbres. Dans le lointain, du côté opposé à la rivière, il venait d'apercevoir trois ou quatre points blancs, sur lesquels se concentrèrent bientôt tous les regards.

IX

LA PRAIRIE.

Les points suspects aperçus par Minno, puis par ses compagnons, disparurent avant qu'il eût été possible de déterminer leur nature ; aussi les voyageurs demeurèrent-ils perplexes. Avaient-ils vu des cerfs, des buffles, des antilopes ou des hommes ? Il leur importait de le savoir avant de s'aventurer dans l'espace vide qui s'ouvrait devant eux, et ils se mirent en observation.

— Bien décidément, dit Lambert à Thibaut, quand je voudrai vivre tranquille, ce n'est pas dans vos prétendus déserts, mon camarade, que je viendrai m'établir. Coups de fusil dans les montagnes, coups de flèche dans les villages, coups de fusil dans les prairies, c'est complet comme insécurité. Entre parenthèse, il faut que cette mignonne Nilca soit née coiffée pour avoir échappé par deux fois à ses ennemis ; plût à Dieu que mon pauvre ami Paul eût eu la même chance, il ne serait pas momentanément estropié.

Thibaut, qui étudiait l'horizon, ne répondit pas.

Au bout d'un instant, il entendit Lambert armer son fusil, et se tourna aussitôt vers lui.

— Que voyez-vous? demanda-t-il.

— Rien, mon camarade; seulement, je viens de me souvenir que, trois jours avant mon départ de Paris, j'ai eu l'imprudence de discuter assez vivement avec mon épicier qui m'avait vendu de mauvais jus de réglisse. Or je me demande si ce n'est pas lui et ses garçons qui cheminent là-bas à ma recherche, et je me mets sur la défensive.

— Rassurez-vous, répondit Thibaut avec le même sérieux que son compagnon, vos ennemis sont des antilopes.

Cinq de ces jolis quadrupèdes, hôtes nombreux des prairies, accouraient, en effet, vers les arbres. Ils bondissaient, la tête renversée, les jambes de devant repliées, avec la grâce effarée qui leur est habituelle. Toutefois, bien que les légers animaux fussent apparus dans la direction où les points blancs avaient été aperçus, ce n'étaient pas eux que Minno avait remarqués d'abord, mais, selon toute probabilité, les Indiens qui leur donnaient la chasse.

Comme aucun de ses compagnons ne semblait vouloir faire usage du fusil qu'il portait, Nilca se coucha dans l'herbe, haute de trente à quarante centimètres, et rampa vers le point où les antilopes allaient passer, à moins que, décrivant une des courbes dont elles sont coutumières, elles ne vinssent se réfugier parmi les arbres derrière lesquels s'abritaient les voyageurs. Lambert, qui ne devinait pas l'intention de la jeune Comanche, la regardait avec curiosité, surpris que personne ne la rappelât. Elle relevait à peine la tête au-dessus des herbes et avançait avec rapidité. Parvenue à cent pas de l'endroit d'où elle était partie, elle s'arrêta. On ne la voyait plus, et ce n'était que de loin en loin qu'elle redressait un peu son front. Les antilopes arrivaient droit sur elle et passèrent bientôt, rapides. Une d'elles, arrêtée dans son élan, tomba sur les genoux, regarda de ses grands yeux noirs si expressifs et si doux ses compagnes disparaître dans la direction de la rivière, puis se coucha sur les fleurs dont elle était entourée et demeura immobile.

— Cette jolie bête a-t-elle été frappée d'un coup de sang? s'écria Lambert.

— Non, répondit Thibaut, elle vient d'être atteinte par une des flèches de Nilca.

Lambert allait s'élancer vers le gibier ; il fut brusquement retenu par la lourde main de son compagnon, qui murmura :

— Des Indiens !

Les points blancs, qu'un pli de terrain ou la hauteur de l'herbe dans l'espace qu'ils venaient de traverser avait subitement cachés aux regards des voyageurs, se montraient maintenant à une courte distance. Lambert en compta jusqu'à quinze, et Paul annonça qu'il y avait parmi eux des femmes et des enfants.

On tint conseil. Devait-on s'enfoncer parmi les arbres, éviter de se laisser voir? Le corps de l'antilope, étendu sur la prairie, allait forcément attirer l'attention de ceux qui approchaient. Ils verraient alors l'herbe foulée par Nilca, et un coup de fusil, une flèche pouvaient amener de regrettables hostilités avec des gens peut-être aussi pacifiques qu'on l'était soi-même. Le père Anselme offrit de marcher à la rencontre des Indiens qui, à la vue d'un homme seul, sans armes, s'inquiéteraient moins de sa présence. Mais le costume du padré, s'il n'était pas connu de ceux qui s'avançaient, pouvait les effrayer au lieu de les rassurer. Minno se proposa à son tour comme parlementaire et fut accepté.

Ce que les voyageurs redoutaient, c'était de se trouver en présence de Witchitas. Toutefois la direction dans laquelle apparaissaient les nouveaux venus écartait la crainte qu'ils pussent être d'accord avec ceux que l'on avait poursuivis la veille. Néanmoins, il fallait se tenir sur ses gardes et surtout ne pas laisser voir Nilca qui, après avoir chassé à l'antilope, se préparait bravement à chasser à l'homme. Paul l'appela. Elle revint aussitôt avec les mêmes précautions qu'elle avait prises pour ne pas être aperçue des gazelles, et Lambert admira de nouveau la souplesse dont elle faisait preuve.

— Voilà un exercice de gymnastique, se dit-il, que je n'ai jamais vu exécuter aux pompiers de Paris, qui sont pourtant des hommes très forts; il faudra que j'apprenne cette manière de se promener imitée des couleuvres, et qui demande plus de biceps que de jarret.

Minno, bien prévenu que sa mission devait être pacifique, alors même qu'il reconnaîtrait des ennemis de sa nation dans ceux qui s'avançaient, attendait le moment de se montrer. On devait être sur le territoire des Arapahoès, qui, s'ils vivaient en paix avec les blancs, guerroyaient souvent avec leurs nombreux voisins. Après s'être assuré que les Indiens que l'on découvrait n'étaient pas une simple avant-garde, que rien ne se mouvait en arrière d'eux, Minno s'avança dans la prairie, son fusil en bandoulière. A son apparition, la caravane fit halte et se groupa. L'Osage continua à s'éloigner des arbres et se dirigea vers elle, levant en l'air ses mains désarmées.

Tous les voyageurs, le doigt sur la détente de leur fusil, regardaient, anxieux, prêts, en cas d'agression inattendue, à se porter au secours de leur ambassadeur. Il y avait quelque chose de solennel dans l'attente qui oppressait toutes les poitrines. Allait-on avoir à combattre? A cette idée, Lambert sentait de petits frissons lui courir dans le dos et se taisait, tout en songeant qu'il était plus facile de voyager en France que sur les bords de la rivière Canadienne.

Là-bas, on se croisait sur les routes sans jamais redouter d'avoir à causer à coups de fusil avec ceux que
l'on rencontrait, même s'ils appartenaient aux tribus
rivales des Picards, des Vendéens, des Basques ou des
Provençaux.

Nilca, à laquelle Paul avait intimé l'ordre de ne pas
se montrer, se tenait derrière le jeune homme, son
arc armé d'une flèche à pointe de fer. Il voulut la faire
entrer plus avant dans le bois.

— Non, dit-elle suppliante, tu es blessé, tu ne peux
te défendre ; je veux rester près de toi, comme Langue-
Agile.

Le regard de la jeune sauvage était si doux, si
plein de reconnaissance, de dévouement, que Paul en
fut ému.

— Soit, lui dit-il en lui frappant amicalement sur
l'épaule ; mais, sous prétexte de me protéger, de me
défendre, ne t'expose pas et ne nous amène pas la
guerre.

Parvenu à trois cents pas environ des arbres, Minno
s'arrêta. Alors un des Indiens se dirigea vers lui,
montrant à son tour ses mains désarmées. Il avait le
torse nu et tatoué, les cheveux rasés comme ceux de
Minno, à cinquante pas duquel il s'arrêta. Un col-
loque amical s'établit, puis on s'aborda. Minno révélait sans doute la présence de ses compagnons, car
l'Indien se tournait sans cesse vers le point où se
tenaient les voyageurs. Les deux parlementaires se

séparèrent avec des démonstrations d'amitié, et l'O-
sage revint vers ses compagnons.

On se trouvait en face d'une famille d'Arapahoès,
qui changeait de lieu de chasse. Elle arrivait des bords

On se trouvait en face d'une famille d'Arapahoès.

de l'un des affluents de la rivière Canadienne, affluent
longtemps pris pour la Canadienne elle-même, qu'il
côtoie pendant près de soixante lieues, et auquel les
Américains ont donné le nom de *North Fork Canadian.* Sur l'invitation de Minno, on sortit d'entre les

arbres, et Nilca fut autorisée à retirer sa flèche de la poitrine de l'antilope, frappée au cœur avec une adresse merveilleuse.

Thibaut, qui s'entendait à cette besogne, s'occupa de dépecer la pauvre bête. Bientôt la famille arapa-hoès défila. Elle comprenait quatre hommes armés d'arcs et de carabines, derrière lesquels marchaient cinq femmes qui, outre un enfant placé sur leur dos, étaient chargées d'ustensiles de ménage. Un jeune garçon portait sur sa tête un canot d'écorce, et ses frères et sœurs le suivaient courbés sous de volumineuses charges.

Ce qui amusa beaucoup Lambert, ce fut de voir une demi-douzaine de chiens, lestés de paquets fixés sur leur échine à l'aide de cordes, défiler d'abord avec gravité. Par malheur, la vue ou l'odeur de l'antilope attirèrent vite l'attention de ces éternels affamés, et leurs maîtres durent s'approcher pour les contenir. Le père Anselme offrit alors de partager le gibier, offre aussitôt acceptée, et l'on campa à deux cents pas les uns des autres. On fit échange de galettes de maïs et de biscuits, de sel et de sucre, puis les Indiens demandèrent du tafia, du tabac, de la poudre, qu'il fallut bien leur refuser.

Vers trois heures, chacun reprit sa marche. Les voyageurs avaient appris qu'ils longeaient encore le pays des Witchitas, et qu'une interminable prairie, sans arbres, sans eau, sans gibier, se déroulait à leur

droite jusqu'au North Fork Canadian. En avant, les
Arapahoès ignoraient ce qui existait. Au résumé,
c'étaient là de précieux renseignements et un avis de
ne pas s'éloigner de la rivière Canadienne, sur les
bords de laquelle on était assuré de n'avoir à souffrir
ni de la faim ni de la soif, ces ennemis invincibles.

On atteignit l'éminence vers laquelle on se disposait à marcher au moment où les Indiens était apparus. Ce monticule, haut d'un mètre et demi, long de
cent, devait, vu la régularité de ses lignes, avoir été
façonné par la main des hommes. Le père Anselme,
en effet, ne tarda guère à reconnaître une œuvre des
Constructeurs de tertres.

La parcourant en tous sens, tandis que les mules la
contournaient, il finit par démêler qu'elle représentait un mastodonte couché sur le côté. Il se convainquit ainsi par ses propres yeux que les Constructeurs
de tertres avaient dû vivre côte à côte avec l'animal
monstrueux qu'ils avaient représenté, et que leur civilisation était antérieure au cataclysme que nous quali-
fions de *déluge*.

De la hauteur sur laquelle Lambert l'avait rejoint,
le père Anselme promena ses regards autour de lui.
En arrière se dressait le rideau d'arbres que l'on venait d'abandonner; à gauche, dans le lointain, des
buissons et quelques arbres marquaient le cours de la
rivière Canadienne. En face des deux voyageurs,
s'étendait, aussi loin que leurs regards pouvaient

atteindre, une plaine à l'herbe courte qui, peu à peu, se confondait à l'horizon avec le ciel, et dans laquelle s'engageaient déjà leurs compagnons. A l'heure de camper, on se rapprocha un peu de la rivière. Le lendemain, on avança, du matin au soir, sans apercevoir un seul buisson, un seul oiseau. Lambert, ravi, se frotta joyeusement les mains, et déclara commencer enfin à croire au désert.

Au point où les voyageurs étaient parvenus, 36° degré de latitude nord et 100° degré de latitude ouest, la Canadienne, bordée sur la rive droite de petites collines, décrivait de nombreuses courbes. Pour éviter de suivre, avec une perte considérable de temps et des fatigues inutiles, ces détours multipliés, les voyageurs, après s'être bien orientés, l'abandonnaient souvent pour couper au plus court. Cette manœuvre leur réussit, et le dixième jour après leur rencontre avec les Arapahoès, voyant la rivière se diriger brusquement vers le sud, ils continuèrent à marcher droit devant eux. Trois jours plus tard, ne voyant encore autour d'eux qu'une immensité morne, et leur provision d'eau étant à la veille de s'épuiser, ils commencèrent à s'inquiéter et forcèrent leurs étapes.

Durant les monotones bivouacs auxquels on était condamnés, sans la récréation si puissante du feu d'un foyer, Paul entretenait volontiers le père Anselme de ses déboires passés, de ses projets et de ses espé-

rances. A force d'écouter, d'interroger, Nilca connaissait enfin la cause du voyage du jeune Français, jusqu'alors inexplicable pour elle. Lorsqu'il mentionnait
le fleuve d'or, elle restait pensive.

— Mon pays est vaste, lui dit-elle un soir, plus
vaste que celui que j'ai traversé lorsque les blancs
m'ont conduite sur les rives du Meschacébé; je ne le
connais donc pas tout entier. Le fleuve d'or que tu
veux trouver coule-t-il dans les prairies des Comanches?

— Non, répondit Paul, il longe la mer qui s'étend
au-delà des montagnes de neige, montagnes que tu
n'as peut-être jamais franchies.

Nilca secoua négativement la tête.

— Les guerriers de mon pays, reprit-elle, aiment
les armes et les chevaux, ils n'aiment pas l'or qui
leur est inutile, et ne le cherchent pas. Cependant,
beaucoup d'entre eux portent des colliers semblables
à celui de Minno. Combien te faudrait-il de ces colliers
pour devenir maître de tes ennemis?

— Mille, répondit Paul au hasard.

Mille! c'était là un chiffre vague, sinon incompré-
hensible pour Nilca. Elle essaya de se représenter sa
valeur en comptant sur ses doigts et se perdit dans
son calcul. Elle interrogea le père Anselme qui, s'é-
tant aperçu que la jeune sauvage, de même que la
plupart de ses compatriotes, ne savait pas compter
au-delà de cinquante, se servit d'un moyen matériel

pour l'instruire. Il lui fit composer un bouquet de cinquante fleurs, et lui déclara qu'il en faudrait vingt semblables pour former le chiffre qu'elle désirait connaître.

Durant les marches, Paul et le père Anselme prenaient volontiers les devants, et·Nilca trottinait souvent à leurs côtés. Elle écoutait alors avec attention leurs moindres paroles, puis, à l'improviste, elle les répétait avec une netteté de prononciation qui les surprenait. Du reste, les voyageurs avaient déjà remarqué que leur compagne, dont les vifs regards trahissaient l'intelligence, cherchait à s'approprier la langue qu'elle leur entendait parler, et chacun d'eux l'aidait à comprendre. Elle avait surtout un professeur toujours bien disposé dans Lambert, qui jubilait lorsqu'il entendait la jolie Comanche moduler un « merci bien » ou un « bonjour, monsieur », qu'il trouvait plaisant.

Le père Anselme, de son côté, s'occupait beaucoup de la petite sauvage. Il lui racontait sans relâche, de façon qu'elle pût la comprendre, l'histoire de Jésus. Lorsque le missionnaire déclarait que c'était par l'ordre de ce fils du Grand-Esprit que lui et ses compagnons avaient pris la résolution de la protéger et de la reconduire parmi les siens, Nilca regardait avec admiration le petit crucifix que le missionnaire lui avait suspendu au cou, et remerciait naïvement ce martyr qui, en expirant, avait recommandé de la

secourir. Au fond, l'idée que Nilca se formait de Jésus
n'était peut-être pas encore très orthodoxe ; mais l'important, pour le zélé père Anselme, était de lui apprendre le nom et les vertus du sauveur divin, de le
lui faire aimer.

Après cinq jours de marche, alors que la soif commençait à les tourmenter, les voyageurs virent trois
cygnes traverser le ciel, suivant la même direction
qu'eux. C'étaient là des guides annonçant la proximité de la rivière, et ils doublèrent le pas. Deux
heures plus tard, ils dépassaient un gommier au
tronc rabougri, aux branches tourmentées, aux feuilles menues, poussiéreuses, altérées. Lambert tourna
autour du pauvre arbre.

— Il est un peu maigre, dit-il, et semble avoir
aussi soif que moi, ce qui n'est pas peu dire : néanmoins, je crois n'avoir jamais vu d'arbre qui m'ait
paru plus beau. Ah ! voici des buissons et des oiseaux !
Vive la France !

Après ce cri de triomphe, Lambert se tut ; sa bouche, sa gorge sèche lui donnaient un parler rauque,
douloureux. On dépassa les buissons d'où s'enfuit une
bande de tangaras au plumage de pourpre, puis, à
l'improviste, on arriva sur le bord d'un ravin au fond
duquel, large et paisible, la Canadienne roulait ses
flots laiteux. Les voyageurs se hâtèrent de s'en rapprocher, sans s'inquiéter s'il y avait ou non des habitants sur ses rives. Les mules prirent d'elles-mêmes

La jeune fille s'approcha du bivouac.

le trot, et, pénétrant chargées dans la belle rivière,
se désaltérèrent longuement.

Quatre heures plus tard, les voyageurs ne songeaient plus à leurs angoisses. Ils étaient campés sous
des ébéniers ; un feu clair flambait à vingt pas d'eux,
et deux oies, tuées par Nilca, commençaient à répandre une odeur appétissante. On s'était baigné, ra-
fraîchi, brossé, et les mules, soigneusement étrillées,
lavées et débarrassées des nombreux parasites qui
s'étaient logés jusque dans leurs oreilles, broutaient
une herbe de choix. Avec quel sentiment de bien-être,
abrités contre le soleil, assis sur des bottes de roseaux, regardant couler l'eau de la Canadienne, les
voyageurs se reposaient, en attendant l'heure de
manger leur gibier !

Lorsque Thibaut annonça que les oies étaient cui-
tes à point, il fallut appeler Nilca à plusieurs reprises.
On la croyait embusquée près du nid d'une poule
d'eau, et elle répondit de derrière un petit promon-
toire. Elle se montra enfin, et chacun poussa un cri
de surprise. Elle aussi avait secoué la poussière qui
couvrait ses vêtements, dont les broderies, ainsi que
celles de ses mocassins, avaient repris leurs vives
couleurs. Elle avait tressé ses cheveux en nattes plus
épaisses, et remplacé les plumes jaunes dont elle
couronnait son front par des plumes empourprées
qui produisaient un ravissant effet sur ses cheveux
noirs. Cette simple parure, qui rehaussait sa beauté,

elle l'avait empruntée aux tangaras rencontrés d'abord, et auxquels la couleur de leur plumage a valu le nom expressif de *cardinaux*.

La jeune fille s'approcha du bivouac, non avec des allures de déesse, mais, ce qui était plus séduisant — la grâce l'emportant chez les femmes sur la majesté — avec ses souples mouvements et sa légèreté de gazelle.

— Que te voilà jolie, Nilca, s'écria Paul qui l'admirait.

Elle abaissa ses longs cils sur ses yeux brillants, et une teinte rose, visible en dépit de la couleur brune de sa peau, nuança son visage. Bientôt elle se mit à rire, montrant des dents si petites, si blanches que Lambert affirmait n'avoir jamais vu leurs pareilles, et qui ne restèrent pas oisives lorsque les volailles furent découpées.

Les voyageurs avaient un besoin trop impérieux de repos pour que Paul, quelle que fût sa hâte habituelle, ne remît pas le départ au lendemain. Ce ne fut même qu'après une nouvelle journée passée sous les ébéniers que l'on s'occupa d'équiper les mules. On passa sur la rive droite de la Canadienne, en ce moment plus hospitalière que la rive gauche, grâce aux collines parfois boisées qui la bordaient. Aucune trace de la présence d'êtres humains n'avait été découverte ; on était bien décidément au-delà du pays des Witchitas, dans les grands déserts que parcou-

rent encore librement les Kioways, les Comanches et
les Apaches. En somme, on allait pénétrer dans le
pays de Nilca, et les hommes que l'on rencontrerait
désormais seraient des guerriers de sa nation.

Le padré interrogeait souvent la jeune fille, essayant
de déterminer, par les explications qu'elle donnait,
le véritable point occupé par sa tribu. D'après ce
qu'elle racontait, elle avait été faite prisonnière sur
le bord de la rivière Rouge. Par malheur, ce nom
sert aux Indiens à qualifier maints cours d'eau qui
empruntent cette couleur aux terrains ferrugineux
qu'ils traversent, et il a produit et produit encore de
nombreuses confusions. Cependant, on ne pouvait
douter qu'il s'agissait cette fois du grand affluent du
Mississipi, lequel marque la frontière du Texas.

Toutefois, ce n'était pas là que Nilca résidait; elle
y était venue, disait-elle, en expédition avec des
guerriers de sa tribu à la tête desquels marchait son
père, et il ne leur avait pas fallu moins de quinze
jours pour traverser les prairies, ne trouvant que de
loin en loin des lacs pour faire désaltérer leurs chevaux.
De la plaine où campait son père, chef auquel obéissaient toutes les tribus comanches — Nilca le répétait
sans cesse avec orgueil — on apercevait les cimes
lointaines de hautes montagnes. C'étaient là des renseignements d'autant plus vagues que les contrées
dont parlait la jeune fille n'avaient pas encore été
traversées par des Européens.

A peine les voyageurs eurent-ils gravi les monticules qui bordent sur ce point la rive droite de la
Canadienne, qu'ils aperçurent en face d'eux de plus
hauts sommets. Bien que leur intention fût de côtoyer la rivière, ils devaient fréquemment s'en écarter, à cause des obstacles qu'opposaient à la marche
des mules les inégalités du terrain. Vers le milieu
du jour, ils atteignirent les montagnes qu'ils avaient
aperçues et campèrent à leur base. Les ayant gravies
pour chasser, ils furent surpris de voir, à chaque pas,
bondir des antilopes, et ils en effrayèrent un véritable
troupeau sur le plateau dénudé qui les couronnait.
Du reste, le nom de *collines des Antilopes* a été donné
à ces hauteurs, qui sont encore aujourd'hui un des
points avancés du désert.

Du sommet où la curiosité l'avait conduit, Paul,
qui commençait enfin à se servir de son bras, vit la
Canadienne remonter à perte de vue vers le nord. Au
loin, dans la direction du couchant, se montraient
des arbres. Ils bordaient évidemment la belle rivière,
qui, après avoir formé une boucle semblable à celle
dans laquelle on s'était un instant cru perdu, revenait
en quelque sorte à son point de départ. On coupa
donc de nouveau au plus court le lendemain, et, le
soir même, on rejoignit la rivière. Le jour suivant,
on l'abandonna pendant quarante-huit heures, pour
la retrouver singulièrement amoindrie et transformée
d'aspect. Ses rives étaient moins escarpées, ses eaux

moins blanches et moins profondes. Les voyageurs
supposèrent qu'ils approchaient de la source de l'important cours d'eau, source que nul ne connaissait
alors, et dont en réalité plus de cent lieues les séparaient encore.

X

LES BISONS.

A l'aurore, au moment de se mettre en route, il fut question de traverser la rivière, pour n'avoir pas à la suivre dans sa direction nouvelle, probablement momentanée. Mais devant l'impossibilité de faire passer les caisses que portaient les mulets sur l'autre bord, sans les mouiller, il fallut se résigner à la côtoyer.

Lambert et Thibaut se lancèrent en éclaireurs, cheminant sous des arbres qui les abritaient contre les rayons du soleil. Tout à coup le Canadien s'arrêta et fit signe à son compagnon de ne pas bouger. Grâce à sa haute taille, Thibaut pouvait regarder par-dessus les roseaux dont la rivière était bordée, et demeurait attentif. Lambert, qui ne réussissait pas à voir ce qui captivait son compagnon, lui tira le bras et lui fit un signe de tête interrogatif. Thibaut posa un doigt sur ses lèvres, puis voyant Lambert se hausser en vain sur la pointe des pieds, il se baissa, l'entoura de son bras gauche comme une mère qui saisit son enfant et le souleva. Lambert, sans s'étonner de cette action, regarda ébahi.

Presque au milieu de la rivière se dressaient une vingtaine de huttes de forme circulaire, haute d'un mètre et protégées contre les crues de l'eau ou contre les arbres qu'elle pouvait entraîner par un barrage gazonné. Un animal long de soixante centimètres, au pelage lisse et brun, au corps ramassé, à la queue plate, ovale et couverte d'écailles, se promenait sur cette digue qu'il semblait inspecter. Près des huttes, quelques têtes aux yeux noirs et brillants émergeaient.

— Ce sont des castors, n'est-ce pas? murmura Lambert.

Thibaut venait à peine de faire un signe affirmatif, que toutes les têtes disparaissaient et que l'inspecteur supposé se laissait glisser dans l'eau, panique causée par l'approche de la caravane. Lambert fut déposé sur le sol par son robuste compagnon, et bientôt le père Anselme eut à répondre aux questions multipliées du Parisien. Il lui apprit que les castors, qui, par colonies de trois à quatre cents individus, peuplaient autrefois les bords de toutes les rivières des parties septentrionales de l'Amérique, ont été chassés avec un tel acharnement qu'ils deviennent de plus en plus rares. On ne les trouve déjà plus guère que dans les rivières des prairies, par groupes de cinq ou six, et même isolés. Ainsi traqués, ils perdent peu à peu leur esprit de société et leur science d'architecte, comme les ont perdus leurs frères de Sibérie.

Les voyageurs atteignirent un sol marécageux et durent s'écarter de la rivière.

— Halte! cria Thibaut.

— Qu'as-tu vu? demanda Paul.

— Rien, répondit le Canadien; mais je viens d'entendre les sonnettes de plusieurs serpents, et il s'agit de voir où l'on met le pied.

Nilca prépara son arc, et l'on marcha à la suite les uns des autres, à la façon indienne. De temps en temps, on entendait, sous les broussailles, le bruit sec produit par le frottement des anneaux cornés qui terminent la queue des crotales. En dépit des avis réitérés de Thibaut, Lambert se lançait avec intrépidité dans la direction où résonnait ce bruit : il voulait voir un de ces fameux serpents dont il avait lu tant d'histoires, dont la morsure amène une mort presque foudroyante.

Ce fut une satisfaction que Nilca lui procura. A l'aide d'une de ses flèches, elle cloua sur le sol un des dangereux reptiles; il mesurait plus d'un mètre, et sept anneaux de couleur grise terminaient sa queue. Il eût emporté la flèche qui le transperçait si Minno, près duquel il passa, ne lui eût écrasé la tête sous la crosse de son fusil. L'Osage enleva alors au reptile ses sonnettes et les offrit à Nilca, qui les suspendit à son arc comme un préservatif contre la morsure ou la piqûre de tout animal venimeux.

On sortit des fourrés qui ombrageaient la rivière,

et l'on vit son lit se resserrer au point de n'avoir plus
qu'une dizaine de mètres de large. Le père Anselme,
frappé de cette rapide transformation, émit l'idée
qu'au lieu de suivre la Canadienne, on longeait simplement un de ses affluents, et bientôt cette idée devint une conviction.

On venait de marcher sans utilité pendant un jour,
et il en coûtait aux voyageurs de revenir sur leurs
pas. Ils résolurent donc de continuer à côtoyer la
rivière, qu'ils qualifièrent du nom de *sauvage*, en raison de son aspect, jusqu'à la rencontre d'un gué
qu'ils ne découvrirent que le lendemain. Partant alors
de la rive droite pour remonter vers le nord, ils espéraient, en moins d'une journée, se retrouver sur les
bords de la Canadienne. Les outres et les gourdes furent remplies, puis on s'aventura de nouveau dans la
prairie. Lambert, en dépassant le dernier buisson, le
salua avec mélancolie.

— Nous ne savons pas si nous en reverrons jamais
d'autres, dit-il à Minno et à Vampa, qui se trouvaient
à son côté et le regardaient avec surprise.

Puis, tourné vers le morne espace qui s'ouvrait devant lui et se souvenant de la soif dont il avait si récemment souffert, le Parisien murmura :

— Décidément, tout n'est pas rose dans le métier
d'explorateur, de trappeur, de sauvage, de chercheur
de fleuve d'or, qui est devenu le mien. Si par hasard
je rencontre sur ma route l'entrée du faubourg Saint-

Jacques, je me reconduis à mon atelier. Ah! le faubourg Saint-Jacques, si je réussis à y rapporter mes
deux oreilles et mes quatre pattes, j'offrirai un cierge
à mon saint patron.

Par bonheur pour lui, la moindre brise suffisait
pour emporter les mélancolies de Lambert. Aussi, dix
minutes plus tard, il trottait près de Nilca, à laquelle
il essayait de faire chanter *Au clair de la lune*, au
grand amusement de Paul et du père Anselme.

On ne campa que vers cinq heures du soir, et, bien
que l'on eût doublé l'étape, aucun arbre indiquant
l'approche de la rivière ne se montrait à l'horizon.
Grâce à la petite provision de bois dont Minno avait
pris soin de charger les mules, on put allumer un feu
et préparer du thé. Le lendemain, au point du jour,
on se remit en marche assez désorientés. Le ciel était
couvert de nuages, et la boussole devint le seul guide
que l'on pût consulter. A l'approche de la nuit, les
voyageurs sondèrent en vain du regard l'horizon ; la
solitude sévère et silencieuse les entourait de nouveau.
Ils en étaient surpris et commençaient à redouter de
faire fausse route. Aussi le lendemain se dirigèrent-
ils droit vers le nord.

Le ciel, toujours sombre, communiquait à la prairie sa légère teinte plombée. Minno signala soudain
des points noirs et blancs faisant saillie sur la plaine.
Bientôt une antilope se leva, regardant venir les
voyageurs avec une véritable surprise. Elle poussa un

bêlement qui devait être un avis, car cinq autres se
dressèrent, puis la bande détala. Les points blancs restaient immobiles, et, en approchant, on reconnut des
ossements de bisons. Lambert compta jusqu'à vingt
têtes et aperçut deux squelettes d'hommes. Cette
funèbre découverte impressionna les voyageurs. Les
squelettes étaient évidemment ceux de chasseurs tués
par les bisons et que leurs compagnons n'avaient pas
pris la peine d'enterrer.

— Brou! fit Lambert qui se découvrit, ça doit être
désagréable de faire ainsi blanchir ses os au soleil et
à la pluie; et pourtant, nous avons l'air de suivre une
route qui nous conduira à ce beau résultat.

— Nous ne serons pas les premiers, répondit Thibaut, ni même les derniers. Ceux qui dorment là
n'ont pas eu à souffrir, car ils étaient morts lorsqu'ils
ont été abandonnés. Dans les forêts ou dans les
plaines, il m'est arrivé de rencontrer les restes d'un
trappeur ou d'un Indien. Vaincu par la soif ou la
faim, peut-être blessé par l'animal qu'il poursuivait,
le malheureux avait vu venir la mort sans espérer de
secours. Je pensais alors qu'un autre chasseur me
trouverait peut-être un jour sur sa route, lorsque
personne ne saurait déjà plus mon nom.

— Et cette perspective ne vous a jamais dégoûté
de votre métier, Thibaut?

— Non, répondit le Canadien, car la mort ne frappe
pas seulement les trappeurs, elle atteint tous les

hommes. Je suis né dans les bois, j'y ai toujours vécu, satisfait d'être libre. A plusieurs reprises, le père de Paul a essayé de me fixer sur son domaine ; au bout d'un mois, je me sentais malade, et je retournais dans les bois.

— N'avez-vous jamais pensé à vous marier?

— Les femmes de race blanche, répondit Thibaut, ne suivent guère les trappeurs dans leur vie aventureuse, elles ont besoin d'une cabane. Je ne pourrais épouser qu'une Indienne, et je n'y songe pas.

— Serait-ce donc un sort si malheureux, mon camarade, que d'épouser Nilca, par exemple ?

— Non ; mais Nilca est une exception, Lambert, et elle doit être réellement, ainsi qu'elle l'affirme, la fille d'un chef puissant. Si je voulais d'elle pour femme, elle ne voudrait pas de moi pour mari.

— Hum ! il faudrait le lui demander pour le savoir. Elle a une façon de vous appeler Cœur-Loyal qui me donne souvent à penser. Voulez-vous que je l'interroge?

— Non pas, mon camarade; si j'avais les idées matrimoniales que vous me supposez, je saurais parler moi-même.

— Je ne suis pas si dégoûté que vous, reprit Lambert sérieux, et je ne vous cache pas, Thibaut, que lorsque je vois Nilca si gracieuse, avec ses grands yeux noirs, ses dents si blanches, et que le père Anselme chemine à nos côtés, il me prend des envies

de... Non; je ne puis pas fonder une menuiserie dans
les prairies, et si je ramenais une femme jaune à Paris,
on en parlerait trop dans mon quartier.

Les voyageurs, ayant de beaucoup dépassé l'os-
suaire, songèrent à camper. Aussitôt après le souper
on s'endormit. Vers cinq heures du matin, alors que
le jour commençait à poindre, Paul, qui faisait sentinelle, réveilla ses compagnons. Il était intrigué par
un sourd grondement qu'il ne pouvait s'expliquer.
Thibaut et Minno, après avoir écouté un instant, s'é-
crièrent à la fois :

— Des bisons !

Les voyageurs se groupèrent; puis il examinèrent
la plaine, encore couverte de ténèbres. Vers le sud,
c'est-à-dire dans le sens opposé à la rivière, il leur
semblait voir s'agiter de grandes formes vagues.
Par deux fois, à de courts intervalles, ils entendirent
le bruit sourd, prolongé, qui avait attiré l'attention
de Paul, grondement produit par la marche des terribles ruminants annoncés par Minno et Thibaut.

S'ils eussent été à cheval, les voyageurs se seraient
peu inquiétés de la rencontre dont ils étaient menacés.
Mais quel serait leur sort si les bisons, qui sans doute
se dirigeaient vers la rivière, venaient, dans leur
course aveugle, se heurter contre le bivouac ? Ils pouvaient, et c'était là l'hypothèse la plus probable,
passer au large. Seulement, il suffisait de la fantaisie
de l'un deux pour amener la bande entière autour

du campement, et il en résulterait des catastro-
phes aussi faciles à prévoir qu'impossibles à conjurer.

Le ciel s'éclaira enfin vers l'orient, et, à deux kilomètres environ du point qu'ils occupaient, les voyageurs aperçurent, paissant ou ruminant, une centaine
de ces aurochs que les savants considèrent comme
les ancêtres de nos taureaux. Lorsque le soleil, sous
l'aspect d'un énorme globe de fonte incandescente,
se montra sur la plaine, quelques mugissements se
firent entendre. Toutes les têtes se dressèrent à cet
appel, puis la troupe entière des bisons, s'élançant à
la suite de celui qu'elle avait adopté pour conducteur,
bondit en faisant retentir le sol sous ses pas multipliés.

Thibaut, Minno, Vampa formèrent à la hâte une
barrière avec les caisses, et placèrent les mules derrière ce faible rempart. Paul, dont la blessure était
presque cicatrisée, s'arma, et le père Anselme lui-
même saisit un fusil. Lambert, plus surpris qu'effrayé,
regardait accourir les sauvages animaux par lesquels
on pouvait être foulé aux pieds; toutefois, la gravité
de Thibaut lui faisait comprendre que le danger était
grand, aussi se taisait-il. Quant à Nilca, elle préparait
son arc, dont elle resserrait la corde.

— Quelle manœuvre dois-je exécuter? demanda
Lambert à Thibaut; allons-nous attaquer, ou nous
défendre?

— Ni l'un ni l'autre, je l'espère, répondit le Canadien; nous n'avons à craindre que le caprice d'un vieux bison, ou la colère d'une femelle dont le nourrisson, curieux ou indocile, s'aventurerait de notre côté. Je n'ai à vous recommander, Lambert, que de ne pas renouveler votre haut fait de l'ours, de ne tirer que sur mon ordre précis.

Lambert fit un signe d'acquiescement; son attention était captivée par deux bisons qui, battant leurs flancs de leur queue courte, s'avançaient audacieux, majestueux, superbes. Ils firent halte à cinq cents pas à peine du bivouac et poussèrent des mugissements lugubres. Lambert, ébahi, n'avait pas assez d'yeux pour regarder les énormes bêtes, dont la tête démesurée, encadrée d'une épaisse crinière frisée, semblait ainsi plus formidable encore. Une longue barbe, touchant presque le sol, prêtait une apparence de face humaine à ces monstres, auxquels leurs cornes grises, plates, recourbées en arrière, formaient de gros sourcils. A un nouveau mugissement, la troupe entière se serra derrière son chef, prête à le suivre. Le moment était solennel : la bête défiait l'homme, le menaçait, et paraissait surprise, irritée de ne pas le voir fuir.

Tout à coup, les voyageurs poussèrent un cri; Nilca, ayant quitté le petit retranchement, se dirigeait vers les bisons. Toutes les voix rappelèrent la jeune fille; elle ne répondit ni ne se retourna; une seconde d'inattention pouvait lui coûter la vie. Le conducteur du troupeau, le front à demi baissé, sa longue barbe balayant l'herbe, la regardait venir d'un air farouche, et se mit à gratter la terre de l'un de ses pieds de devant.

Parvenue à trente pas de lui, Nilca s'agenouilla et tendit son arc. Les voyageurs ne respiraient plus. Le bison baissait de plus en plus la tête, et Nilca ne tirait pas. Soudain, l'animal redressa le front pour mugir, et Lambert vit une flèche s'implanter dans son poitrail, au défaut de l'épaule. Le blessé bondit aussitôt vers l'intrépide jeune fille qui, se relevant, agita ses bras et poussa des cris, manœuvre qu'imitèrent aussitôt les deux Indiens et Thibaut. Interdit, effrayé par ces clameurs, le blessé, renonçant à son attaque, décrivit une brusque courbe.

La bande aveugle qui le suivait, emportée par son élan, dépassa Nilca, puis rabattit vers elle. La jeune fille se coucha sur le sol, se pelotonna et disparut au milieu du redoutable troupeau qui, fidèle à son instinct et préoccupé de rejoindre son conducteur, passa devant le bivouac comme un ouragan. Les voyageurs s'élancèrent vers Nilca, qu'ils croyaient broyée. Elle se redressa, chancelante, et dut s'appuyer sur son arc pour ne pas tomber.

— Es-tu blessée? lui cria Thibaut.

— Un des bisons, répondit-elle, m'a heurté le pied de son sabot.

Nilca s'agenouilla et tendit son arc.

La jeune fille essaya de marcher, et elle serait tombée si Lambert ne l'eût soutenue. La sentant fléchir, comme si elle défaillait, le Parisien la souleva et la porta près du bivouac.

— Est-il mort? demanda Nilca.

— Mort! qui? s'écria Lambert.

— Le conducteur sur lequel j'ai tiré pour le faire dévier.

Le Parisien se tourna vers le troupeau qui fuyait, et, à moins de cent pas, il vit un des bisons resté en arrière tournoyer, puis s'affaisser. Avec une adresse commune chez les hommes de sa tribu, Nilca l'avait frappé près du cœur.

On s'occupa de la jeune fille, que nul ne songeait à blâmer pour l'heure de son imprudente manœuvre, à laquelle on devait le salut. Son pied, meurtri, se gonflait déjà, et le père Anselme s'empressa de le lui serrer fortement à l'aide de bande de linge qu'il mouilla ensuite. Ainsi pansée, Nilca fit quelques pas en boitant, et déclara qu'elle se sentait capable de marcher.

Tandis que Minno et Vampa équipaient les mules, Lambert se dirigea vers le bison, qu'il voulait voir de près. Il arracha du poitrail de la bête la flèche qui avait causé sa mort, non sans s'émerveiller qu'une simple baguette, garnie à l'une de ses extrémités d'une pointe de pierre, fût une arme si terrible entre les mains d'une jeune fille.

— Nos aïeux n'en connaissaient pas d'autres, dit le
père Anselme, et les sauvages que nous rencontre-
rons désormais ne se servent guère que de l'arc dans
leurs chasses. Les fusils, au désert, deviennent vite
inutiles, faute de munitions. Aussi, les Apaches et les
Comanches ne les emploient-ils que dans leurs expéditions contre les blancs.

— Ils n'ont donc pas encore appris à fabriquer de
la poudre?

— Non, répondit le missionnaire, pas plus qu'ils
n'ont appris à travailler les métaux. Bien qu'intelligente, la race des indigènes du nord de l'Amérique est
essentiellement improgressive; aussi les savants sont-
ils convaincus qu'elle ne descend pas des Constructeurs de tertres auxquels elle a succédé sur ce sol, et
qui étaient, eux, des industriels, des artistes et des
mathématiciens.

Thibaut, qui s'était à son tour dirigé vers le bison,
rapporta bientôt la langue et la bosse de l'animal.
On avait plus que jamais l'espoir d'atteindre la Canadienne avant la nuit, et l'on était certain de trouver
sur ses bords le bois nécessaire pour la cuisson de ces
morceaux délicats, régal des chasseurs.

Au moment de se mettre en marche, on discuta
sur la direction qu'il convenait de prendre. Il importait de s'écarter de la route suivie par les bisons qui,
dans un temps plus ou moins éloigné, reviendraient
à coup sûr à la recherche du corps de leur com-

pagnon. L'instinct singulier qui ramène les bisons vers l'endroit où l'un des leurs a été frappé de mort est toujours mis à profit par les chasseurs. Certains, après une première rencontre, de voir reparaître sur le champ de bataille les quadrupèdes qui ont échappé à leurs coups, ils ont soin de camper dans les environs. Le troupeau effaré ne tarde guère à se montrer; le carnage recommence, et se renouvelle souvent jusqu'à l'entière destruction des individus qui le composent.

Le bison, le plus gros des animaux du continent américain, peuplait autrefois la superficie entière des États-Unis. Aujourd'hui, traqué, décimé, on ne le rencontre plus que dans les prairies du grand désert. Pour les sauvages, qui pourtant n'ont jamais eu l'idée de le domestiquer, le bison, à toutes les époques, a été l'animal par excellence. Sa peau, nettoyée, tannée, assouplie, fournit la matière ordinaire des tentes, et sa chair, fraîche ou fumée, une nourriture excellente et saine. Sa crinière, sa barbe servent à confectionner des cordes, des fils, des tissus, et ses os deviennent des armes, des outils et même des selles.

À l'heure du départ, Nilca se mit résolument en marche; toutefois, en dépit de ses efforts pour dissimuler le mal qu'elle ressentait, sa pâleur trahit bientôt la vaillante jeune fille. Le père Anselme et Paul l'obligèrent à s'appuyer sur eux; en dépit de cette aide, il devint vite évident que la jeune sauvage ne pourrait suivre les mules. En effet, elle lâcha découragée les bras qui la soutenaient et se laissa choir sur l'herbe.

— Souffres-tu donc davantage? lui demanda Paul.

— Oui, dit-elle; mais quand je suis assise, mon mal disparaît.

Deux grosses larmes, en même temps, roulèrent sur ses joues.

— Est-ce la douleur que tu ressens qui te fait pleurer? reprit le jeune homme.

— Non. J'espérais revoir la tente de mon père, et je vois bien qu'il faut que vous m'abandonniez.

— T'abandonner! s'écria le missionnaire, rassure-toi bien vite, mon enfant. Ce serait là un acte de cruauté que le Dieu que je veux t'apprendre à aimer ne nous pardonnerait pas. Aujourd'hui, plus encore qu'hier, ce Dieu nous ordonne de te protéger.

Le père Anselme et Paul réfléchirent. Il fallait à tout prix trouver un moyen de transporter Nilca jusque sur les bords de la Canadienne, où l'on était assuré de pouvoir vivre en attendant que la jeune fille fût de nouveau en état de marcher. Tout à coup, tendant ses mains à Nilca, Lambert la pria de se mettre debout. Elle obéit. Alors, la soulevant ainsi que Thibaut l'avait soulevé lui-même pour lui permettre de voir les castors, le vigoureux petit Français l'emporta.

En dépit de sa force et de son énergie, Lambert, au bout d'un millier de pas, dut déposer son fardeau

pour reprendre haleine. Thibaut vint alors à son aide,
et ils se relayèrent de distance en distance. Après une
heure et demie de ces efforts, voyant leurs compagnons exténués, Minno et Vampa, renonçant enfin à
leur fausse dignité, offrirent leurs services. On gagna
encore un peu de terrain, puis les porteurs prolon-
gèrent leur repos et durent s'arrêter.

Lambert, toujours ingénieux, retira les charges de
son fusil et pria Thibaut de l'imiter, en lui expliquant
son intention. Bientôt Nilca, assise sur les armes que
le Parisien et son compagnon tenaient par leurs extrémités, se vit emportée de nouveau. Mais la différence de taille des deux porteurs les fatiguait outre
mesure. Thibaut devait marcher courbé pour se
mettre au niveau de Lambert, et, ne pouvant garder
longtemps cette attitude, il renvoyait, en se redres-
sant, tout le poids de la jeune fille vers Lambert. Le
grave Minno prit la place de ce dernier, qui, pour
employer son expression, s'attela ensuite avec Vampa.
Paul, à qui son bras ne permettait aucun effort, surveillait alors les mules.

Après quatre heures de ce manège, les voyageurs
commencèrent à s'inquiéter de la lenteur avec laquelle
ils avançaient, en voyant toujours le corps du bison
faire au loin saillie sur la plaine. Ils se trouvaient encore sur la route probable du troupeau, et redoutaient
une nouvelle aventure. Ils redoublèrent d'énergie et, à
l'approche de la nuit, le bison avait enfin disparu. On

11

s'arrêta, brisé de fatigue, n'ayant pour se réconforter
que du biscuit que l'on put à peine arroser d'une
gorgée d'eau tiède, l'avant-dernière!

Le lendemain les porteurs, les bras endoloris, avancèrent avec plus de difficulté encore que la veille. Les
voyageurs continuaient à se diriger vers le nord, et
leur mauvaise fortune, ils ne pouvaient en douter,
les avait de nouveau engagés dans une des boucles
de la rivière. Que faire? retourner en arrière serait
une folie et changer de direction une imprudence. La
Canadienne, il est vrai, coulait peut-être à moins
d'une lieue, soit à droite, soit à gauche de l'endroit
où l'on se trouvait, mais comment le deviner? La sagesse ordonnait donc de ne pas changer d'itinéraire.
Toutefois, la lenteur à laquelle on était condamné
rendait le péril plus sérieux d'heure en heure; les
mules n'avaient pas bu depuis l'avant-veille, et l'on
ne possédait même plus assez d'eau pour leur rafraî-
chir la bouche.

Vers midi, alors que ses compagnons prenaient un
peu de repos, Paul se mit à vider les caisses qui composaient son bagage; puis, secondé par Lambert, il
en remplit deux de munitions et de vivres; sur son
invitation, chacun garnit sa poire à poudre et sa cartouchière, puis se fixa sur les épaules une provision
de biscuits et de viande sèche. On équipa une des
mules, et Nilca fut placée sur le dos de l'autre. Lorsque la jeune fille vit que Paul abandonnait pour elle

une partie de son bagage, elle pleura tout attendrie.

— Le Grand-Esprit qui t'a envoyé au secours de Nilca, qu'il ne connaît pas, dit-elle, ne viendra-t-il pas au tien?

— Le Grand-Esprit te connaît, mon enfant, s'empressa de répondre le père Anselme, il aime les Comanches à l'égal des blancs.

Puis se tournant vers Paul auquel il prit la main :

— Vous êtes un noble cœur, dit-il avec émotion, et je n'aurais pas osé vous demander l'héroïque sacrifice que vous venez de faire. Dieu n'attend pas toujours l'éternité pour récompenser ou châtier, mon ami, et sa bonté vous fera trouver le fleuve d'or.

On marcha sans se retourner jusqu'à la nuit ; à l'heure où le soleil s'était couché, on avait anxieusement examiné l'horizon. Paul, avec sa lunette, n'avait aperçu qu'une étendue stérile, au milieu de laquelle on allait sans doute périr.

XI

LA SOIF.

A l'aube, on se remit en marche, après s'être humecté la bouche avec un peu d'eau, et avoir en vain essayé d'avaler un morceau de biscuit. Bientôt l'ardeur du soleil aviva la soif des voyageurs qui, à l'exception de Lambert, cheminaient silencieux. Après l'avoir trouvée curieuse, le Parisien commençait à trouver la prairie plus monotone que les bois de sapins. Il se fatiguait, disait-il, de voir de l'herbe et pas une bête pour la brouter, un ciel sans oiseaux pour y voler, et de n'avoir de rapport, en fait d'êtres vivants, qu'avec d'imperceptibles insectes qui lui couvraient le corps de morsures venimeuses. A ces ogres invisibles, il eût préféré, disait-il encore, un essaim de mouches bourdonnantes, moqueuses, joyeuses, ou l'amusante naïveté de vol d'un bon gros hanneton.

Devant l'horizon toujours uniforme, l'anxiété des voyageurs devenait de plus en plus poignante. Avaient-ils, au lieu d'avancer, décrit un de ces cercles redoutables, fatidiques, qui, dans les prairies comme dans les forêts du nouveau monde, ont égaré tant de chas-

seurs et causé leur mort? Non; Minno, Thibaut,
Vampa étaient trop expérimentés pour commettre
une pareille erreur. A n'en pas douter, on s'enfonçait
dans une des boucles formées par la capricieuse rivière que l'on avait prise pour guide, et l'on se repen-
tait de n'avoir pas continué la marche en avant. Les
ombres de la nuit couvrirent une fois de plus la solitude dans laquelle erraient les voyageurs, solitude
que n'avait peut-être jamais traversée aucun être humain.

Le calme, l'immobilité, le silence absolus qui ré-
gnaient autour d'eux, et dont leurs propres mouvements dissimulaient aux voyageurs la majesté lugubre
durant le jour, impressionnaient beaucoup Lambert
pendant la nuit. Lorsque venait son tour de veiller, le
Parisien s'étonnait, s'inquiétait, s'effrayait de ne voir
rien bouger, de n'entendre d'autre bruit que celui de
sa respiration. Il sursautait comme au fracas d'un
coup de tonnerre si les mules bougeaient, si l'un de
ses compagnons se retournait dans son sommeil, tant
les moindres bruits, dans ce profond silence, réson-
naient avec intensité.

— C'est drôle, pensait-il, voilà que j'ai peur parce
que je n'entends rien, parce que tout est immobile. Il
me semble que la terre est morte, que tous ceux qui
se promènent d'ordinaire à sa surface sont morts, et
que moi seul suis resté vivant. Comme elle vous ra-
petisse, l'immensité, et comme elle grandit Dieu!

Cette nuit-là, ne se sentant nulle envie de dormir,
Lambert laissa reposer ses compagnons jusqu'à
l'aube. Il contemplait les étoiles, leurs scintillements
étaient de la vie. Lorsqu'une ligne de pourpre sépara
la terre du ciel du côté de l'est, il poussa un soupir
de satisfaction. Le jour parut; mais, ni sur la terre ni
dans l'air, aucune voix ne salua l'apparition du soleil.
Dans les bois sévères des monts Sugar-Loaf, le cri
d'un aigle, la plainte d'une tourterelle, le grognement
d'un écureuil célébraient la fuite des ténèbres. Dans
les prairies, la lumière ne ramène ni chants ni su-
surrements. La mer, dans ses calmes les plus profonds, reste souriante et animée; les prairies, comme
les steppes en hiver, semblent couvertes d'un linceul
immense, vert au lieu d'être blanc.

Pendant une journée encore, les voyageurs avancèrent, mornes, forcés de s'arrêter souvent pour reprendre haleine. Ils eurent peine à s'endormir, et le
lendemain, au réveil, ils virent le père Anselme, secondé par Vampa, étendre une nappe blanche sur les
caisses superposées, puis, sur cet autel improvisé,
ranger un saint ciboire, un livre de messe et les deux
burettes de cristal qui composaient leur bagage. On
était en danger de mort, personne ne se le dissimu-
lait, et le missionnaire voulait non seulement célébrer
une messe suprême, mais ondoyer Nilca. Il expliqua
à la jeune fille le sens de la cérémonie à laquelle elle
allait assister, et lui demanda si elle consentait à re-

connaître comme seul et unique Dieu celui qui avait
ordonné de la secourir.

Elle répondit affirmativement, et le père Anselme
officia. Quel spectacle que celui de ces malheureux,
agenouillés devant le Dieu qui semblait les poursuivre
de sa colère, pour lui rendre grâce de ses bienfaits
passés, célébrer sa grandeur et l'implorer! Tous regardaient avec surprise le père Anselme. Cet homme
avec lequel ils vivaient familièrement leur parut, à
cette heure solennelle, grandi et transfiguré. Lorsqu'il
parla de la patrie céleste, où ils seraient peut-être
bientôt réunis de nouveau, les yeux de Paul se mouil-
lèrent. Ce n'était pas la crainte de mourir qui émo-
tionnait le généreux jeune homme, il songeait à ses
frères et à ses sœurs qui l'attendraient désormais en
vain, qui ignoreraient toujours qu'il était mort pour
les soustraire à la misère dont ils allaient devenir la
proie.

Thibaut était grave ainsi que Minno. Vampa, dans
son ardeur de néophyte, se livrait à des génuflexions
exagérées qui ne déridèrent pas un seul instant Lambert. Le Parisien, d'ordinaire, ne pensait pas plus à
Dieu qu'à cette vie éternelle dont venait de parler
père Anselme. A cette heure suprême, devant cette
étendue troublante où il errait perdu, impuissant, la
foi naïve de son enfance se réveillait. Lui aussi il im-
plora le Christ; il n'y a plus de véritable incrédule sur
le seuil de l'éternité.

Quand les voyageurs, déjà émus, virent Nilca s'a-
genouiller près du prêtre qui lui fit joindre les mains
comme à un petit enfant; lorsqu'ils entendirent la
jeune sauvage répondre d'une voix assurée aux questions qui lui étaient adressées, puis courber la tête
pour recevoir l'eau dont le père Anselme s'était privé
pour cette cérémonie; lorsque, les yeux levés vers le
ciel, le missionnaire radieux étendit ses bras pour les
bénir tous, Paul, Lambert et Thibaut s'inclinèrent
respectueux, admirant, chez ce futur martyr qui venait de remercier Dieu des épreuves que l'on subissait
comme d'un bienfait, la force, la confiance, la résignation, la sérénité que donne la foi.

La cérémonie terminée, on équipa les mules avec
effort, puis on avança sous le soleil implacable, la
langue sèche, les lèvres saignantes. Au bout d'une
heure, la mule qui portait les caisses chancela, poussa
un cri rauque et s'abattit sur le sol, comme foudroyée.

Les voyageurs entourèrent la malheureuse bête et
se hâtèrent de la débarrasser de sa charge; c'était là
un soin inutile, elle ne donnait plus signe de vie.
Chacun lui soulevait la tête à tour de rôle, la laissait
retomber avec découragement, et voyait sa propre
consternation peinte sur le visage de ses compagnons.
Nilca descendit de sa monture.

— Reste, lui dit Paul, il faut que nous avancions.

Et comme il obligeait doucement la jeune fille à se
remettre en selle, elle saisit une des mains qui la sou-

tenaient, la pressa avec force contre ses lèvres et la
mouilla d'une larme.

— Ah! pauvre enfant, dit Paul, ému de ce muet
remerciement, tu as cru te sauver en unissant ta fortune à la nôtre, et...

Au lieu d'achever, il prit avec résolution le licou
de l'animal qui portait la jeune fille et l'entraîna sans
se retourner, pour ne pas voir la précieuse cargaison
qu'il abandonnait. Ses compagnons le suivirent, mornes, accablés par la chaleur, tourmentés par les
intolérables angoisses de la soif. On marcha de nouveau jusqu'à la nuit. Chacun s'étendit alors sur le
sol, fiévreux, à demi vaincu, grignotant un biscuit
que ses lèvres fendillées par la sécheresse ensanglan-
taient et qu'il ne pouvait avaler. Tous regardaient,
avec une sorte d'inconscience, la plaine se dérouler à
perte de vue, sans autre limite que le ciel, en ce moment plein d'étoiles, où le père Anselme avait déclaré
que l'on serait un jour réunis.

Si grande que fût la détresse dans laquelle ils se
trouvaient, chacun des voyageurs était doté d'une
âme trop énergique pour se lamenter ou s'abandonner au désespoir. Et cependant tous, Paul et Lambert exceptés, s'étaient vus plus d'une fois aux prises
avec la soif ou la faim, soit au milieu des prairies,
soit dans les profondeurs des forêts. Aucun d'eux
ne s'illusionnait donc sur la gravité de la situation,
mais chacun était prêt à lutter. A la souffrance, à l'in-

quiétude que l'on ressentait, vint se joindre le lendemain l'angoisse de sentir les forces s'épuiser. Il y avait sept jours que l'on marchait dans la prairie et soixante heures que l'on n'avait bu.

D'après les calculs de Thibaut, la moyenne des étapes avait été de six lieues; quarante environ avaient donc été franchies, et les prairies en ont parfois jusqu'à cent. Néanmoins, les voyageurs ne doutaient pas que la rivière Canadienne fût en face d'eux; seulement, ils commençaient à se persuader qu'au lieu de prendre sa source dans l'ouest, selon la croyance établie, elle descendait du nord, comme le Missouri et le Mississipi. En ce cas, au lieu d'aller à sa rencontre, ils la suivaient latéralement et pouvaient marcher ainsi longtemps en vain. Ce n'était là qu'une supposition; aussi se décidèrent-ils à ne pas modifier leur itinéraire.

Une abondante rosée avait semé l'herbe de perles durant la nuit, ce qui semblait prouver que l'on se rapprochait de la rivière. A l'exemple de leur mule, qui léchait avec avidité les plantes humides, les voyageurs se rafraîchirent un peu la bouche en suçant des sauges. Au moment de se mettre en route, la mule, visiblement moins accablée que la veille, prit aussitôt les devants. Nilca, excellente écuyère, l'excita au lieu de la contenir, et la bête trotta. Les voyageurs regardaient machinalement la jeune sauvage s'éloigner de plus en plus, et ils ne songèrent à la rappeler

que lorsqu'elle était déjà hors de la portée de leurs
voix affaiblies. Ils multiplièrent alors leurs signaux,
convaincus que la jeune fille se retournait vers eux
de temps à autre, et ils essayèrent de marcher plus
vite. Elle disparut; ils s'arrêtèrent et se consultèrent
avec anxiété. On eût dit qu'avec la belle Comanche
venait de s'évanouir leur dernière espérance; qu'ils
n'avaient plus qu'à mourir.

— Nous aurait-elle abandonnés? murmura Lambert.

— Non, répondit le missionnaire avec conviction,
elle cherche à nous sauver; sa mule porte notre
grande gourde, elle va reparaître, nous apporter de
l'eau.

La supposition du père Anselme fut accueillie
comme une vérité certaine, et pendant une heure la
marche s'en ressentit. Mais aucun des voyageurs
n'était plus en état de soutenir un pas accéléré. Eux,
que la soif tourmentait, avancèrent bientôt oscillants,
comme troublés par l'ivresse. Lambert, que sa gorge
contractée forçait à se taire, voyait enfin le désert dans
sa désolante et cruelle réalité.

On marchait, le regard fixé sur le point de l'horizon
où Nilca avait disparu. Nul ne songeait à la hardiesse
de la jeune fille, aux dangers qu'elle pouvait courir;
on ne se préoccupait que de l'eau qu'elle devait rapporter. A cette heure d'égoïsme, tous regrettaient de
ne pas s'être emparés de la mule pour prendre les

devants. Mais les heures s'écoulaient, et Nilca ne
reparaissait pas. Alors on s'inquiéta. Peut-être n'avait-
elle rien découvert? Sa monture était peut-être morte,
et seule, incapable de marcher, elle trouvait peut-
être, à son tour, qu'eux aussi tardaient bien à la
rejoindre.

Le soleil avait disparu, lorsque Minno fit entendre
un de ces cris gutturaux par lesquels les Indiens
manifestent souvent leur satisfaction. Un de ses bras
s'étendit vers le nord-ouest, et chacun vit un point
noir sur la prairie. Était-ce une antilope, un bison,
un buisson ou Nilca? Ce devait être elle. Aussi quelle
tristesse désespérée serra le cœur des malheureux
assoiffés, lorsque la nuit, plus rapide que l'écuyère,
l'enveloppa de ses voiles épais.

C'était bien Nilca qui avait paru à l'horizon; les
voyageurs ne voulaient pas en douter. Maintenant,
perdue dans les ténèbres, elle allait errer sans les
trouver. Elle apportait de l'eau, c'était sûr, et le lendemain elle arriverait trop tard; ils seraient morts.
Lambert essaya de crier, d'appeler; sa voix, affaiblie,
rauque, s'éteignit sans écho.

— Du feu ! dit le père Anselme.

Minno, Vampa et Thibaut cherchèrent à tâtons des
herbes sèches. Aussitôt qu'ils en eurent recueilli
quelques poignées, ils placèrent à leur centre un morceau d'amadou allumé. Une légère lueur brilla,
s'aviva sous le souffle à peine sensible des voyageurs.

Elle présenta la gourde au père Anselme.

À la longue, un jet de flamme sillonna la fumée. Quel triomphe! quelle joie! Mais si c'était un Comanche que l'on avait aperçu! Si une bande de ces cruels maîtres du désert allait accourir! Qu'importe, on était sûr de mourir, et un coup de hache, un coup de lance étaient préférables à la lente et cruelle agonie dont on était menacé.

Minno et Vampa, l'oreille collée contre la terre, écoutaient avec attention.

— Nilca! murmurèrent-ils à la fois; elle vient.

Ils essayèrent de crier, ce fut en vain.

Bientôt un bruit sourd résonna : c'était le trot de la mule. Il s'approchait, et douze mains étaient tendues dans la direction où l'on s'attendait à voir paraître la jeune fille, comme prêtes à se disputer le précieux liquide qu'elle apportait, chacun en était convaincu. Elle parut et, sans mot dire, présenta l'énorme gourde dont elle était chargée au père Anselme. Maître de lui, le missionnaire distribua de simples gorgées d'eau à ses compagnons, leur recommandant de boire goutte à goutte. Ce ne fut que peu à peu que le prêtre, qui connaissait par expérience les phénomènes qui se manifestent après une soif prolongée, servit des doses plus copieuses à ses compagnons insatiables.

— Du vrai champagne! dit Lambert, aussitôt qu'il put enfin avaler, et de la meilleure marque, j'en réponds. Mais, c'est drôle, il me semblait tout à l'heure rempli d'épingles ou d'arêtes, tant il avait de peine à passer. Messieurs, à la santé de Nilca!

Paul, Thibaut et le père Anselme félicitèrent la jeune Comanche de son énergie et la remercièrent avec effusion. Elle leur apprit alors que la Canadienne coulait à deux lieues environ du point où l'on se trouvait, que l'on était sûr de l'atteindre le lendemain. On grignota un peu de biscuit, que l'on n'avala pas sans difficulté, puis, un peu réconfortés néanmoins, on songea au repos.

—Ne vous semble-t-il pas, dit Lambert au père Anselme, près duquel il s'établissait, que Minno et Vampa sont en bois? Durant les abominables heures que nous venons de passer, et dont je demande à ne jamais revoir les pareilles, pas une plainte n'est sortie de leur bouche. Ils sont les seuls d'entre nous qui se soient refusé la satisfaction de constater à haute voix qu'il faisait soif et faim, car notre brave Thibaut en convenait de temps à autre.

—L'impassibilité, répondit le missionnaire, est peut-être la qualité que les indigènes de l'Amérique prisent le plus. Aussi, dès leur enfance, sont-ils dressés à ne jamais se plaindre, du moins devant témoin, des maux qui peuvent les tourmenter. En outre, leur système nerveux, je le crois, est moins impressionnable que le nôtre.

—Je suis alors certain de n'avoir pas de sang indien dans les veines, dit Lambert, car c'est un besoin

auquel je ne puis résister que celui de faire connaître
à ceux qui m'entourent mes joies et mes tristesses.
Quand j'ai du bobo, cela me soulage de l'apprendre
à mon voisin. Mais je vous empêche de dormir, padré.
Bonsoir.

Le lendemain, au réveil, on se groupa autour de la
gourde. On pouvait déjà boire avec plus de facilité,
sans que les contractions du gosier amenassent,
comme la veille, d'intolérables douleurs. On mangea
avec plaisir quelques biscuits que le père Anselme
avait eu soin d'humecter la veille, puis on se mit en
marche. Vers midi, on s'établissait à cinquante pas
de la Canadienne, à l'ombre d'ormes, de noyers noirs,
de chênes et d'ébéniers.

Pendant huit jours, les voyageurs, qui avaient à
réparer leurs forces, se reposèrent sans autre préoccupation que celle de pourvoir à leur subsistance. Ils
n'avaient, du reste, qu'à choisir, car les antilopes
venaient souvent se désaltérer à proximité de l'endroit
où ils étaient campés, et des bandes de canards prenaient leurs ébats presque sous leurs yeux. L'arc de
Nilca était le grand pourvoyeur, et Lambert pria la
jeune fille de lui apprendre à se servir de cette arme,
à l'aide de laquelle, sans dépenser de munitions, elle
réussissait à s'emparer du gibier qui la tentait. Il est
vrai qu'il fallait se mettre à l'affût et que la flèche
devait frapper à une courte distance ; mais, au moins,
elle ne semait pas l'épouvante par son fracas et per-

mettait de réparer une maladresse. Ce qui n'intéressa
pas moins Lambert, ce fut la façon de pêcher de Minno
et de Vampa, qui, se promenant le long des berges,
prenaient à la main, dans les trous où ils se réfu-
giaient, de beaux cyprins parfois longs d'un mètre.
Le Parisien déclarait alors que l'on avait trouvé le
pays de Cocagne et qu'il serait sage de n'en plus
sortir.

Paul n'était pas de cet avis. Le neuvième jour, on
se remit en route. Les souffrances passées semblaient
oubliées, et Lambert avait retrouvé son entrain. Toutefois, il ne plaisantait plus sur le désert, et s'en déclarait dégoûté, sous forme de prairie, pour une centaine d'années au moins.

Nilca, qui commençait à pouvoir marcher, fut
maintenue en possession de la mule, sur la croupe de
laquelle on installa une partie des provisions dont
chacun s'était chargé. Mis en défiance par le péril
auquel on venait d'échapper et qui s'expliquait par un
immense crochet décrit par la rivière, les voyageurs,
quitte à parcourir de longues distances, ne voulaient
plus l'abandonner. Ils étaient presque assurés de rencontrer tôt ou tard sur ses bords un campement de
Comanches, par lesquels, grâce à Nilca, ils seraient
bien accueillis. Paul espérait alors obtenir de précieux
renseignements sur la direction qu'il convenait de
suivre pour atteindre l'océan Pacifique et enfin ce
fameux fleuve d'or des rives duquel on apercevait, au

dire de Minno, une longue chaîne de montagnes couvertes de neige.

A la fin de la troisième journée de marche, la petite
caravane campa au pied de monticules boisés et fut
saluée par les cris d'une multitude de passereaux, qui,
se calmant enfin, permirent d'entendre la voix harmo-
nieuse des oiseaux moqueurs. Quelques cactus crois-
saient çà et là, et cette végétation, toute nouvelle pour
lui, étonna beaucoup Lambert par l'étrangeté de forme
de ses fleurs et de ses fruits. Le jour suivant, il fallut gravir les monticules dont la rivière baignait le
pied. On se retrouva dans la prairie, sans en être
inquiet, car le cours de la Canadienne était marqué
par une ligne de verdure : arbres, arbustes ou buissons. Vers midi, les voyageurs virent se dessiner, à
leur droite, les sommets vaporeux d'une chaîne de
hauteurs : c'étaient les collines giboyeuses de la chasse
— *Hunting Range* — où naît la rivière Rouge du Texas,
de laquelle, sans s'en douter, on n'était éloigné que
d'une douzaine de lieues.

Le bivouac fut établi au milieu d'un groupe de blocs
erratiques, apportés en ce lieu à l'époque glaciaire de
notre globe. Plusieurs de ces roches, arrondies, formées de bourrelets superposés simulant des spirales,
furent comparées par Lambert à de gigantesques
escargots. Par quels procédés la nature a-t-elle
façonné ces pierres sur lesquelles, de prime abord,
on croit reconnaître le travail de l'homme ? C'est là

12

une énigme dont la science n'a pas encore pu trouver le mot.

Au point du jour, Lambert fut réveillé non plus seulement par le chant des oiseaux, mais par des aboiements multipliés. Il se souvint qu'une multitude de chiens hurlaient autour des cabanes des Shaunies, et se crut à proximité d'un campement indien.

— Non, mon camarade, lui dit Thibaut, les cris que vous entendez sont poussés par des animaux en liberté, par des chiens de prairie, dont un populeux village doit être situé derrière les rochers que, de même que vous, je prenais hier pour d'énormes escargots.

— Un village de chiens? répéta Lambert, qui crut avoir mal entendu.

— Oui.

Un village de chiens! C'était là une merveille que le Parisien voulut voir au plus vite, et, en compagnie de Thibaut, de Paul et du padré, il se dirigea vers l'endroit d'où partaient les cris plaintifs qui simulaient des aboiements. Les roches dépassées, Lambert aperçut un vaste renflement circulaire du sol, percé de mille trous abrités par des cônes de terre, aux pieds desquels se tenaient de petits animaux ayant la taille et un peu l'apparence des écureuils. Paisiblement assis ou couchés, ils poussaient de loin en loin cette clameur prolongée qui leur a valu le nom de

chiens, alors qu'ils sont en réalité des rongeurs.
A l'apparition des curieux, les clameurs redoublèrent,
stridentes, aiguës, assourdissantes, puis toute la co-
lonie disparut à l'improviste, et plus un cri ne troubla
le silence.

Ils poussaient de loin en loin des clameurs.

Le chien des prairies, *Spermophilus ludovicianus*
des savants, vit par troupes innombrables dans les
grandes prairies de l'Amérique septentrionale, où il
trouve une nourriture abondante dans les herbes qui

entourent sa demeure. Est-ce lui qui construit les monticules sur lesquels il s'établit ? Ou se sert-il des anciens travaux des Constructeurs de tertres ? C'est là un point non étudié. En somme, ces tertres ont parfois plus d'un kilomètre de longueur, et le terrier que creuse le petit animal atteint jusqu'à trois mètres de profondeur. Dans les régions froides, aussitôt que vient l'hiver, il bouche l'entrée de sa demeure à l'aide d'herbes sèches, et ne donne plus signe de vie. Lambert désirait voir de près un des sociables petits rongeurs ; mais les déloger de leur terrier eût été une trop longue opération, et la marche fut reprise.

Depuis la veille, une transformation visible s'opérait sur les bords de la Canadienne ; les arbres devenaient plus nombreux, plus variés d'essence ; l'herbe plus haute, plus verte, plus fleurie. On traversait souvent des bouquets de bois de l'aspect le plus pittoresque, et des lianes paraient de leurs festons les troncs et les branches. Des sauterelles, des libellules, des papillons, des mouches peuplaient l'air ; des scarabées bourdonnaient. En somme, on touchait à la fin de juin, et, grâce à la proximité de l'eau, la chaleur ne possédait plus cette action desséchante dont les voyageurs avaient si cruellement souffert.

L'abondance du gibier les émerveillait ; ils pouvaient, à toute heure, choisir entre un faisan, un dindon, des cailles, des perdrix, des canards ou des oies. En avaient-ils fini avec les prairies ? Se trouvaient-

ils dans une sorte d'oasis ? Ils se bornaient à conjecturer, les contrées qu'ils traversaient n'ayant jamais
été foulées par aucun Européen.

Pendant quatre jours ils avancèrent, ravis, joyeux,
oubliant de plus en plus les peines passées. Paul avait
retrouvé le complet usage de son bras, et c'était par
condescendance pour la sollicitude de ses amis que
Nilca, guérie, consentait à se laisser asseoir sur le
dos de la mule. Une moitié environ de l'énorme distance qui séparait du fleuve d'or devait être franchie,
et Paul, plein d'espérance, se voyait déjà en possession du domaine créé par son père. Il ne parlait
plus de vengeance ; les heureux sont indulgents.

Un après-midi, on croisa plusieurs sentiers tracés
dans l'herbe, puis, à l'improviste, on se trouva en face
d'un foyer éteint. C'était là une émouvante découverte, et Nilca examina avec soin le sol. Bientôt, elle
se redressa rayonnante : le foyer avait été disposé par
des Comanches.

Le jour suivant, on chemina avec une extrême cir-
conspection, et, à plusieurs reprises, Paul dut parler
avec autorité, pour empêcher Nilca, qui faisait trotter
sa monture, de prendre une avance trop considérable.
Le soir, nouvelle découverte d'un foyer dont les tisons, cette fois, brûlaient encore, et qui avait dû être
abandonné le matin.

Sur les conseils du père Anselme, on s'établit un
peu plus loin afin de ne pas s'exposer à être surpris.

Selon toutes probabilités, des sauvages chassaient dans la prairie, et ils pouvaient revenir à ce foyer que Nilca étudia plus longuement que le premier. Elle revint pensive, près de ses compagnons.

— Sont-ce des Comanches qui ont campé là-bas ? lui demanda le père Anselme.

— Ce sont des Kioways, répondit-elle.

— As-tu des raisons pour les redouter ?

— Non ; ils sont les alliés de mon père et lui ont toujours obéi.

— Pourquoi parais-tu préoccupée ?

— Je pense à vous.

— Te crois-tu impuissante à nous protéger ?

— Il faudra me tuer avant de vous toucher, répliqua-t-elle, et les Kioways ne voudront pas se mettre en guerre contre mon père.

— Cependant tu crains pour nous ?

— Non ; mon père est trop puissant.

Les réponses de Nilca étaient lentes et n'avaient pas leur netteté ordinaire. Elle demeura absorbée tant que dura le repas, ne prêtant aucune attention à ce qui se disait autour d'elle, répondant par monosyllabes aux questions qu'on lui adressait. A peine eut-elle achevé de manger, que, gravissant la berge au pied de laquelle on était établi, elle examina au loin la plaine. En dépit de ses affirmations rassurantes, elle semblait pressentir un danger, et la prudence ordonnait de redoubler de précautions.

— Aurait-elle l'intention, maintenant qu'elle n'a plus besoin de nous, de livrer nos chevelures à M. Tonnerre-qui-gronde ? s'écria Lambert.

Paul, le père Anselme et Thibaut se récrièrent, mais Minno, par un signe de tête, parut approuver ce que venait de dire Lambert.

Paul interrogea l'Osage.

— C'est une Comanche, dit-il avec mépris.

— Elle nous doit la vie, répliqua Paul, et je ne croirai jamais que cette enfant, qui nous a cent fois manifesté d'une façon touchante sa gratitude, puisse rien méditer contre nous.

— Les Comanches, répondit Minno à mi-voix, n'ont de mémoire que pour le mal que leur font les blancs.

— Tu crois Nilca capable de nous trahir ?

— Je crois qu'elle t'aime, répondit l'Indien, et qu'elle essayera de te sauver ; seulement, les guerriers de sa tribu ne prennent pas conseil des femmes, et nous sommes pour eux une proie.

Le « je crois qu'elle t'aime », prononcé par Minno, fit rougir l'ingénieur, vers lequel tous les regards se tournèrent aussitôt. Il était incontestable que Nilca se montrait plus docile, plus amicale, plus sociable avec le jeune homme qu'avec le père Anselme lui-même. Mais c'étaient là des témoignages de gratitude qui, au dire de Paul, s'adressaient tout naturellement à celui qu'elle considérait comme le chef de l'expédition, comme son protecteur. Toutefois, il convint qu'il était prudent de ne pas se laisser surprendre par les sauvages, et de se tenir prêts à toutes les éventualités.

Minno reprit la parole. Il trouvait bien que Nilca, le père Anselme et, par conséquent, Vampa se missent à la recherche des Comanches. Mais Paul, Thibaut, Langue-Agile et lui-même n'avaient rien à gagner à se mettre en contact avec eux. Ils devaient, au contraire, essayer de passer inaperçus, et marcher droit vers le fleuve d'or, qui, seul, leur importait. Son avis donné, l'Osage s'assit et ne répondit à aucune des objections de Paul. Le jeune homme, avec une conviction généreuse, affirmait que, grâce aux services rendus à Nilca, on était assuré de la bonne volonté des Comanches, et que l'on obtiendrait d'eux d'utiles renseignements, sinon sur le fleuve d'or lui-même, du moins sur les contrées qu'il faudrait traverser pour l'atteindre.

Lambert, très désireux de voir de près les terribles sauvages qui, de nos jours encore, sèment la terreur sur les frontières du Texas et du Mexique, approuvait son ami ; quant à Thibaut, il pensait comme Minno. Bien qu'il ne doutât pas de la bonne foi de Nilca, il jugeait inutile de s'aboucher avec les sauvages, de les tenter par la vue des armes que l'on portait.

La nuit venait, et la brusque apparition des lueurs d'un foyer sur la rive qui leur faisait face attira tout à coup l'attention des voyageurs. Ce foyer brillait à

plus d'un kilomètre en amont de la Canadienne, derrière des arbres. Un sauvage, armé d'une lance et
monté sur un petit cheval blanc, apparut en pleine lumière.

— Des Kioways, dit encore Nilca.

On n'avait pas allumé de foyer, et celui des sauvages prouvait qu'ils ignoraient non seulement la
proximité, mais l'existence de la petite troupe. On
perdit deux heures à contempler leur bivouac, sans
découvrir un seul d'entre eux. Ils reposaient sans doute,
et l'on songea enfin à les imiter. Nilca donna l'exemple; selon sa coutume, elle s'établit à vingt pas de ses
compagnons sur un lit d'herbes qu'elle s'était préparé,
et se couvrit de la tête aux pieds de sa couverture.

Thibaut veilla d'abord, puis vint le tour de Minno,
et enfin celui de Lambert, qui se posta de façon à ne
pas perdre de vue le bivouac dont la Canadienne
reflétait la lueur. Absorbé par cette contemplation,
le Parisien ne vit pas Nilca se dégager avec lenteur
de sa couverture, qui ne cacha bientôt plus que
l'herbe sur laquelle elle s'était couchée et qu'elle
avait disposée de manière à figurer un corps humain.
Rampant avec cette souplesse qui émerveillait Lambert, la jeune fille ne se redressa que lorsqu'elle se
crut assez éloignée de ses compagnons pour ne plus
courir le risque d'être vue ou entendue. Elle se
rapprocha alors de la rivière, se dépouilla de ses
vêtements qu'elle plaça sur sa tête, et nagea vers la

rive opposée pour se diriger, aussitôt vêtue, vers le
campement des Kioways. Deux heures plus tard, à
l'heure où Vampa venait relever Lambert de sa faction, Nilca, avec les mêmes précautions qu'à son départ, se glissait sous sa couverture et ne tardait guère
à s'endormir.

XII

Levés avant l'apparition du jour, les voyageurs tinrent conseil une dernière fois. L'avis de Minno et de Thibaut ayant été de nouveau rejeté par Paul, il s'agissait de décider de quelle façon on aborderait les Kioways. Le rôle d'ambassadeur, dans cette occasion, appartenait de droit à Nilca, qui affirmait n'avoir rien à redouter et dont l'apparition, en tout cas, inquiéterait moins les sauvages que celle du padré ou encore de Minno.

On prévint la jeune fille. Elle devait prendre les devants, aborder les Indiens, les sonder et ne révéler la présence de ses amis qu'après s'être bien assurée qu'il leur serait fait bon accueil. Dans le cas où elle reconnaîtrait chez les chasseurs des intentions hostiles, elle devait se taire et ne plus s'occuper de la petite caravane, qui continuerait sa route, tandis qu'elle-même regagnerait son pays.

— Si tu ne reviens pas vers nous, mon enfant, lui dit le père Anselme, j'irai, moi, te voir dans ton pays. Je te prie donc d'annoncer aux hommes de ta nation

qu'un envoyé du Grand-Esprit s'approchera avant
peu de leurs cabanes, et tu me connais assez pour
leur affirmer qu'ils ne devront voir en moi qu'un ami.

— C'est moi qui t'introduirai sous la tente de mon
père, répondit la jeune fille, et il te protégera comme
tu m'as protégée.

Le jour parut, et Nilca reçut de dernières instructions. Elle devait côtoyer la rivière jusqu'au moment
où elle se trouverait en face du bivouac des Kioways,
dont on ignorait le nombre, mais que l'on supposait
n'être qu'un faible détachement.

Minno présenta de nouvelles objections. Bien que
les Kioways fussent de même race que les Comanches et leurs alliés, au dire de Nilca, on ne savait
pas si, depuis un an que la jeune fille était absente
de son pays, la guerre ne régnait pas entre les deux
nations. Nilca, en ce cas, s'exposait à devenir prisonnière et les livrerait du même coup, car les Kioways
n'admettraient pas qu'elle eût traversé seule les prairies. L'Osage conseilla de nouveau, puisque l'on avait
été assez heureux pour n'avoir pas été découvert,
d'avancer jusqu'à ce que l'on rencontrât des guerriers
comanches, dont Nilca était sûre d'être écoutée ;
sinon il fallait laisser la jeune fille et le père Anselme
s'aboucher avec les Kioways, puisqu'eux seuls avaient
intérêt à le faire.

Le courage de Minno était trop connu de ses compagnons pour que ses prudents conseils fussent attri-

bués à la peur, et Thibaut, consulté, déclara penser
comme lui. Paul eut un moment d'hésitation, suspendit le départ de Nilca et l'interrogea de nouveau. Elle
affirma, avec énergie cette fois, qu'elle répondait de
la vie de ses amis, protestant que l'union des Kioways
et des Comanches était trop ancienne pour qu'aucun
différend eût pu la troubler. Elle se mit alors en
marche, suivie à distance par ses compagnons silencieux.

Les voyageurs s'arrêtèrent bientôt derrière des arbres et suivirent la jeune fille du regard. Elle traversa un terrain découvert et arriva en face du bivouac étranger. Elle appela, examina le sol, puis
fit signe à ses compagnons d'avancer. Arrivés près
d'elle, ils virent au loin des cavaliers qui galopaient
vers les montagnes dont les crêtes bornaient l'horizon
dans la direction du sud. Les chasseurs avaient dû
traverser la rivière tandis que l'on discutait, et il ne
fallait pas songer à les rejoindre. Toutefois le père Anselme était tenté de les suivre à distance, certain, en
marchant sur leurs traces, d'arriver à un campement.

Cet itinéraire détournait Paul de sa véritable route ;
or, s'il avait jugé utile de s'aboucher avec les Kioways,
il jugeait imprudent de se lancer à leur recherche.
A la grande satisfaction de Minno et de Thibaut, il
déclara ne plus vouloir abandonner la Canadienne,
tant qu'elle coulerait dans la direction du fleuve d'or.

Le père Anselme réfléchissait. Il avait hâte de se

trouver parmi les Comanches. Il craignait que les
montagnes, dont la silhouette vaporeuse n'avait guère
plus de consistance que celle de nuages lointains, ne
fussent en réalité, grâce aux illusions du mirage,
beaucoup plus éloignées qu'elles paraissaient l'être;
puis il ne voulait pas exposer de nouveau Nilca, qui
allait cheminer à pied, aux périls auxquels on avait
échappé une fois.

Paul, aussitôt, offrit d'abandonner sa mule. Ce
sacrifice, le missionnaire le refusa et se décida à pousser en avant pendant une journée encore. Les arbres
se groupaient et semblaient annoncer l'approche
d'une forêt qui se dirigeait vers le sud. C'eût été là
une bonne fortune pour le projet du missionnaire,
car les forêts, si inhospitalières qu'elles soient souvent, le sont toujours moins que les prairies.

Nilca, durant ces pourparlers, s'était abstenue de
donner son avis, et elle se laissa asseoir sur la mule
sans demander d'explication. On marcha assez rapidement, et, à mesure que l'on avançait, la terre se
montrait plus fertile, le paysage plus riant. On traversait des prés à l'herbe grasse, fleurie, où pullulaient de grands papillons, puis venaient des bouquets
de poivriers couverts de grappes rouges, des buissons
pleins d'oiseaux bruyants, des roches tapissées de
mousses ou de lichens sur lesquelles, étendus en
plein soleil, sommeillaient des lézards de si grande
taille que Lambert les prit pour de jeunes crocodiles.

Le Parisien, émerveillé, avait peine à se convaincre
que ce beau pays n'était pas habité. Il n'admettait
encore le désert que sous forme de prairies et s'attendait à chaque instant à voir paraître une vache,
un cheval, un paysan, une charrette. Alors qu'en
France le moindre coin de terre, si stérile qu'il soit,
est cultivé et appartient à quelqu'un, il refusait de
croire que les hommes fussent assez sots pour laisser
de si belles contrées improductives.

— Tu as le droit d'en prendre possession et de t'y
établir, dit Paul.

— Qu'y ferais-je, tout seul ?

— Voilà, répliqua l'ingénieur, la cause de leur
abandon. L'Amérique n'a pas la population de notre
Europe, encore moins celle de l'Asie. Les États-Unis
comptent à peine douze millions d'habitants, bien
que leur territoire soit assez vaste pour en contenir
deux ou trois cents, et le Mexique, le Brésil, le Pérou,
l'Uruguay, etc., sont dans le même cas. Mais, peu à
peu, l'Europe verse le trop-plein de sa population
dans ces différents pays. La Roche-Verte, fondée par
mon père en plein désert, est aujourd'hui entourée
d'établissements, et, grâce aux bras amenés par
l'émigration, elle sera, avant cinquante ans peut-être,
la capitale d'un État important.

Les voyageurs s'engagèrent dans un bois et durent
se suivre à la file. Paul ouvrait la marche; Lambert
et Thibaut formaient l'arrière-garde. Le Parisien s'at-

tardait souvent, séduit par une fleur, par une roche, par un arbre. Soudain, il appela Thibaut.

— Des chats noirs ! lui cria-t-il.

Le Canadien s'était retourné. Au lieu de répondre, il saisit son fusil et l'arma. Lambert, stupéfait, vit le canon s'abaisser dans sa direction, et une balle lui siffla aux oreilles.

— Par le ciel, Thibaut, s'écria-t-il, si vous avez voulu me faire peur, vous avez réussi ; entre nous voilà une plaisanterie peu digne de vous.

— Ce n'est pas une plaisanterie, Lambert, répondit le Canadien ; il s'agissait de sauver votre vie.

— Aviez-vous la crainte de me voir manger par ces minets qui font le gros dos pour se donner un air terrible.

— Non, certes ; seulement, si j'avais hésité, vous seriez, à l'heure qu'il est, à moitié dévoré par leur mère.

Lambert se retourna. Il aperçut à six pas de lui, étendu sur le sol, inanimé, un de ces tigres noirs que les trappeurs désignent volontiers sous le nom de *panthères*. Tous les voyageurs accouraient, le doigt sur la détente de leurs fusils. Thibaut les rassura d'un mot, puis expliqua qu'au moment où Lambert examinait les deux petits, la mère arrivait sournoisement. Il l'avait abattue alors qu'elle allait s'élancer.

— C'est-à-dire au vol, s'écria Lambert ; il est heureux pour moi, mon camarade, que vous ayez un

compas dans l'œil, et je vous dois d'être intact. Hum !
voilà que j'ai la chair de poule et des envies de m'é-
vanouir. Voulez-vous me rendre un nouveau service,
Thibaut ? Soulevez-moi comme vous l'avez fait pour
me montrer les castors.

Thibaut, surpris, souleva son compagnon qui aussitôt l'embrassa sur les deux joues.

— Voilà tout ce que je désirais, dit le Parisien ; car
une poignée de main me semblait un remerciement
un peu maigre.

On laissa les petits orphelins gronder, puis on marcha pendant deux heures environ pour déboucher, à
l'improviste, sur le bord d'une rivière qui venait
joindre ses eaux à celles de la Canadienne. A la vue
de ce cours d'eau, Nilca poussa une exclamation
joyeuse.

— Connais-tu par hasard cette rivière ? lui demanda le padré.

— Oui, répondit-elle ; elle prend sa source au pied
des montagnes d'où sort la rivière Rouge, et au-delà
de ces montagnes se trouve un village de Pécos. Voici,
en avant de nous, des hauteurs sur lesquelles j'ai
campé avec mon père.

— Le village dont tu parles est-il très peuplé ?

— Il est plus grand que le village des Shaunies, et
les Comanches et les Apaches qui chassent les bisons
dans les grandes plaines viennent souvent s'y reposer.

13

Le padré, tandis que l'on préparait le bivouac, se promenait pensif.

— Demain, dit-il brusquement à Paul, je remonterai le cours de cette rivière avec Nilca et Vampa, et nous nous dirons adieu.

— Êtes-vous convaincu, padré, que cette jeune fille ne se trompe pas?

— Alors même qu'elle se tromperait un peu, répondit le missionnaire, il est indubitable qu'en marchant sans relâche dans la direction du sud, je dois rencontrer des Indiens.

Paul n'avait que de faibles objections à opposer au padré; il les exposa néanmoins. Il savait qu'il devait se séparer un jour des compagnons que le hasard lui avait fait rencontrer au pied des monts Sugar-Loaf; cette heure arrivée, il ne dissimula pas le chagrin qu'elle lui causait.

— Vous n'êtes pas seul à regretter cette séparation, mon ami, lui dit le missionnaire avec émotion, et si je n'écoutais que mon cœur, je vous accompagnerais jusqu'au fleuve que vous allez chercher.

Les voyageurs s'assirent côte à côte, attristés. On allait, après de longues semaines passées ensemble, après avoir couru de sérieux dangers en se prêtant appui, se dire adieu pour affronter de nouveaux périls. Le père Anselme chassa ces idées sombres; il promit de se rendre un jour à la Roche-Verte, d'y porter des nouvelles de Nilca, à moins que...

Le missionnaire n'acheva pas sa phrase; il leva les yeux vers le ciel, et Paul se jeta dans ses bras.

Après le souper, on s'attarda de nouveau à causer, cette soirée devant être la dernière que l'on passerait réunis. Enfin, on songea au repos. Le foyer fut alimenté de branches, et l'on s'étendit à vingt mètres plus loin. Une légère brise agitait les feuilles, et l'eau rapide de la Canadienne, rencontrant celle de la petite rivière, la faisait refluer avec un doux murmure. Nilca s'établit près de Minno et de Thibaut, et bientôt les voyageurs s'endormirent sous la garde de Vampa, après avoir tressailli deux ou trois fois en entendant le cri plaintif d'un engoulevent. L'oiseau nocturne vint à plusieurs reprises tournoyer autour du foyer, puis retourna vers l'arbre qui lui servait d'abri. Là, de loin en loin, il lançait ses notes lugubres.

Paul succéda à Vampa; puis vint le tour de Minno et enfin celui de Lambert. Il était alors trois heures du matin; la brise continuait à bercer les branches, et le bruit du feuillage se confondait avec celui de l'eau. Appuyé sur le canon de son fusil, le Parisien ne songeait pas en ce moment à son cher faubourg; il regardait le père Anselme. De même que Paul, il se sentait tout triste de la séparation du lendemain. Il regardait aussi Vampa, dont la ferveur religieuse était si touchante dans sa naïveté; quant à la petite Nilca, si jolie, si gaie, combien elle allait leur man-

quer à tous ! Minno avait-il dit vrai, aimait-elle Paul ?
Lambert le croyait, et il la regardait, pelotonnée sous
la couverture dont, selon son habitude, elle s'était
enveloppée de la tête aux pieds, se dessiner gracieuse.

Tout à coup Lambert sursauta ; après un long
silence, l'engoulevent reprenait sa plainte mélancolique, et la voix d'un autre venait de lui répondre.
Soudain les yeux du Parisien s'ouvrirent d'une façon
démesurée. Nilca, qu'il croyait endormie, que sa couverture semblait recouvrir, était debout près du foyer.
Elle lui sourit, lui fit signe de garder le silence, et il
l'entendit imiter le cri de l'oiseau nocturne. Presque
au même instant, une main se posa sur la bouche de
Lambert, qui, vivement renversé en arrière, se sentit
enlevé de terre. Il vit au-dessus du sien le visage de
deux Kioways, et fut emporté sans bruit, sans avoir
pu ni appeler ni crier.

Nilca, aussitôt, se rapprocha de Minno et de Thibaut. Elle se baissa, s'empara de leurs fusils, qu'elle
plaça derrière un arbre. Elle ramassa celui de Vampa
et s'arrêta près de Paul. Le jeune homme, dans son
sommeil, avait étendu un bras sur son arme. Nilca,
indécise, le regarda longtemps. Elle s'agenouilla, posa
un doigt sur le bras du dormeur, qui le replia par un
mouvement instinctif. Nilca s'empara aussitôt du fusil
et se rapprocha de la rivière.

Là, elle imita de nouveau le cri de l'engoulevent.

Nilca s'empara du fusil.

A cet appel, surgit de derrière chaque arbre un
sauvage au torse nu, tenant à la main un lazo. Sur
un signe de Nilca, tous se précipitèrent à la fois sur
les dormeurs, qui, ahuris par ce brusque réveil, s'ap-
pelèrent mutuellement à l'aide. Minno et Thibaut,
les bras déjà captifs, secouèrent en vain la grappe
d'hommes qui les entouraient; ils furent vite réduits
à l'impuissance, ainsi que leurs compagnons. Les
Kioways poussèrent alors une clameur de triomphe,
puis ils emportèrent leurs prisonniers dans l'intérieur
du bois.

XIII

L'ABIME.

A la brusque surprise de Lambert, si lestement
bâillonné, saisi et emporté, succéda un accès de rage
désespéré, impuissant, hélas ! Le Parisien se débattit
avec énergie ; mais les mains qui le tenaient captif
étaient vigoureuses, et bientôt des cordes vinrent les
remplacer. Lambert étouffait ; ses oreilles bourdonnaient ; il se sentait défaillir, mourir, lorsque les
doigts qui comprimaient ses lèvres se desserrèrent ;
il put enfin respirer. Au même instant, un Kioway
le plaça sur son épaule, comme un paquet, et l'emporta à travers les arbres.

Allait-on le tuer, le scalper? mille idées sinistres
traversèrent l'esprit du prisonnier. Au bout de dix
minutes, il passa de l'épaule de son porteur sur le
dos d'un autre, et, après une nouvelle marche, il fut
déposé sur le sol, en face d'un foyer établi sur la
lisière du bois. Là, une trentaine de sauvages, enveloppés de couvertures, se chauffaient aussi paisibles
que si rien d'extraordinaire ne se passait à quelques
centaines de pas d'eux. Au loin s'étendait la prairie,

où de nombreux chevaux broutaient à grand bruit.

Lambert, depuis un instant, ne songeait plus à lui, mais à ses amis. Il prêtait l'oreille avec angoisse, s'attendant, à chaque minute, à entendre résonner le fusil de Thibaut. Par malheur, le nombre des ennemis rendait toute lutte inutile ; aussi, après l'avoir souhaité d'abord, redouta-t-il bientôt un combat. Quel était donc, dans cette aventure, le véritable rôle de Nilca ? Lambert ne pouvait se le dissimuler ; elle avait détourné son attention par ses allures singulières, par sa soudaine apparition près du foyer, et le cri qu'elle avait si bien imité était un signal. Minno, dans ses doutes sur la reconnaissance de la jeune fille, avait-il donc raison ?

Un Indien, le torse nu comme ceux qui s'étaient emparés du Parisien, sortit du bois et s'avança vers ses compagnons, auxquels il dit quelques mots. Les Kioways se levèrent et se rapprochèrent des arbres. Bientôt ses amis, garrottés ainsi qu'il l'était lui-même, furent apportés et déposés autour de Lambert. Il les comptait avec anxiété à mesure qu'ils apparaissaient, et il poussa un soupir de soulagement en voyant qu'aucun d'eux ne manquait.

— Est-ce vous qui gardiez le camp tout à l'heure, Lambert ? lui demanda Thibaut en essayant de se redresser.

— Oui, mon camarade, et c'est moi que l'on a ficelé le premier.

— Étiez-vous donc devenu, à l'improviste, sourd, aveugle et muet ?

— Non, Thibaut ; j'étais même, je vous le jure, aussi éveillé que vous l'êtes en ce moment. Je venais d'entendre le cri de l'oiseau qui a voltigé hier au soir autour de notre foyer, lorsque Nilca, que je croyais sous sa couverture, se montra près de la rivière. Elle me fit signe d'écouter, puis imita le cri de l'oiseau. C'était un signal, Thibaut, car aussitôt une main se posa sur ma bouche, et je fus saisi, renversé, garrotté, avant d'avoir compris ce qui m'arrivait. Mais dites-moi vite, Thibaut, aucun de vous n'est blessé ?

— Non, répondit le Canadien. Grâce à votre vigilance, ajouta-t-il avec ironie, nous avons tous été surpris en plein sommeil comme des oisillons dans un nid, car nos armes n'étaient même plus à nos côtés.

— Quand j'ai aperçu Nilca, elle tenait un fusil.

— Et cela ne vous a pas donné l'éveil ?

— Je n'ai pas eu le temps de réfléchir, mon camarade ; la surprise que m'a causée l'apparition de Nilca près du foyer, alors que je la croyais sous sa couverture, m'a distrait un instant, cela est certain ; devais-je me méfier d'elle ?

— Elle n'est pas prisonnière ?

— Non.

Lambert, pressé de questions par Paul et le padré, ne put que recommencer son récit, essayant de con-

vaincre ses compagnons qu'aucun d'eux n'eût pu prévoir ce qui était arrivé, car pas une feuille n'avait
bougé, pas un murmure n'avait révélé l'approche des
Indiens. Ce qui semblait hors de doute, c'est que
Nilca était la complice des Kioways, et l'heure choisie
pour l'agression démontrait qu'elle avait compté sur
l'inexpérience du Parisien pour la réussite de sa trahison. On se tut en voyant la jeune fille s'approcher
du foyer. Elle causait avec un Kioway qui, à en juger
par la richesse de la couverture dont il s'enveloppait,
par les bijoux d'argent mêlés à ses longs cheveux
que surmontait la plume d'aigle chère à tous les
Indiens, devait être un chef. Les deux interlocuteurs
parlaient avec animation et furent peu à peu entourés
par les guerriers.

Le padré, qui seul pouvait comprendre ce qui se
disait, fut alors interrogé par ses compagnons. Il ne
put rien leur apprendre, Nilca et le chef étaient trop
éloignés pour qu'il fût possible de suivre leur conversation. Cependant le missionnaire parvint à saisir
quelques phrases indiquant que la jeune fille racontait sa captivité. Elle se tournait fréquemment vers
ses anciens amis, qui la regardaient les uns avec colère, les autres avec une douloureuse tristesse.

— Que va-t-on faire de nous ? demanda Lambert à
Thibaut.

— De la pâture pour les vautours, selon toute probabilité, répondit le Canadien.

Lambert raidit ses membres ; puis, 'cédant à une idée subite, il appela Nilca. La jeune fille tressaillit, fit un pas vers le bois, et ceux qui l'entouraient s'écartèrent. Mais, reprenant sa conversation, elle entraîna le chef loin du foyer.

Un Kioway, armé d'une lance pourvue d'un large fer, se tenait près des prisonniers. Le père Anselme l'interpella :

— Comment se nomme le chef ? lui demanda-t-il.

— Loup-Sanglant, répondit la sentinelle, surprise d'entendre parler sa langue par un des étrangers.

— Sait-il que nous sommes ses amis ?

— Les Kioways, répondit le guerrier, n'ont pas d'amis à peau blanche.

— Tu te trompes ; nous avons sauvé de la servitude et de la mort la femme comanche qui cause en ce moment avec le chef ; elle a dû vous le raconter.

— Vous la teniez prisonnière, répliqua la sentinelle.

— Dit-elle cela ? s'écria le missionnaire.

— Elle le dit.

Le père Anselme courba son front et se tut. Interrogé par Paul, il répéta ce qu'il venait d'apprendre.

— Les Comanches, s'écria aussitôt Minno, n'ont jamais su que voler et mentir.

— Ce sont là des vérités que je te prie de ne pas proclamer à haute voix, mon brave Minno, s'empressa de répondre Thibaut ; il peut y avoir parmi ceux qui nous entourent d'anciens prisonniers qui sachent le français, et il n'est pas bon, à l'heure présente, de les mettre au courant de nos opinions. Le tigre nous tient dans ses griffes, appelons-le : « Votre Majesté » aussi longtemps qu'il fera patte de velours, afin de l'engager à continuer. La prudence, Minno, ce n'est pas à moi à te l'apprendre, n'a rien de commun avec la lâcheté ; ce que je voudrais savoir, continua le Canadien, comme se parlant à lui-même, c'est à quelle heure cette petite Nilca, que je croyais incapable d'ingratitude, a pu se mettre d'accord avec ces démons ?

C'était là une question à laquelle aucun des prisonniers ne pouvait répondre ; et tous gardèrent le silence, réfléchissant. Paul se montrait le plus abattu. Le généreux jeune homme voyait ses espérances s'évanouir, ses châteaux en Espagne s'écrouler. Il songeait avec douleur aux hôtes enfantins de la Roche-Verte, à son propre sort. Les Indiens ne lâchent guère la proie dont ils s'emparent ; il allait donc, avec les cœurs dévoués qui s'étaient attachés à sa fortune, rester prisonnier jusqu'au jour où une mort cruelle, inattendue, les délivrerait tous d'une odieuse captivité.

Paul souffrait. Après les épreuves qui l'avaient assailli à son retour de France, sa résolution énergique de trouver le fleuve d'or lui avait montré l'avenir de nouveau souriant. Cet avenir, voilà qu'il n'avait déjà plus de lendemain. Quelle fatalité avait jeté Nilca sur sa route ? C'était à cause d'elle qu'il avait marché en quelque sorte au-devant des Kioways, au lieu de les fuir, comme le conseillaient Minno et Thibaut. Chose étrange, loin de maudire, de haïr la jeune fille, Paul ne ressentait qu'une amère douleur de sa trahison.

Tandis que le jeune homme se désespérait, Thibaut, en véritable philosophe, pensait que c'était déjà une très bonne chose que de n'être pas encore scalpé, bien que ce genre d'opération n'entrât pas dans les mœurs ordinaires des Kioways, qui aiment à fouiller le cœur de leurs victimes avec leurs couteaux. Minno et Vampa, tout en rêvant à une évasion que les circonstances pouvaient rendre possible, se préparaient à braver leurs ennemis, à leur prouver que les Osages et les Creeks savent regarder la mort sans faiblesse. Quant à Lambert, il ne trouvait pas cette aventure drôle et se déclarait à lui-même qu'il était stupide d'avoir abandonné le faubourg Saint-Jacques pour venir se faire couper les cheveux, avec la peau sur laquelle ils étaient plantés, par des hommes de couleur de chocolat. Le père Anselme semblait ne rien redouter ; il répétait à ses compagnons qu'au-dessus de la puissance des sauvages planait celle de Dieu, qui ordonne de ne jamais désespérer.

Le jour parut, et les prisonniers purent mieux voir leurs ennemis. Lambert fut frappé de l'expression cruelle de leur visage, et les trouva laids. Ce n'étaient plus là des Osages, des Creeks, ni des Shaunies aux traits nobles, à la démarche grave, mais, à son avis, des singes de grande taille, aux jambes arquées par l'usage constant du cheval, à la peau terreuse, aux

Leur costume n'était pas uniforme.

prunelles d'une incessante mobilité. Le costume des Kioways n'était pas uniforme et, sauf un pantalon frangé sur ses coutures latérales et des mocassins à peu près identiques, la fantaisie présidait à leur toilette. Les uns avaient le torse nu, d'autres des vestes, un certain nombre des blouses semblables à celle de Nilca.

Leurs cheveux, libres et longs, flottaient sur leurs épaules. Si quelques-uns se coiffaient de chapeaux en jonc tressé, la majorité s'enroulait une bande d'étoffe autour du front. Tous étaient armés d'un arc ou d'un fusil; au lieu de la hache et du casse-tête des Osages et des Shaunies, un large couteau était assujetti à leur ceinture. Très peu d'entre eux étaient tatoués ou barbus, et trois seulement se montraient parés de ces colliers, de ces pendants d'oreilles, de ces brace-lets qu'affectionnent les Indiens établis sur les rives du Mississipi, du Missouri ou de l'Arkansas.

Le chef, s'étant approché des prisonniers, les exa-mina curieusement. Le père Anselme lui parla; il l'écouta avec attention et ordonna de le délivrer de ses liens. Aussitôt libre, le missionnaire réclama la même grâce pour ses compagnons. Le chef s'éloigna sans lui répondre.

Les Kioways resserrèrent les sangles de leurs che-vaux, caparaçonnés de différentes façons. Cependant la plupart des selles étaient recouvertes de peaux de renards ou de tigres, et les étriers, presque tous en bois, ressemblaient, pour la forme, à ceux dont les Arabes font usage. Du reste, il y a de nombreux points de ressemblance entre les tribus nomades des déserts africains et les sauvages errants des prairies américaines. Même mépris de la justice, du droit, de

la civilisation ; même amour de la liberté, du pillage,
du vol ; égale insouciance du bien-être matériel et
même passion pour le cheval, ce compagnon de
toutes les heures, utile pour l'attaque, pour la chasse
ou pour la fuite, et dont la mort dans la bataille
entraîne presque infailliblement celle de son intrépide
cavalier.

Les Kioways se lançaient par petits groupes dans
la prairie, sans doute pour chasser. Une douzaine
d'entre eux restèrent près des prisonniers, dont ils se
rapprochèrent. Lambert, alors, ne fut pas seul à rai-
dir ses membres, à tenter de briser ses liens ; mais les
cordes qui enlaçaient les prisonniers, destinées à
maintenir les bisons, étaient beaucoup trop solides
pour ne pas résister à tous les efforts. Le père Anselme s'était placé devant ses compagnons, prêt à
s'interposer.

— Que voulez-vous leur faire? demanda-t-il aux
Kioways.

— Leur donner à manger avant de nous mettre en
route, répondit l'un d'eux.

Ils délièrent Paul, puis lui assujettirent les avant-
bras contre le corps. Ainsi garrotté, le jeune homme
pouvait porter ses mains à sa bouche. Toutefois, il
lui eût été impossible de lutter, de se défendre. Thibaut, Vampa, Lambert et Minno furent attachés de la
même façon, puis on offrit à chacun d'eux un pain
de maïs et une grillade de buffle.

— Ils veulent nous engraisser, les canailles ! s'écria
Lambert, qui séparait difficilement l'idée de sauvage
de celle d'anthropophage. Vous qui comprenez leur
jargon, padré, tâchez au moins de les convaincre que
nous serions aussi détestables rôtis que bouillis, et
qu'ils s'exposent, en nous dévorant, à se donner d'a-
bominables coliques.

— Les Kioways ne sont pas anthropophages, Lambert, et nous n'avons rien à craindre de ce que vous
paraissez croire.

— Ils ne sont que cannibales, alors ?

— Non. A ma connaissance, il n'y a, dans l'Amérique septentrionale, que quelques tribus de la Haute-
Californie encore assez barbares pour se repaître de
la chair de leurs semblables ou de chair crue, et elles
ont pour excuse la stérilité du sol sur lequel elles sont
établies, qui les condamne à un jeûne perpétuel.

— Il y a pourtant là-bas un petit Kioway qui me
regarde sans cesse, et dont les yeux luisent comme
ceux d'un chat qui va croquer une souris.

— C'est qu'une des parties de votre vêtement le
tente.

— Pourvu que ce ne soit ni ma chemise ni mon
pantalon. En dépit des exemples que j'ai sous les
yeux, cela me gênerait de me promener, même en
plein désert, dans le costume d'un garçon boulanger.

L'incorrigible gouailleur se tut; on amenait des
chevaux. Paul se mit en selle le premier, et ses pieds,

à peine posés sur les étriers, furent reliés par une
corde passant sous le ventre de son cheval. Tous les
prisonniers se virent ainsi attachés et se trouvèrent,
par conséquent, dans l'impossibilité de descendre de
leurs montures.

Les gardiens les entourèrent, et Nilca sortit du
bois, guidant un cheval richement harnaché, celui
de Loup-Sanglant, qui se rangea près d'elle. La jeune
fille s'approcha de ses anciens compagnons et les
regarda défiler. Minno lui lança une injure et Lambert, cette fois, n'éleva pas la voix pour la défendre.
Les prisonniers virent leur mule, chargée de leurs
armes, les suivre conduite par un Kioway. Une heure
après leur départ, ils n'apercevaient plus autour
d'eux que l'immensité de la prairie. Ils semblaient
revenir sur leurs pas et tourner le dos au fleuve d'or.

Le père Anselme, libre d'entraves, guidait son cheval à sa volonté. Il voulut s'approcher de Nilca et fut
aussitôt écarté. Il galopa successivement près de chacun des Indiens de l'escorte, essayant de lier conversation. Les Kioways, obéissant sans doute à un mot
d'ordre, l'écoutaient sans lui répondre. Vers trois
heures de l'après-midi, on aperçut au loin quelques
buissons. Une demi-heure plus tard, on campait sur
le bord d'un petit lac à l'eau saumâtre que les chevaux burent néanmoins avec avidité.

En face des prisonniers se dressaient de hautes fa-
laises blanches, limites du fameux désert Texien

14

nommé *Estacado* ou des *Piquets*, immense plateau
dont la superficie — quarante mille kilomètres carrés
— est égale à celle de la Suisse. C'est une contrée
sans eau, sans arbres, sans oiseaux, couverte d'une
herbe rare que dessèche sans cesse un soleil ardent,
et que n'habitent que des chiens de prairies, des serpents et des lézards ; solitude désolée que les Comanches eux-mêmes hésitent à traverser.

Une antilope, que les Kioways avaient emportée, fit
les frais du repas ; puis les sauvages, assis en rond, se
mirent à jouer avec des osselets marqués de points,
tandis que deux d'entre eux, armés de lances, surveillaient, l'un les chevaux qui broutaient entravés,
l'autre les prisonniers. De loin en loin, un joueur
malheureux venait prendre la place de l'une des sentinelles, qui se hâtait d'aller perdre ou gagner à son tour
un couteau, un collier, des mocassins ou un cheval.

Les prisonniers, bien que leurs pieds fussent liés
l'un à l'autre, pouvaient néanmoins se promener à
petits pas. Ils ne voyaient pas sans colère Nilca, assise
au loin près de Loup-Sanglant, ne pas même s'inquiéter d'eux. Lambert, confus, désolé, s'entendait
sans cesse accuser d'être la cause de la captivité que
l'on subissait ; mais Thibaut prenait maintenant sa
défense. Le nombre des ennemis était trop considérable pour que l'on pût croire un seul instant que l'on
serait sorti victorieux d'une lutte avec eux. La coupable, pour le Canadien, c'était Nilca, qui les avait

livrés, qui les traitait en ennemis au lieu de les protéger, ainsi qu'on l'avait follement espéré.

Du reste, chacun des voyageurs était trop raison-
nable pour s'attarder longtemps à des récriminations
inutiles, et l'on ne s'occupa bientôt plus que des
moyens de recouvrer la liberté. On savait que les
Kioways ne tuent pas toujours leurs prisonniers,
qu'ils en font souvent des esclaves. C'était là, les
soins dont on était entouré le donnaient à croire, le
sort auquel on était réservé. Esclaves des sauvages !
Mieux valait mourir, alors que l'on était encore réunis,
que de subir une pareille servitude. Paul, redevenant
lui-même, s'exaspérait et ne parlait plus que de coup
de force, de bataille. Thibaut ne demandait pas
mieux que de se battre, mais il écoutait plus volontiers Minno et Vampa, qui cherchaient des ruses.
Rien n'était praticable pour l'heure ; néanmoins ces
projets occupèrent l'esprit des captifs et les empê-
chèrent de se trop désoler.

On galopa pendant quatre jours, rationné pour
l'eau, souffrant de l'ardeur du soleil et de la réverbé-
ration du sol. Un soir, on arriva sur le bord d'une
petite rivière que les Kioways saluèrent du nom de
rio Pécos. On bivouaqua au milieu de beaux arbres,
et les prisonniers virent le chef et Nilca traverser la
rivière, boisée sur son autre bord. Bien avant l'aube,
ils entendirent résonner la voix de Loup-Sanglant,
qui ordonnait d'équiper les chevaux. Peu à peu, les

galops et les cris cessèrent; les Kioways semblaient
s'éloigner, et un silence profond succéda au bruit
quand le soleil parut. La surprise des captifs fut
grande de voir autour d'eux une douzaine de senti-

C'étaient des Indiens Jicarillos.

nelles sans autre vêtement qu'un caleçon et des mocassins, le corps tatoué de dessins bizarres. C'étaient
des Indiens Jicarillos, petite tribu qui vit sous la domination des Apaches et des Comanches, sans partager
leur esprit guerrier...

Le père Anselme se hâta de se rapprocher de ces nouveaux gardiens pour les interroger. Ils lui apprirent que les Kioways regagnaient les prairies qui bordent la Canadienne, sur la rive droite de laquelle se trouvait leur campement. Quant à Nilca, elle était partie avec une escorte à la recherche de son père, lequel expéditionnait en ce moment sur les bords de la grande rivière Bravo del Norte, dans le pays des Apaches.

— Allez-vous nous rendre la liberté? demanda le missionnaire.

— Non; la fille du chef vous a confiés à notre garde. Nous avons ordre de vous approvisionner de vivres, de vous empêcher de fuir, et de vous protéger contre ceux qui voudraient vous nuire.

C'étaient là des nouvelles étranges, et les prisonniers se perdirent en conjectures. Ce fut en vain que le père Anselme multiplia ses questions; les Jicarillos ne savaient rien des intentions de la fille du vaillant chef auquel obéissaient les quatre grandes tribus comanches, tribus dont ils se déclaraient les alliés.

Les prisonniers étaient en quelque sorte enfermés dans un coude de la rivière, qui, rapide et assez profonde, coulait bruyamment devant eux. A leur gauche s'étendait un bois vers lequel ils songeaient à fuir, si par hasard ils trouvaient un moyen de se débarrasser de leurs liens. Pendant huit jours, qui leur parurent éternels, ils restèrent confinés sur cet étroit espace.

Soir et matin, on renouvelait les sentinelles, dont le
nombre était doublé pendant la nuit. Des femmes
aussi peu vêtues que leurs maris, des enfants nus se
tenaient sur l'autre rive du Pécos, où leur village était
caché par des arbres, examinant les blancs, s'exta-
siant sur la singulière couleur de leur peau, de leurs
cheveux et de leurs lèvres.

A l'heure des repas, des garçons d'une dizaine
d'années, munis d'arcs et de flèches, apportaient des
fruits aux prisonniers et les regardaient avec admiration, sans jamais trop s'approcher d'eux. Parfois
ils s'essayaient à tirer de l'arc sous les yeux des
captifs, et leur adresse était déjà grande, car ils
manquaient rarement le but qu'ils visaient. Aussi
les vainqueurs, dans ces jeux, étaient ceux dont les
flèches, décochées avec vigueur, pénétraient le plus
profondément dans le tronc visé.

— Ils sont adroits, ces petits diables, disait Lambert ; mais comme cela doit les gêner de n'avoir ni
pantalon ni poches ; j'en souffre pour eux. Ils ont
de drôles de frimousses, et pourtant je suis sûr que
leurs papas, et surtout leurs mamans, les trouvent
gentils à croquer. Je voudrais pouvoir leur donner
à chacun un bâton de sucre d'orge ; ça doit être
amusant de voir un enfant sans chemise sucer un
bâton de sucre d'orge.

Lambert, on le voit, avait retrouvé un peu de sa
belle humeur et aussi son activité, car on le voyait

tour à tour sur le bord de la rivière ou près des
sentinelles. Il mélangeait ce qu'il savait d'espagnol
et d'anglais à son français pour leur parler, ce qui,
loin d'aider à le faire comprendre, ainsi qu'il l'espérait, eût dérouté le plus habile polyglotte. Au retour
d'une de ces promenades, il vint, après avoir décrit
maints zigzags, s'asseoir près de Thibaut.

— Je viens de faire une farce au Jicarillo qui est
là-bas, dit-il à mi-voix ; s'il a le bon esprit de ne
s'en apercevoir qu'après avoir été relevé de faction,
nous serons libres cette nuit.

— Que voulez-vous dire ? s'écria le Canadien.

— Que ce bonhomme a laissé traîner son couteau
et que je l'ai ramassé, par esprit d'ordre.

Thibaut ne répondit pas ; le Jicarillo s'avançait ;
Lambert, souriant, marcha à sa rencontre. L'Indien
le saisit et le palpa de la tête aux pieds.

— Tu cherches ton eustache, mon bonhomme, lui
dit le Parisien, certain de ne pas être compris ; tu
peux chercher, va, il est en lieu sûr, et ce n'est pas
avec celui-là que tu me scalperas.

L'Indien plaça sous le nez du Parisien la gaine
vide de son arme, avec un geste interrogateur.

— Je sais qu'il est envolé, dit Lambert avec un
sérieux imperturbable, mais coucou, tu ne l'auras
pas, Nicolas !

Le père Anselme s'approcha.

— Je crois deviner, dit Lambert d'un air innocent,

que ce monsieur a perdu son couteau et qu'il me
soupçonne de l'avoir trouvé. Comment aurais-je pu
le ramasser, avec mes bras liés jusqu'au coude,
sans me mettre à plat ventre? Ce brave garçon
l'aura oublié dans sa cabane ou l'a laissé choir dans
l'herbe, et je veux bien l'aider à le chercher.

Le père Anselme plaida cette cause avec une
bonne foi d'autant plus grande que Lambert, le dos
courbé, se promenait déjà le front penché vers
l'herbe, manœuvre que le Jicarillo et le missionnaire imitèrent sans résultat, bien entendu. Le Jicarillo, après de longues recherches, parut se résigner
et retourna à son poste.

— Ne dites rien au padré, murmura Lambert à
l'oreille de Thibaut; il ne me pardonnerait pas de
l'avoir fait mentir, et m'obligerait peut-être à rendre
le couteau.

— Qu'en avez-vous fait, Lambert?

— Il est là-bas, au pied du petit saule, et nous le
ramasserons à la nuit. Eh bien, Minno, je vois que
vous savez ce dont il est question, et je ne suis pas
fâché de vous prouver qu'un Indien peut aussi se
laisser surprendre.

— Les Jicarillos sont des enfants, dit l'Osage avec
dédain.

— Tant mieux, Minno, et ce n'est pas à nous de
le leur reprocher. Voyons, c'est une arme qu'un
couteau; mais nous ne pouvons le diviser en cinq,

car il ne faut pas compter sur le padré. Qu'allons-
nous faire?

— Nous allons réfléchir, Lambert, répondit Thibaut; il ne faut pas que nous ayons l'air de nous
concerter, et nous ne pouvons agir que ce soir.

A l'heure du souper, tous les voyageurs furent
instruits de ce que Lambert nommait son « heureuse
trouvaille », afin, murmura-t-il à l'oreille de Paul,
de ménager les scrupules du padré. Le jeune ingénieur eut peine à dissimuler sa joie et voulut voir
l'arme prête à devenir un instrument de liberté. On
allait pouvoir fuir. Or quelle direction convenait-il
de prendre? Sans arc, sans fusil, les bois et les prairies étaient des refuges dangereux. Minno, sans
façon, offrit d'aller, aussitôt libre, poignarder ou
étrangler les sentinelles. Paul et le padré repous-
sèrent cette proposition; ni l'un ni l'autre ne voulaient que l'on versât de sang.

Après une longue discussion, il fut arrêté qu'aussitôt rendu à la liberté, on remonterait un peu le
cours de la rivière, pour la traverser ensuite sans
bruit et s'enfoncer dans le bois qui la bordait. Là,
on attendrait le jour et l'on prendrait une résolution définitive. Lambert se souvint à propos de la
ruse de Nilca, qu'il croyait endormie sous sa couverture, alors qu'elle rôdait près du foyer, et chacun
se disposa un lit d'herbe. La nuit venue, on s'étendit sur cette couche, après s'être mutuellement déli-

vré. Quelle heure délicieuse que celle-là! Lambert
dut se faire violence pour ne pas bondir, secouer ses
bras et montrer à l'univers qu'il était redevenu
libre.

Les Jicarillos avaient coutume d'allumer deux
foyers, et n'y manquèrent pas. D'ordinaire, ils se
tenaient à distance, et les prisonniers ne virent pas
sans appréhension l'un d'eux se poster près de la
rivière. Appuyé sur son arc, tourné vers le village
où résonnait de temps à autre l'aboiement d'un
chien, il semblait regarder la traînée lumineuse
tracée par un des foyers sur la surface de l'eau.

Il avait été convenu que Minno donnerait le signal de la fuite et que l'on s'éloignerait un à un,
en se glissant le long de la berge libre. Que d'espérances, que d'angoisses, que d'impatiences dans
l'âme des voyageurs! Immobiles, ils déploraient le
silence que troublait seulement le murmure de l'eau
ou le pétillement d'une branche. Enfin, l'Osage
avisa qu'il allait partir. Au bout de cinq minutes,
Paul rampa à son tour, successivement suivi de
Lambert, de Vampa, puis de Thibaut. Le padré, qui
avait demandé de rester le dernier, s'assura de l'immobilité des sentinelles et rejoignit ses compagnons.

Réunis à cinquante pas environ de l'endroit qu'ils
venaient d'abandonner, les prisonniers se trouvaient
dans une obscurité profonde, ayant devant eux
l'inconnu. Ils se mirent en marche sur les pas de

Minno, s'arrêtant au moindre bruit. Ils pouvaient
voir, en se retournant, le sommet des arbres éclairés par la lueur des foyers; puis, peu à peu, ils se
trouvèrent au milieu d'épaisses ténèbres. A mesure
qu'ils avançaient, la rivière, dont ils suivaient pourtant la berge, semblait s'éloigner.

Frappé de ce phénomène, Thibaut lança une
pierre et, surpris du temps qu'elle mit à atteindre
l'eau, ordonna de s'arrêter. A force de tâtonnements,
on découvrit que l'on côtoyait un abîme, et l'on
se remit en marche avec lenteur, appuyant sur la
droite. Minno fit bientôt halte, déclarant sentir le
vide en face de lui. Côtoyant ce nouvel abîme, les
fugitifs virent à l'improviste briller la lueur des
foyers. Par trois fois ils firent le tour du gouffre
et durent enfin se convaincre qu'ils étaient enfermés.

XIV

TONNERRE-QUI-GRONDE.

Les prisonniers ne revinrent pas à leur point de départ ; ils s'étendirent sur le sol pour chercher un peu de repos. Mais trop de pensées pénibles les tourmentaient pour qu'un seul d'entre eux réussît à s'endormir. Un moment, ils s'étaient crus libres, et voilà qu'un obstacle inattendu barrait la route qu'ils voulaient suivre, les condamnant à l'immobilité et à l'inaction. Cependant un vague espoir soutenait encore Paul ; il comptait, dès l'apparition de la première lueur du jour, avant que sa fuite et celle de ses compagnons fussent connues, découvrir une issue, franchir les précipices dont on était entouré, gagner les bois et s'y réfugier. Après de longues heures d'attente, un oiseau, dont chacun envia les ailes, annonça l'aurore par une joyeuse chanson, et les voyageurs furent vite debout.

Le jour, comme pour narguer leur impatience, n'éclaira le dessous des arbres, aux branches enchevêtrées, qu'avec une extrême lenteur. Aussitôt qu'ils purent distinguer ce qui les entourait, les fugitifs poussèrent une exclamation désespérée. Ils se trouvaient sur le bord à pic d'un de ces étranges ravins nommés *canons*, dont la profondeur dépasse souvent cinq cents mètres. Les *canons*, traces indélébiles d'anciennes et formidables convulsions du globe, s'ouvrent dans les prairies sans que rien annonce leur voisinage ; ce sont d'immenses crevasses produites par un écartement subit du sol à une époque relativement moderne.

Celui au-dessus duquel se pencha Lambert était séparé du Pécos par une muraille de grès. De cette muraille, il s'étendait, large d'une vingtaine de mètres, jusqu'à l'endroit où les Jicarillos établissaient chaque soir un de leurs foyers. Les voyageurs, alors qu'ils se croyaient simplement acculés contre la rivière, étaient en réalité adossés contre cet infranchissable abîme, dont les arbres leur cachaient la vue. Ils suivirent de nouveau le chemin qu'ils avaient parcouru pendant la nuit, s'étonnant à chaque pas de n'avoir pas cent fois roulé dans le gouffre, miracle dû à la prudence et à l'instinct de Minno.

Tandis que Lambert restait en extase, voyant s'alterner les couches de grès, de granit, de gypse, de basalte, qui forment sur ce point du globe les entrailles de la terre, Minno et Thibaut se hâtaient de façonner des armes, c'est-à-dire de couper de fortes branches. Par malheur, le couteau du Jicarillo, destiné à une tout autre besogne que celle de tailler du

bois, fut vite hors de service. Néanmoins, le Canadien
et l'Osage étaient déjà en possession de bâtons qui,
entre leurs mains, pouvaient devenir redoutables.
Vampa et Lambert, faute de mieux, se munirent de
branches et de pierres, tandis que Paul, cherchant
avec obstination un point où la rivière fût abordable,
aperçut, sur la rive opposée à celle qu'il explorait,
des Jicarillos qui, abrités par des buissons, les regardaient aller et venir.

On était découvert. Ce fut là une nouvelle cause
de découragement pour les fugitifs. Livrer bataille,
un contre cent, à des ennemis armés de flèches, de
fusils, de frondes, alors que l'on ne possédait que des
bâtons, eût été un acte insensé. Cependant Paul déclarait préférer la mort à la captivité. Cette captivité,
que la tentative de fuite qui venait d'échouer allait
aggraver, ne pouvait se terminer que par une catas-
trophe. Ne valait-il pas mieux brusquer le dénoue-
ment? Le père Anselme donna tort à son jeune ami,
lui répétant que la fortune est inconstante, que désespérer c'est accepter la fatalité antique, douter de
Dieu.

Les sages conseils du missionnaire furent appuyés
par Thibaut et Minno, et le jeune homme se rendit
enfin. Alors, pas à pas, on se dirigea vers le campement que l'on avait abandonné la veille, l'âme pleine
d'espérances, hélas! si vite déçues.

Les Jicarillos ne poussèrent aucun cri en voyant

reparaître leurs prisonniers, qui trouvèrent des vivres
près de leurs couvertures, preuve que les Indiens
n'avaient pas été dupes de la ruse imaginée par Lambert. On s'attendait à des moqueries, à des injures,
et chacun des voyageurs ne songeait pas sans colère
qu'il allait être de nouveau garrotté. Il n'en fut rien,
et le padré, qui prêchait la patience, se tut bientôt.
Vers midi, la chaleur venant en aide à la fatigue de
la nuit, les voyageurs s'étendirent sur leurs couches
et s'endormirent.

Resté seul éveillé, le père Anselme se dirigea vers
les Jicarillos. Il avança avec lenteur, prévoyant quelque rebuffade ; mais il importait de savoir ce que
cachait la mansuétude inattendue des Indiens. A sa
grande surprise, ils le laissèrent s'approcher et l'ac-
cueillirent avec la déférence qu'ils lui témoignaient
depuis son arrivée.

— Mes compagnons sont jeunes, dit-il en prenant
le ton sentencieux qu'affectionnent les Indiens ; ils
ont voulu fuir, tromper la vigilance des Jicarillos,
dont ils redoutent maintenant la colère. Je les ai ras-
surés en leur affirmant que les Jicarillos sont justes et
que, libres, ils ne s'étonnent pas de voir des prisonniers essayer de recouvrer leur liberté.

— C'est vrai, répondit un des gardiens.

— Alors, reprit le père Anselme, les Jicarillos ne
sont pas fâchés contre nous?

— Non ; vous ne nous appartenez pas.

— Sont-ce les Kioways qui sont nos maîtres ?

— Ce sont les Comanches. N'est-ce pas la fille de leur chef qui vous a faits prisonniers ?

— Va-t-elle revenir ?

— Elle doit vous envoyer chercher par des guerriers qui vous conduiront près de son père.

— Quand ces guerriers arriveront-ils ?

— Demain ; ce soir peut-être.

— Et que feront de nous les Comanches ? demanda le missionnaire avec anxiété.

— Je l'ignore.

Le père Anselme, dans la crainte d'impatienter son interlocuteur, ne poussa pas plus loin son interrogatoire. Il venait de se rapprocher de ses amis, lorsqu'une vingtaine de Comanches, armés d'arcs, de fusils, de lances, traversèrent la rivière. Leur chef, homme d'une trentaine d'années, causa un instant avec celui des Jicarillos, puis lança son cheval vers les prisonniers.

— Je sais, dit-il en s'adressant au père Anselme, que le Grand-Esprit parle par ta bouche, que tu ne sais pas mentir. Veux-tu, en face de l'image d'argent placée sur ta poitrine, me promettre qu'aucun de tes compagnons n'essayera de fuir ni de nuire à mes guerriers ?

— Que pourrions-nous contre vous ? répondit le missionnaire. Nous sommes désarmés et nous n'avons jamais cherché la guerre.

— J'attends ta promesse, reprit le Comanche, pour
savoir si vous voulez être mes hôtes ou mes prisonniers.

— Es-tu Tonnerre-qui-gronde? demanda le padré
indécis.

— Non. Le chef est campé sur les rives de la
grande rivière, et il m'a donné l'ordre de vous
conduire vers lui.

— Sait-il que nous ne sommes pas des guerriers,
mais des voyageurs? Sait-il que nous avons sauvé sa
fille de la mort?

— Il te le dira lui-même.

Le chef parlait en assez bon espagnol, et Minno
s'avança vers lui.

— Si des guerriers comanches voyageaient dans
le pays des Osages, dit-il, ils trouveraient partout
place autour des foyers, et on leur offrirait du pain,
du sel et du tabac. Nous ne voulions que traverser
votre pays, et nous voilà prisonniers. Les Witchitas
ont-ils donc raison de dire que les Comanches sont si
barbares qu'ils ne connaissent même pas les lois de
l'hospitalité?

— Les Witchitas sont des renards, répondit le
cavalier; ils se cachent durant le jour et débitent la
nuit leurs mensonges. Quant aux Osages, ce sont des
hommes vaillants, qui seront toujours les bienvenus
dans le pays des Comanches. Tonnerre-qui-gronde
veut te dire lui-même qu'il désire l'alliance de ta

15

tribu. Après lui avoir parlé, tu seras libre de retourner dans ton pays.

Minno approuva d'un signe de tête la réponse du chef et se plaça près de Paul.

Celui-ci est mon fils.

— Celui-ci, bien que sa peau soit blanche, dit-il en s'appuyant sur l'épaule du jeune homme, est depuis longtemps mon fils. Il a sacrifié ses armes, ses vivres, pour sauver la fille du chef, blessée par un bison dans les grandes prairies. Souviens-toi, Comanche,

que j'aimerais mieux livrer ma chevelure que de voir
arracher un seul cheveu de la tête de mon fils.

— Lorsqu'une main amie se tend vers les Comanches, répliqua le cavalier, ils ne la repoussent jamais,
et leur hôte, de même que chez les Osages, trouve
toujours du sel et du pain. Vous êtes nos prisonniers,
vous deviendrez nos hôtes quand vous aurez promis
ce que j'ai demandé.

— Nous voulons être tes hôtes, répondit Paul, et
nous n'essayerons de fuir que le jour où l'on voudra
faire de nous des esclaves.

Le père Anselme ratifia les paroles du jeune homme
en élevant son crucifix. Le Comanche retourna aussitôt vers ses cavaliers, qui mirent alors pied à terre et
s'occupèrent de baigner leurs chevaux.

Une heure plus tard, ils avaient établi un foyer
près du canon, et, visiblement fatigués, ils se rou-
laient dans leurs couvertures et s'étendaient sur
l'herbe, suivant l'exemple que leur avait donné leur
chef. Une seule sentinelle veillait sur les chevaux,
qui, entravés, paissaient dans la prairie. Ce gardien
ne s'occupait pas des prisonniers, qui allaient et
venaient en liberté. On commentait à perte de vue,
dans le petit camp, les événements de la matinée et
surtout les paroles du Comanche, tenu pour un envoyé
de Nilca. On était surpris de sa courtoisie, de sa confiance, de celle de ses compagnons, dont on s'était
approché et qui n'avaient manifesté que des senti-

ments amicaux. Il est vrai de dire que le chef n'avait
pas menti dans sa réponse à Minno. Il faut toujours
se défier de la parole d'un Apache ; mais les Comanches, pillards, voleurs, implacables pour les blancs,
auxquels ils font une guerre sans merci, ne maltrai-
tent pourtant presque jamais celui qui réclame leur
hospitalité.

Lambert, est-il besoin de le dire ? était celui des
voyageurs qui se montrait le plus familier avec les
nouveaux venus. Il examinait, avec une curiosité que
chacun de leurs gestes avivait, ces fameux sauvages
dont il entendait parler depuis si longtemps, et il les
trouvait moins terribles d'apparence qu'il se les était
représentés. Il remarquait que leur type, comme leur
costume, se rapprochait beaucoup de celui de leurs
frères Kioways. Cependant, ils se paraient d'un plus
grand nombre d'objets de fabrication européenne,
objets provenant du pillage des habitations texiennes
ou mexicaines. Dans leurs aventureuses expéditions,
les Comanches se sont souvent avancés jusqu'à moins
de cent lieues de Mexico, qui a tremblé de les voir
apparaître.

— Alors tous ces bonshommes sont de véritables
gredins? dit Lambert au padré qui lui donnait ces
explications.

— Ce sont des enfants cruels qui ont pour excuse
leur ignorance, répondit le missionnaire.

— Ils sont nombreux?

— On suppose que leurs quatre grandes tribus représentent un chiffre de cent mille âmes.

— S'ils marchaient vers le Mississipi, ce ne sont pas les milices qui pourraient les arrêter ?

— Non, certes, car ils sont braves, audacieux même. Par bonheur, faute de discipline, d'organisation, ils ne peuvent expéditionner qu'en nombre restreint.

Le lendemain, au lever du soleil, les Comanches harnachèrent leurs chevaux, et six de ces animaux, sellés et bridés, furent amenés devant les voyageurs. Un des chevaux, dont la taille dépassait celle des autres, fut offert à Thibaut de la part de Nilca. Ce souvenir, cette attention inattendue de la part de leur ancienne compagne, firent réfléchir les voyageurs, que l'on engagea à se mettre en selle. Lorsqu'il se sentit libre de liens, monté sur un cheval excellent, Paul fut pris d'une violente tentation de fuir. Il galopa dans la plaine, se souvint de sa parole et revint avec lenteur près de ses compagnons, qui se mettaient en route. On traversa la rivière, puis le village des Jicarillos, composé de cabanes entourées de petits jardins. Une demi-heure plus tard, on trottait au milieu de bois sévères, couvrant le flanc de hautes collines aux sommets arrondis. Il fallait, le plus souvent, marcher à la file sur un sentier humide, étroit, mais bien tracé.

D'après ce qu'avait appris le père Anselme, on était

sur la grande voie que suivent les Comanches dans leurs expéditions vers les bords du Colorado, et l'on s'engageait sur les terres des Apaches. On ne causait guère, car il fallait prendre garde aux obstacles de la route, que barrait de temps à autre un arbre renversé. Les Comanches laissaient les voyageurs se diriger à leur gré, et ne paraissaient pas s'inquiéter lorsque l'un d'eux s'écartait à droite ou à gauche, ou restait en arrière. Cette preuve de confiance dans sa parole flattait Lambert, qui déclarait avec raison que ce n'était pas là un acte de véritables sauvages. On atteignit une plaine, et Lambert put alors se rapprocher de Thibaut.

— D'après ce que nous savons, dit-il à son ami, nous nous rendons en ce moment à la cour du roi des Comanches.

— Les Comanches n'ont pas de roi, Lambert, répondit le Canadien ; ils ont un chef qu'ils choisissent parmi les hommes les plus vaillants de leurs tribus.

— Cependant, Thibaut, Comanches, Kioways et Jicarillos en ont plein la bouche lorsqu'ils parlent de M. Tonnerre-qui-gronde. Avouez, en outre, que Nilca se conduisait souvent avec nous comme une véritable princesse.

— Je n'en suis pas juge, Lambert, n'ayant jamais vu de princesse de ma vie.

— Moi, dit le Parisien, j'en ai vu une, de loin.

— Avez-vous donc été à la cour, comme vous dites?

— Non, mon camarade, et cela m'embarrasse un
peu. Nous allons nous trouver bientôt au milieu de
grands seigneurs, de ducs, de comtes ou de marquis
à la mode comanche; or je voudrais ne pas paraître
trop gauche devant ces excellences, et pouvoir leur
donner une bonne idée de mon pays.

— Soyez ce que vous êtes tous les jours, Lambert,
répondit le Canadien, c'est-à-dire un bon et joyeux
camarade, et votre désir sera réalisé. Il n'y a pas deux
manières de se conduire, à mon avis, et un homme,
fût-il duc ou roi, n'est toujours qu'un homme.

— C'est vrai, Thibaut; mais, dans chaque contrée,
il y a des modes, des usages différents, qu'il est toujours bon de connaître. Dans mon pays, on salue
en retirant son chapeau; sur les bords de l'Arkansas, la politesse exige qu'on le cale au contraire
sur sa tête. Eh bien, si nous ne savons pas la vraie
manière de saluer des Comanches, nous aurons un
air emprunté, et l'on rira de nous.

— Tant mieux, Lambert, j'aime mieux faire rire
mon prochain que le faire pleurer.

Pendant quatre jours, la petite troupe marcha soir
et matin, traversant un pays montueux, souvent boisé,
de l'aspect le plus pittoresque. On s'arrêtait de onze
heures à trois heures pour faire boire ou manger les
chevaux, et l'on vivait de chair de daim et de pain
de maïs. Thibaut, dès le premier jour, avait obtenu
de faire griller lui-même les morceaux destinés à ses

compagnons, le sans-façon avec lequel les Comanches
cuisinaient écœurant un peu les voyageurs.

— Si encore ils se lavaient les mains de temps à
autre ! disait Lambert.

— Ce n'est probablement pas la mode à la cour
des Comanches, répondait Thibaut.

Et le Parisien faisait une grimace de dégoût.

Cinq jours après leur départ des bords du Pécos,
les voyageurs eurent à traverser une plaine sablon-
neuse, peuplée de cactus, végétation intéressante
pour Lambert qui se crut dans une immense serre.
Tout à coup, on se trouva sur les bords d'un *canon*
au fond duquel coulait un ruisseau. Ce profond ravin
d'où s'élevaient des palmiers et des plantes tropicales,
où chantaient des oiseaux, où volaient des papillons,
formait un tel contraste avec la contrée presque
stérile au milieu de laquelle il s'ouvrait, que Lambert
le côtoyait avec persistance. Il eût voulu descendre
au fond de ce grand jardin, où se voyaient deux ou
trois cabanes ; mais les Comanches ne songeaient
guère à s'arrêter. Le père Anselme apprit au Parisien
que la vallée du Colorado, qu'il aurait à traverser s'il
reprenait un jour le chemin du fleuve d'or, était semée
de ces ravins étranges qu'il pourrait alors explorer.

On trotta bientôt dans un pays plus fertile, ayant
en face de soi de hautes collines que l'on franchit. Le
soir, les voyageurs arrivèrent près d'un campement
comanche, établi à cent mètres du rio Bravo. Le

beau fleuve aux eaux tumultueuses, saturées d'ocre
jaune, décrivait de nombreux méandres au milieu
d'un pays verdoyant.

On sait aujourd'hui ce que l'on ignorait alors, c'est-
à-dire que le *rio Grande,* ou *rio Bravo du Nord,* prend
sa source dans les montagnes de San Juan et, qu'a-
près avoir arrosé une partie du Nouveau-Mexique,
servi de frontière au Texas en longeant les États de
Durango, de Cohahuila et de Tamaulipas, il se jette,
après un cours de 2000 kilomètres, dans le golfe
Mexicain.

Les voyageurs traversèrent de nombreux bivouacs,
et furent conduits vers une immense tente formée de
peaux de buffle couvertes de dessins hiéroglyphiques.
Sur le seuil se tenait un petit homme aux longs cheveux, vêtu d'un simple costume de cuir. Une jeune
femme, parée d'une tunique brodée à jour retom-
bant sur une jupe de soie bleue, et dont les cheveux
étaient surmontés d'une couronne de plumes rouges,
s'avança aussitôt souriante vers le père Anselme.

— Nilca ! s'écria le missionnaire.

— Oui, répondit la jeune fille qui baisa la main du
prêtre. Nilca, dont vous voilà tous les prisonniers.

Ses compagnons avaient depuis longtemps mis pied
à terre et pressé les mains de leur ancienne compagne
qui les nommait à son père, que Lambert, du haut
de sa monture, contemplait tour à tour Nilca, divi-
nement belle sous sa parure féminine, et le chef

renommé des Comanches, Sa Majesté Tonnerre-qui-
gronde. La petite taille du souverain, le vieux pantalon en peau de daim qui composait son vêtement,
ses jambes arquées, sa tenue, ses gestes n'avaient
rien de cette majesté royale qui avait si fort inquiété
le Parisien.

— Ça un roi ; c'est drôle, dit-il.

XVI

Lorsque les voyageurs se réveillèrent le lendemain, ce fut avec une satisfaction joyeuse qu'ils promenèrent leurs regards autour d'eux. Ils étaient libres. Nilca, si souvent maudite depuis quinze jours, leur avait expliqué son étrange conduite, raconté sa visite nocturne aux Kioways, dont elle avait voulu, par prudence, sonder les dispositions. Elle les avait trouvés surexcités contre les hommes de race blanche, par suite de la mort récente de deux des leurs, traîtreusement tués par des trappeurs. Alors, feignant d'être l'ennemie, la prisonnière de ceux qu'elle voulait protéger, la jeune fille avait déclaré son intention de les conduire à son père, afin qu'il tirât lui-même vengeance des mauvais traitements qu'elle disait avoir subis. C'était donc pour les sauver d'une mort possible qu'elle avait paru les livrer, et sa haine supposée les avait mieux servis, ils en furent vite convaincus, que n'eût pu le faire son amitié avouée ou ses supplications.

— Une fois de plus, Thibaut, murmura Lambert à

l'oreille de son compagnon, après avoir entendu cette explication, vous avez raison de ne jamais rien affirmer. Hier, la princesse Nilca nous semblait la dernière des dernières, et voilà que nous ne saurions trop l'aimer.

Paul et le padré, après le déjeuner, furent appelés sous la tente du grand chef des Comanches, qui leur manifesta de nouveau sa reconnaissance. Il croyait sa fille morte depuis le jour où elle avait disparu, et son bonheur de l'avoir retrouvée se trahissait par des élans de tendresse bien rares chez les sauvages. Tonnerre-qui-gronde — Otumpa de son nom de famille, par lequel nous le désignerons désormais — n'avait pas de fils et se montrait fier des qualités viriles de sa fille. Depuis l'âge de douze ans, elle l'accompagnait dans toutes ses expéditions, et son caractère aimable, son intelligence, son courage justifiaient la prédilection dont elle était l'objet. Nilca, incomparable écuyère, habile à se servir de l'arc et du fusil, sage dans les conseils, était depuis longtemps considérée par les Comanches comme un chef expérimenté. Ils l'avaient cent fois vue, dans les combats, courir audevant du danger avec une intrépidité qui, du reste, avait amené sa captivité. Aussi, sa mort supposée avait-elle été un deuil pour les quatre grandes tribus alliées, et sa résurrection merveilleuse allait ajouter au prestige dont elle jouissait déjà d'une extrémité à l'autre des prairies. Autour des bivouacs, on disait

tout haut que si Otumpa venait à disparaître, le conseil des vieillards lui donnerait comme successeur,
fait sans précédent dans les modernes annales comanches, la belle et intrépide amazone.

Bien que la force corporelle soit un puissant élé-
ment de domination parmi les peuples enfants, ce
n'est pas toujours elle qui l'emporte et séduit les
sauvages. Le courage, le sang-froid, l'éloquence, la
finesse sont des qualités qu'ils savent très bien ap-
précier. En réalité, l'intelligence a chez eux le rôle
prépondérant qu'elle devrait avoir partout. Il est
rare, en effet, qu'un chef indien renommé ne soit
pas un homme habile, supérieur à ceux dont il est
entouré. C'était le cas d'Otumpa ; le père Anselme
et Paul le reconnurent vite. Il avait l'esprit ouvert
de sa fille, et ne partageait qu'à demi les supersti-
tions de ses compatriotes. Il savait au besoin leur
tenir tête et braver leurs préjugés, comme tous les
hommes nés pour commander.

Otumpa connaissait par Nilca le but que poursuivait chacun des voyageurs, et la présence du père
Anselme paraissait seule l'inquiéter. Il l'interrogea
avec une finesse qui n'échappa pas au missionnaire.
Celui-ci avoua franchement ses intentions, se déclarant l'envoyé du Grand-Esprit et l'ami sincère des
Indiens.

— Je veux bien te croire et te protéger, lui dit le
chef ; mais dès demain tu auras pour ennemis tous

les prêtres-médecins de mes tribus. Eux aussi se
disent les ministres du Grand-Esprit, et, si tu leur
portes ombrage, je ne pourrai rien pour toi ; je t'en
avertis. Tâche de vivre en bonne intelligence avec
eux, et je te laisserai faire.

L'autorisation de résider parmi les Comanches
était, momentanément, la seule ambition du père
Anselme, le bon prêtre étant convaincu que ce n'est
jamais en vain qu'on parle aux hommes du Christ.
Il remercia le chef, l'assurant qu'il saurait vivre en
paix avec les prêtres-médecins, auxquels il voulait
apprendre de nouvelles manières de guérir. Otumpa
secoua la tête d'un air de doute, ne soupçonnant pas
que c'était par Nilca et par lui que le missionnaire
désirait commencer son œuvre de conversion.

Pendant plusieurs jours, le chef eut de nombreuses
conférences avec Paul et Minno, qu'il interrogeait
avec une ardente curiosité sur le fleuve d'or. Ses
traits s'animaient, ses regards brillaient aux récits
de l'Osage, puis il demeurait absorbé. Il pensait alors
que, s'il n'était pas toujours victorieux dans les combats qu'il livrait aux blancs, ce n'était pas que leur
courage fût supérieur à celui de ses guerriers, mais
parce que leurs armes étaient plus terribles. Leurs
fusils frappaient à des distances auxquelles les flèches
ne pouvaient plus atteindre, et, lorsque l'on courait
sur l'ennemi pour le saisir corps à corps, on tombait
foudroyé avant d'avoir pu le rejoindre.

Or les Comanches n'ont que deux façons de se
procurer des armes à feu, c'est de les enlever à leurs
ennemis ou de les acheter aux trafiquants qui viennent rôder sur les frontières. Ces trafiquants, d'année
en année, exigeaient un plus grand nombre de peaux
de buffle, de daim ou de castor en échange des fusils,
des couteaux ou des fers de lance qu'ils apportaient,
et le gibier, sans cesse pourchassé, devenait de plus
en plus rare. Mais les blancs aiment l'or, ils en
demandaient sans cesse et le préféraient dans leurs
échanges aux plus belles peaux. Par malheur, il
n'y a pas d'or dans les prairies. Si Otumpa eût pu
s'en procurer, il aurait vite acquis un assez grand
nombre de fusils perfectionnés pour en armer tous
ses guerriers. Alors il lui eût été possible — c'était
sa conviction — de lutter avec avantage contre les
envahisseurs qui, de temps à autre, prenaient possession d'un district et y construisaient un fort. L'astu-
cieux chef ne révélait pas ses pensées, mais il était
décidé, si le trésor dont parlait Minno existait véritablement, à en prendre sa bonne part.

Sur les indications de l'Osage, qui lui avait si souvent raconté son arrivée dans le port de Saint-Fran-
çois, sur les côtes du Pacifique, Paul avait dessiné
une carte où se trouvait à peu près indiquée la situation du fleuve d'or. Pressé par les questions d'Otumpa,
l'ingénieur lui montra ce dessin et réussit à lui en
faire comprendre la signification.

— Que dirais-tu, demanda brusquement le chef au jeune homme, si je te conduisais, avec deux cents de mes guerriers, jusqu'au but de ton voyage ?

Paul lui montra ce dessin.

— Je considérerais, répondit l'ingénieur, la réussite de mon entreprise assurée.

— Tu ne serais pas jaloux de me voir puiser dans ton trésor ?

— Ce trésor serait alors le tien, chef; et j'aurais à te

prier de me laisser prendre la part dont j'ai besoin.

— L'or que tu as vu, demanda le chef en se tournant vers Minno, est-il assez abondant pour que chacun des guerriers que j'emmènerai puisse en emporter une poignée ?

— Tes guerriers, répondit l'Osage, pourraient en charger leurs chevaux sans le diminuer.

Un éclair brilla dans les yeux d'Otumpa, qui, pendant deux jours, ne parla plus du fleuve d'or.

Si Paul commençait à se fatiguer de son oisiveté, s'il songeait à reprendre sa route, Lambert était moins pressé. Du matin au soir, il se promenait d'une extrémité du camp à l'autre, partout bien accueilli, causant sans s'inquiéter d'être ou non compris. Il regardait soigner les chevaux, ajuster les arcs, aiguiser les couteaux, raccommoder les selles et les brides, et déclarait les Comanches, qui lui offraient des pipes, du tabac, des fruits, des boissons fermentées, les meilleurs garçons du monde.

— Vous changerez d'avis si vous les voyez jamais combattre, lui disait Thibaut. Vous verrez alors de terribles démons, de véritables panthères avides de carnage et de sang.

La haute stature du Canadien, que rendait plus apparente la petite taille de Lambert, lorsqu'ils allaient se promener de compagnie sur les bords du rio Bravo, était une cause d'admiration perpétuelle pour les Comanches. Ils tournaient autour du géant,

16

l'examinant des pieds à la tête, lui prenant les mains pour les mesurer avec les leurs. Lambert, qui avait tant de fois acheté à Paris le droit de pénétrer dans les baraques où l'on exhibait un nain ou un Goliath, trouvait la curiosité des sauvages toute naturelle. L'idée lui vint de faire quelques tours de passe-passe, d'avaler une muscade, de la faire reparaître, de la jeter et de feindre ensuite de la retrouver sous le nez d'un guerrier. Par malheur, prenant la chose au sérieux, le Comanche se fâcha et fit tournoyer son casse-tête autour des oreilles de l'escamoteur. Sans Thibaut, qui saisit au vol le bras de l'Indien, Lambert eût peut-être passé un très mauvais quart d'heure. On s'expliqua, grâce au père Anselme, et la paix se rétablit. En somme, la fantaisie de Lambert n'eut pas de mauvais résultat; elle le fit passer pour sorcier. Quant à la force de Thibaut, si clairement démontrée par l'immobilité à laquelle, d'une seule main, il avait réduit l'irascible Indien, elle devint pour lui une garantie de respect.

On vivait de chair de taureaux volés dans les pâturages des bords du rio Bravo. Entravés, placés en plein soleil, sans que personne songeât à les faire boire ou manger, les malheureux animaux, tournés vers les prairies où ils étaient nés, poussaient de lugubres mugissements. Lambert voulut voir les bouchers comanches à l'œuvre et n'y retourna pas. Frappée d'un couteau à la nuque, la victime devenait aussitôt la proie des assistants, qui essayaient de conquérir leur morceau de prédilection. On se pressait, on se bousculait comme des loups affamés, il semblait à chaque instant qu'une bataille allait s'engager. Mais les querelles entre Indiens de la même tribu sont rares et les meurtres presque inconnus.

S'il ne retourna pas à « l'abattoir », Lambert s'approcha plusieurs fois du bivouac des prêtres-médecins qui accompagnaient l'expédition, et il eut occasion de les voir à l'œuvre. Les croyances religieuses des Comanches sont toutes primitives, et s'ils ne mettent pas en doute l'existence d'un Être suprême, ils ne lui élèvent ni temples ni autels. Ce n'est pas même à lui qu'ils adressent des prières ou offrent des présents, mais à ses prêtres, qui, imposteurs habiles, se prétendent en communication directe avec lui. Du reste, ce n'est guère qu'à l'heure où il gît impuissant sur sa natte qu'un Comanche a recours aux prêtres-médecins, afin qu'ils obtiennent du Grand-Esprit le moyen de le guérir.

Ces prêtres n'accordent leur assistance qu'après avoir reçu de la famille du malade un don plus ou moins important. Ils procèdent alors à sa cure par des pratiques mystérieuses, extravagantes, destinées à frapper aussi bien l'imagination du patient que celle de ses proches. Ils se peignent le corps de dix façons, jeûnent, veillent, exécutent des danses fantastiques, prononcent des mots incompréhensibles et adminis-

trent des breuvages composés en secret, toujours
empiriques. Avant d'entreprendre une cure, ces habiles Esculapes ont soin de déclarer que le Grand-
Esprit a condamné le malade. Si celui-ci meurt, on
admire la prescience du prêtre ; s'il guérit, on vante
son savoir et sa puissance : il n'a donc jamais tort.

De temps à autre, Lambert se rendait « à la cour »,
c'est-à-dire qu'il se rapprochait de la tente du chef.
Là, il trouvait Nilca, assise sur une natte, et près
d'elle, le plus souvent, Paul et le père Anselme. De
loin en loin, une des femmes du chef, chargée d'une
calebasse ou d'une sorte d'amphore posée sur sa
main dont le dos s'appuyait sur son épaule, passait à
peine vêtue. Lambert trouvait que ces reines manquaient de prestige et de toilette, et c'était, en effet,
des servantes plutôt que des compagnes pour
Otumpa.

Une fillette de sept à huit ans, sœur de Nilca, dont
elle était un vivant portrait, et vêtue comme elle d'une
tunique brodée et d'une jupe de soie, s'échappait
parfois de la tente pour se réfugier près de Paul,
qu'elle semblait avoir pris en affection. Des voix
impérieuses, partant de la tente, répétaient le mot :
Xocitl, fleur ; c'était le nom de la fillette, qui se pressait alors contre l'ingénieur. Touché de l'amitié
que lui témoignait la petite sauvage, Paul, grâce à
Nilca, obtenait parfois que l'enfant restât près d'eux.

Dans l'après-midi du cinquième jour de leur arrivée

sur le bord du rio Bravo, les voyageurs virent Otumpa
passer une sorte de revue. Ses cavaliers, au nombre
de cinq cents environ, étaient groupés autour de
leurs capitaines, auxquels Otumpa, accompagné de
Nilca, parla successivement. Le lendemain, à l'aube,
la tente du chef avait disparu, et des mules chargées,
escortées de guerriers, se mirent en marche vers
l'orient. Le gros de la troupe d'Otumpa, à ce qu'apprit le padré, allait regagner la rivière Rouge, où se
trouvait le grand village des Comanches, la véritable
« cour », comme disait Lambert.

Deux cents guerriers, choisis la veille parmi les
plus robustes et les mieux montés, s'occupaient en
même temps de traverser le rio Bravo. Six chevaux
furent amenés près des voyageurs, auxquels leurs
armes et leurs munitions venaient d'être rendues.
Otumpa, suivi de quatre jeunes cavaliers, parmi lesquels figurait Nilca, s'approcha d'eux. La jeune
fille portait de nouveau un costume d'homme, mais
elle avait conservé sa tunique, serrée à la taille par
une riche ceinture brodée d'or. Un carquois et un
arc étaient suspendus à son épaule, et un léger fusil
attaché à sa selle. Elle montait un cheval blanc
qu'elle maniait avec une incomparable dextérité, et
son front était surmonté de son diadème ordinaire de
plumes rouges. Elle était ravissante ainsi vêtue. Toutefois, à part les voyageurs, personne ne paraissait
s'en apercevoir.

Ce fut vers le père Anselme que se dirigea Otumpa :

— Je vais accompagner ton ami jusqu'au fleuve
d'or, dit le chef, et je t'emmène avec moi. J'avais
d'abord songé à te laisser partir avec ceux de mes
guerriers qui retournent vers la rivière Rouge, mais
là où je ne serai pas, ta vie serait en danger, et Nilca
ne veut pas que tu meures.

Les paroles du chef étaient des ordres ; le père
Anselme s'inclina. Au fond, il n'était pas fâché de
vivre un peu avec ses hôtes comanches, de se con-
cilier leur bienveillance. Puis, parmi ceux qu'il allait
suivre, il y avait autant d'âmes à conquérir qu'il le
pouvait désirer. Quant à Paul et à ses compagnons,
ils serrèrent avec effusion la main du missionnaire.
Le padré ne manqua pas de leur faire admirer les mystérieuses voies de la Providence. Par un revirement
de fortune inattendu, on allait marcher vers le fleuve
d'or avec une escorte plus que suffisante pour vaincre
les obstacles que l'on pouvait redouter. Paul était
sûr d'atteindre le noble but qui lui valait et lui vau-
drait encore la protection de Dieu.

Le rio Bravo fut traversé, et Lambert apprit qu'il
venait de franchir une frontière, de pénétrer sur le
territoire des Apaches. Si ce peuple, autrefois puissant, pouvait réunir ses membres épars, il formerait
la plus nombreuse des nations indigènes de l'Amérique septentrionale. Combattus dès la première
heure par les conquérants du Mexique, les Apaches

sont aujourd'hui divisés en une multitude de tribus
devenues étrangères les unes aux autres, et dont
plusieurs, à demi civilisées, ont reçu la rude et inef-
façable empreinte du joug espagnol. L'Apache pro-
prement dit est un sauvage aussi pillard que le Comanche; mais il est moins brave que son terrible
voisin, qui le méprise.

La petite armée, considérable si l'on songe qu'elle
devait traverser des contrées désertes, où l'eau même
faisait défaut, avait pour éclaireurs une vingtaine de
cavaliers armés d'arcs, de fusils et de lances. A cinq
cents mètres en arrière, marchait Otumpa, entouré
de ses principaux chefs, presque immédiatement
suivis du père Anselme, de Paul et de leurs compagnons. A deux cents mètres en arrière, venaient la
masse des guerriers dont un bon nombre condui-
saient des chevaux de rechange chargés de viande
sèche et de maïs.

Lambert, ravi de posséder une belle et bonne monture, trottait d'un bout à l'autre de la colonne, déjà
familier avec toute la petite troupe, et ne regrettant
pas trop son fameux faubourg. Il se tenait volontiers
près de Nilca, dont il pouvait se faire comprendre;
toutefois, son camarade le plus intime était toujours
Thibaut.

On traversa une véritable route, et le Parisien, surpris, interrogea le père Anselme.

— C'est la route de Santa-Fé, lui répondit le

missionnaire, dont nous sommes à quarante lieues
à peine.

— Et qu'est-ce que Santa-Fé, padré ?

— La capitale du Nouveau-Mexique, dit le prêtre ;
une ville de plusieurs milliers d'âmes, dont les habitants sont catholiques.

— Nous rentrons donc dans les pays civilisés ?

— Un peu ; mais pour en sortir bientôt et retrouver
le désert. Si je ne me trompe, notre rencontre avec
Otumpa vient de sauver Santa-Fé d'un pillage, car
c'est vraisemblablement vers cette ville qu'il comptait
se diriger avec son armée.

On passa près d'une ferme récemment incendiée
par ceux-là mêmes dont on était devenu les compagnons, et qui ne s'en cachèrent pas. Cette bâtisse, la
première qu'ils rencontraient depuis leur départ de
la Roche-Verte, fut une cause d'émotion pour les
voyageurs. Lambert lança son cheval dans cette direction et revint silencieux près de Thibaut. Il avait
aperçu le corps de plusieurs hommes à demi dévorés
par les oiseaux de proie.

Le lendemain, après les avoir longées une partie
de la journée, on campa au pied des montagnes
dites des Zunis, qui font partie de la fameuse sierra
Madré. Quatre Indiens Zunis, cernés par les éclaireurs, furent amenés à Otumpa. L'un d'eux avait la
peau blanche, les yeux bleus, les cheveux blonds, et
Lambert crut voir un Européen. D'après les auteurs

espagnols, ce type singulier serait commun parmi les Zunis, qui descendraient d'Européens naufragés avant les découvertes d'Améric Vespuce. C'est là une fable évidente ; des yeux bleus, des cheveux blonds, une peau blanche se rencontrent de temps à autre parmi les Indiens de toutes les tribus ; ce sont de simples cas d'albinisme.

On dépassa quelques huttes adossées à un bois et dont les habitants avaient dû fuir en apercevant les éclaireurs. On récolta autour de ces habitations des dindons, des poules et un porc, dont Lambert accepta sa part à l'heure du souper, quoique ce fût du bien volé.

Le lendemain, nouvelle rencontre de cabanes, entourées d'un champ de maïs dans lequel on lâcha les chevaux.

— Décidément, dit Lambert, nous voyageons avec une bande de brigands.

— Avez-vous donc jamais cru, lui répondit Thibaut, que les Comanches pussent être autre chose ?

— Allons-nous piller ainsi toutes les maisons qui se trouveront sur notre route ?

— Parbleu !

— Si les habitants de ces cabanes ne s'enfuyaient pas, seraient-ils donc en danger ?

— Oui, selon toute probabilité.

— Et nous laisserions faire les Comanches, Thibaut ?

— Seriez-vous par hasard assez fort, mon camarade, pour lutter contre deux cents hommes armés ?

— Non ; mais en suppliant Otumpa et surtout Nilca de s'interposer ?

— Que Dieu veuille, répondit Thibaut, que nous n'ayons pas à les implorer.

On s'engagea enfin dans les montagnes que l'on côtoyait, sur le point nommé « passage des Zunis », dépression de la sierra Madré. Cette importante branche de la Cordillère est en quelque sorte l'épine dorsale des grands déserts, qu'elle sépare en deux parties. Les rivières qui prennent leur source sur son versant oriental coulent vers l'Atlantique, et celles du versant occidental vers le Pacifique.

Les voyageurs ne mirent pas moins de deux jours pour atteindre le plateau, sur le bord duquel ils s'arrêtèrent un instant pour regarder en arrière. Un horizon immense s'étendait devant eux : celui des contrées qu'ils avaient parcourues depuis les monts Sugar-Loaf. Ils traversèrent le plateau, et un nouveau panorama les frappa. En face d'eux : l'ancien désert de Cibola, où se trouvait situé le fameux pays d'Eldorado, qui n'était pas tout à fait un rêve. Un peu à droite, l'Arizona, baignée par le rio Colorado ; puis le pays montagneux de l'Utah et les plaines de Névada.

En somme, tous les pays que les voyageurs avaient traversés et ceux qu'ils allaient traverser encore, n'avaient jusqu'alors été foulés que par des pieds in-

diens. Ils seraient les premiers, s'ils réussissaient à
atteindre l'océan Pacifique, qui auraient, sur ce point,
traversé le continent américain. Seulement, comme
le dit Thibaut à Lambert, qui s'extasiait d'être si loin
du faubourg Saint-Jacques, ce n'était rien que d'être
arrivé là, il s'agissait d'en revenir.

XVI

LES HABITANTS DES ROCHERS.

Deux jours après être sortis des montagnes de la
sierra Madré, les voyageurs commencèrent à s'étonner de l'aridité persistante du plateau qu'ils traversaient. Ils foulaient un sol sableux, semé de cactus-
cierges ou de touffes de genêt. Ils rencontrèrent une
longue muraille, formée de blocs de grès superposés,
derrière laquelle se dressaient les ruines d'une vingtaine de maisons. Ce n'étaient pas là des construc-
tions modernes, mais un de ces *pueblos* signalés par
les anciens auteurs espagnols, villes construites par
un peuple disparu, et dont les singulières demeures
se composent d'étages placés en retrait les uns des
autres, comme les assises des pyramides. En outre,
elles n'ont pas d'issues extérieures et ne sont, par
conséquent, accessibles qu'à l'aide d'échelles. C'est,
en effet, le moyen auquel ont recours, pour y pénétrer, les sauvages qui, parfois, s'établissent dans
leurs ruines.

Le père Anselme et Paul étaient souvent tentés de
s'arrêter, afin d'étudier en détail ces débris d'une

conservation si remarquable de villes autrefois importantes; mais la rapidité de marche de la colonne les eût promptement laissés en arrière. Il leur fallait se conformer aux étapes réglées par Otumpa, étapes que le chef mesurait sur le plus ou moins de fatigue des chevaux.

A mesure qu'ils avançaient, les voyageurs remarquaient que la contrée qu'ils traversaient devenait de plus en plus morne, de plus en plus désolée. Partout un sol de grès où ne poussaient que des herbes chétives, des pins rabougris. Plus d'oiseaux, plus d'animaux d'aucune espèce; tous les êtres vivants semblaient avoir fui cette terre en apparence maudite. De distance en distance, on rencontrait des *canons* aux bords taillés à pic, au fond tapissé de maigres broussailles. En même temps, par un étrange contraste, les ruines se multipliaient. A chaque kilomètre franchi, on se trouvait en face de murs, de tours, de fortifications, de *pueblos*.

D'importantes agglomérations d'hommes industrieux, civilisés, avaient donc habité ce désert, qui paraissait ne pouvoir fournir aucune subsistance. Il y avait là un problème que le padré cherchait vainement à expliquer. Souvent, au sommet d'une colline haute de trente ou quarante mètres, escarpée sur toutes ses faces, se dressait un édifice considérable. Par quels moyens les matériaux nécessaires à la construction de ce château, de cette forteresse,

avaient-ils été élevés jusqu'à ce sommet, dont les
versants étaient à pic? Paul lui-même n'y comprenait rien.

On traversait des ravins, des fossés qui avaient dû
être des canaux d'irrigation, des lits de rivières ou
de torrents desséchés, et partout les traces de l'homme
se multipliaient. Ici, une habitation de forme circulaire, un peu plus loin, une autre en forme de paral-
lélogramme, puis des tours, rondes ou carrées, ayant
jusqu'à soixante mètres de diamètre, construites en
blocs de grès superposés et soudés par de l'argile,
se succédaient ou se reliaient. Ces traces innombrables de son industrie, laissées par un peuple dont
le nom est aujourd'hui aussi inconnu que celui des
Constructeurs de tertres, est, à notre époque, un
vaste champ d'études pour les archéologues, les
ethnographes et les anthropologistes.

Non seulement l'Arizona et le Nouveau-Mexique,
mais les États de Névada, du Colorado et d'Utah,
c'est-à-dire près de quinze cent mille kilomètres carrés
de terrain, sont couverts des œuvres de ces hommes
du passé, qui, selon toute probabilité, devaient vivre
à la même époque que les Mound-Builders, qu'ils
dépassaient en savoir et en civilisation. Les vastes
espaces que ces inconnus ont à chaque pas semé
d'édifices prouvent que le pays qu'ils habitaient était
alors fertile. Quel inexplicable cataclysme a donc
fait disparaître de cette contrée la terre végétale,

desséché ses rivières, ses torrents, tari ses sources
et anéanti ou forcé à l'émigration les races qui la
peuplaient? Il y a là, encore une fois, un problème
que la science constate, qu'elle n'a pas encore expliqué.

Un après-midi, on campa à l'ombre d'une maison
composée de trois chambres; dans l'une d'elles, des
cendres, des charbons, des pierres calcinées, révé-
lèrent l'emplacement du foyer. Secondé par ses compagnons, le père Anselme s'occupa de creuser la
terre de cette pièce et découvrit des fragments de
vases en terre, d'une exécution très supérieure aux
poteries des Mound-Builders. Lambert eut la bonne
fortune de ramener au jour une hache en silex, des
pointes de lance taillées dans des roches de diffé-
rente nature, puis une pipe représentant un hibou.

Pendant cinq jours encore, forcé à d'incessants
détours, on avança sur ce sol dévasté. La marche
était rendue fatigante par la poussière, la réverbé-
ration du sol et surtout par le manque d'eau, qui
commençait à préoccuper Otumpa. Au fond des
canons près desquels on passait coulait parfois, à
une profondeur de quarante ou cinquante mètres,
un ruisseau que l'on entendait gazouiller. C'était là
le supplice de Tantale, car toute descente au fond
de ces gouffres était impossible. A deux ou trois
reprises, on aperçut des cavaliers apaches que l'on
essaya de rejoindre; mais, aussitôt qu'ils pouvaient

juger le nombre des Comanches, ils fuyaient à toute bride.

Le sixième jour de cette marche pénible, plusieurs chevaux succombèrent aux tortures de la soif, et l'on fit halte sur le bord d'un canon d'une vingtaine de mètres de profondeur, au fond duquel mugissait un torrent. Hommes et chevaux, mornes, exténués, s'étendirent sur le sol. Otumpa, sombre et pensif, demeura longtemps penché au-dessus du ravin et s'approcha du père Anselme.

— Prêtre, lui dit-il, ne peux-tu consulter le Grand-Esprit, lui demander le moyen de parvenir jusqu'à cette eau? Celui de mes guerriers qui nous sert de guide déclare que nous ne pourrons atteindre les bords d'une rivière qu'après-demain. D'ici là, s'ils ne boivent pas, nos chevaux seront morts.

— Que tes guerriers m'apportent leurs gourdes et leurs lazos, dit Paul qui avait examiné le ravin, et qu'ils s'apprêtent à me seconder.

L'ingénieur avait remarqué, à cent pas du canon, une énorme pierre creuse, sorte d'auge dont la cavité pouvait contenir quinze à vingt litres d'eau. Il ordonna aussitôt de la transporter au bord du gouffre, opération que dirigea Thibaut. Pendant ce temps, Paul nouait lui-même bout à bout des lazos, courroies en cuir de bison dont il connaissait la solidité et qu'il choisissait avec soin avant de les employer.

De leur côté, sur ses indications, le padré, Lambert, Minno et Vampa attachaient ensemble d'autres lazos, disposant de distance en distance les gourdes que leur apportaient les Comanches, et formaient ainsi peu à peu un long chapelet. Deux heures plus tard, ses préparatifs étant terminés, Paul, dont les sauvages suivaient avec curiosité les opérations, enroula une des extrémités de sa corde autour d'un bloc de grès, lança l'autre dans le gouffre dont la paroi supérieure surplombait et s'assura que son câble atteignait le fond.

Lambert, qui s'était dépouillé de sa blouse, saisit aussitôt la courroie, et, avant que Paul eût pu s'y opposer, il commença à descendre en appuyant ses pieds contre la roche, à la grande admiration des Comanches, qui, excellents cavaliers, sont fort peu ingambes. Une fois de plus, ainsi que le dit Thibaut, le Parisien tirait avant son tour.

— Je n'ai pas, comme vous, d'orphelins à nourrir, dit-il à Paul qui lui ordonnait de remonter, c'est donc à moi d'essayer la ficelle, qui, je l'espère, tiendra bon.

Leste et agile, se laissant glisser de nœud en nœud, le Parisien atteignit le fond du gouffre. Paul saisissait à son tour la courroie, lorsque Nilca, qui se tenait près de lui et dont la pâleur était visible sous sa peau dorée, le prit par le bras et le regarda avec des yeux suppliants. Il y avait une terreur, une

17

tendresse si profondes peintes sur le visage de la jolie
Comanche, que Paul, ému, s'empara de ses mains
et les serra contre sa poitrine.

— Rassure-toi, lui dit-il, je ne veux pas mourir.

La jeune fille, penchée au-dessus du gouffre et
comme prête à s'y précipiter, regarda Paul imiter la
manœuvre de Lambert, et ne respira que lorsqu'il
eut atteint le fond. Alors, sous la haute direction du
padré et de ses compagnons, que secondèrent plusieurs Comanches, la corde munie des gourdes fut
descendue avec précaution, et commença bientôt un
mouvement de va-et-vient.

Les calebasses, d'une capacité moyenne de deux
litres, étaient remplies par Paul et Lambert à mesure
qu'elles arrivaient près d'eux; puis, sous la traction
des Comanches, elles remontaient vers Thibaut, qui
les vidait dans l'auge et les renvoyait de nouveau. En
somme, elles accomplissaient le travail que font les
godets d'un bateau dragueur. Seulement, il fallait
surveiller avec un soin incessant les sauvages, car
trop de hâte exposait à voir se briser les fragiles vases
contre les parois des rochers. Après quatre heures
d'un travail ininterrompu, tous les chevaux ayant été
abreuvés, les gourdes remontèrent pleines une dernière fois. Paul et Lambert, épuisés de fatigue, s'étendirent alors sur le sol.

Lorsqu'ils se relevèrent, et au moment où Thibaut
s'apprêtait à diriger la manœuvre qui devait les ra-

mener au niveau de la plaine, il les vit avec surprise
suivre le cours du ruisseau et s'enfoncer dans le canon. Ils marchaient la tête levée, se montrant le dessous des rochers qui surplombaient, causant avec
animation. On les vit à plusieurs reprises paraître et
disparaître, et ils revinrent près des lazos. Paul exigea
que Lambert remontât le premier ; il enroula la corde
autour du corps de son compagnon, puis ordonna de
le hisser avec lenteur, et Lambert se retrouva près
de Thibaut.

L'ingénieur fut enlevé à son tour ; arrivé à la hauteur du sol, il fut brusquement saisi et attiré par
Nilca. La jeune fille, alors, cacha son visage en l'appuyant contre l'épaule de l'ingénieur, et se mit à san-
gloter. Paul, ému de nouveau, pressa la pauvre petite
contre son cœur. Minno avait vu clair ; elle l'aimait,
il ne pouvait plus en douter.

Ni Otumpa ni ses chefs ne parurent surpris de
l'action de Nilca. Ils entourèrent l'ingénieur et le
remercièrent. Plusieurs guerriers voulurent serrer la
main de celui qui venait de les sauver d'une mort
cruelle. Lambert, de son côté, reçut plus d'une acco-
lade, car les Comanches admiraient beaucoup l'intrépidité avec laquelle il s'était, le premier, suspendu
au-dessus du précipice. Ils saluèrent le Parisien du
nom de Bras-Agiles, qui sonna plus agréable à son
oreille que celui qu'il devait à Minno.

On soupa de grillades taillées dans le corps des che-

vaux qui avaient succombé à la soif; puis Paul et
Lambert racontèrent au padré la cause de leur excur-
sion au fond du ravin. Au-dessous des roches qui le
surplombaient, étaient construites des maisons à un
ou deux étages. Comment les anciens habitants de
ces demeures aériennes pouvaient-ils les aborder?
Comment avaient-ils pu les bâtir et de quelle nature
étaient donc les dangers qui les obligeaient à se loger,
comme les hirondelles et les oiseaux de proie, dans
des lieux inaccessibles? Autant de questions posées
par Lambert et encore sans réponses aujourd'hui.
Des milliers de ces demeures, dont les architectes devaient être des hommes de génie, ont été découvertes
sur les bords du Colorado, du San-Juan, du Mancos,
du Pécos, etc. Le peuple qui les a édifiées, dont l'origine et la fin sont aussi inconnues que celles des
Mound-Builders, est désigné par les savants sous le
nom de *Cliff-dwellers*, habitants des rochers.

On se remit en marche dès l'aube, cheminant pour
ainsi dire au milieu de ruines. De temps à autre, on
rencontrait des blocs erratiques, sur lesquels étaient
gravés, avec un art assez avancé, des lézards, des
daims, des couleuvres, des tortues, des arcs. Parfois
ces blocs figuraient des hommes ou des animaux.
Était-ce l'œuvre des *Cliff-dwellers* ou celui des architectes des *pueblos*, qui devaient, s'ils n'ont pas été un
seul et même peuple, être unis par une étroite pa-
renté? Du reste, reproduire sur la pierre la forme des

Au-dessous des roches étaient construites des maisons.

animaux qu'il connaissait, y tracer l'historique des
événements de son existence, semble avoir été un
besoin instinctif chez l'homme primitif américain,
car on retrouve de ces curieux documents d'une extrémité à l'autre du continent, des bords du Saint-
Laurent à ceux de l'Amazone.

D'après les plus récentes études, on peut affirmer
que les peuples qui occupaient autrefois les contrées
que traversaient les voyageurs étaient sédentaires,
agriculteurs, par conséquent, et qu'ils avaient une
commune origine. L'excellent état des édifices qu'ils
ont laissés, et dont plusieurs, encore entiers, semblent abandonnés de la veille, prouve qu'ils ont dû
être brusquement anéantis ou chassés. Ont-ils fui
devant un cataclysme? se sont-ils retirés devant une
invasion apache? La première hypothèse paraît la
plus probable.

Au résumé, ce vaste pays, où l'on ne peut faire un
pas sans rencontrer la trace de ses premiers civilisa-
teurs, n'est plus habité aujourd'hui que par de rares
Indiens. L'absence de pluies, la porosité du sol, l'aridité qui le rend si morne, sont attribuées à l'impré-
voyante destruction des forêts par les Cliff-dwellers.
Les Américains rêvent de rendre au Nouveau-Mexique, à l'Arizona, au Colorado leur ancienne fertilité,
et, depuis peu, ils ont voté des subsides pour la per-
foration de puits artésiens et la plantation d'arbres.

Vingt-quatre heures après avoir abandonné le ravin

des Cliff-dwellers, la petite troupe atteignit la rive
gauche du rio Puerco — rivière sale — où elle surprit
des pasteurs de la tribu des Navajos, conduisant un
troupeau de moutons. En un instant tous les malheureux herbivores furent égorgés, chaque Comanche
voulant un mouton pour y tailler son morceau de
prédilection. Le père Anselme risqua une observation
sur ce gaspillage; Nilca lui déclara qu'Otumpa lui-
même ne pourrait rien empêcher. Le padré se rendit
alors près des prisonniers, qui, garrottés, regardaient
avec effroi les Comanches.

Les Navajos, une des grandes tribus apaches, sont
devenus agriculteurs. Ils habitent, autour de la sierra
de Tunécha, un pays auquel ils ont donné leur nom.
Ils se construisent des cabanes en briques séchées au
soleil, cultivent le maïs, élèvent des bestiaux, des
chevaux, des ânes et des moutons. En dépit de ces
habitudes sédentaires, l'esprit de leur race se réveille
parfois. Ils expéditionnent alors dans les parties civilisées du Nouveau-Mexique, d'où ils ramènent souvent des prisonniers, hommes, femmes et enfants,
dont ils font des esclaves.

Sur la prière du père Anselme, Otumpa défendit de
maltraiter les malheureux qui s'étaient laissé prendre
en essayant de sauver leur troupeau, et bientôt même
il leur rendit la liberté. Il en garda deux auxquels il
demanda de le guider vers le Colorado. C'étaient des
hommes dans la force de l'âge, aux membres bien

proportionnés, aux traits réguliers et presque européens. Leur costume se composait d'une blouse d'é-
touffe de coton, de culottes courtes et de guêtres. Ils
étaient armés de casse-tête, de lances, et portaient
des boucliers.

Deux jours plus tard, après avoir traversé des prés
à l'herbe épaisse, semés de bouquets de grands arbres,
la caravane atteignit le petit Colorado. Otumpa déclara que l'on camperait en ce lieu pendant plusieurs
jours, afin de permettre aux chevaux de se réconforter. Sur les instances du père Anselme, les Navajos
furent laissés libres, et ils n'attendirent pas jusqu'au
lendemain pour s'éloigner.

Le petit Colorado, assez profondément encaissé,
roulait des eaux jaunâtres, desquelles on pouvait s'approcher grâce à un talus gazonné. Bien qu'uniforme,
le paysage paraissait riant et pittoresque, surtout à
cause de sa verdure. On avait devant soi une plaine
accidentée, bornée par des collines boisées. Les chevaux, dans cette oasis qui semblait un paradis comparée aux mornes espaces que l'on venait de traverser,
foulaient une abondante pâture. Il fallait maintenant
songer aux hommes. Aussi, le lendemain, à l'aube,
une trentaine de Comanches se mirent en chasse.
Lambert eût bien voulu les accompagner, mais le
père Anselme et Paul désiraient fouiller une ruine
découverte la veille, et il se décida à rester près d'eux.
Du reste, quatre heures après leur départ, les chas-

seurs ramenaient au camp vingt bœufs, douze moutons et cinq chevaux chargés de maïs. Ils avaient pillé
une cabane située à moins d'une lieue du bivouac.

Cette fois, Paul et le père Anselme, secondés par
Nilca, convainquirent Otumpa de la nécessité de ménager les vivres, et le chef harangua ses guerriers.
Ils approuvèrent ses paroles et, ce qui valait mieux,
ils en tinrent compte. Pendant quatre jours, grâce
à leur réserve, ils s'abandonnèrent aux douceurs
d'un repos absolu, mangeant à leur faim pour faire
ensuite leur sieste, ainsi que le font des animaux
repus.

Depuis l'aventure du ravin, Nilca, comme honteuse
d'avoir laissé lire dans son âme, se tenait un peu à
distance de Paul, sans cesser pourtant de veiller sur
lui, de prévenir ses moindres désirs. Le jeune homme
n'était pas insensible aux attentions de la jolie fille
du chef, mais il combattait sa propre inclination. Il
aimait aussi Nilca, s'en blâmait et luttait. Il ne pouvait pas plus songer à s'établir parmi les Comanches
qu'à ramener la jeune fille à la Roche-Verte, qu'à
en faire sa femme. Il imposait silence à son cœur
et ne voulait écouter que sa raison. Il se proposait
de se montrer rude, dédaigneux, et il souriait à la
belle sauvage lorsqu'elle venait s'asseoir près de lui,
pour le prier de lui enseigner des mots de français,
langue qu'elle essayait de parler.

Les journées, pour le père Anselme, se passaient à

visiter les bivouacs, à raconter les miracles du Christ, histoires toujours écoutées avec intérêt. Le reste du temps, le missionnaire explorait les bords de la rivière, ou mettait au net ses notes de voyage. Lambert, pris du même zèle que Nilca, voulait apprendre la langue comanche, et parcourait le camp, plaçant à tort et à travers les mots ou les phrases qu'il apprenait. Sa constante bonne humeur réussissait à dérider les guerriers les plus graves, qui le tenaient pour un enfant. Quant à Minno et à Thibaut, ils fumaient du matin au soir avec béatitude, et parlaient de l'époque où ils seraient de retour à la Roche-Verte, dont les forêts leur paraissaient plus belles, plus animées et plus majestueuses, depuis qu'ils connaissaient l'aride vallée du Colorado.

Il y avait cinq jours que l'on était campé lorsque Otumpa déclara que l'on traverserait la rivière le lendemain, pour s'avancer de nouveau vers le fleuve d'or. A trois heures de l'après-midi, une des sentinelles du camp accourut à toute bride, annonçant l'approche de cavaliers. En un instant, les Comanches furent en selle, et bientôt on vit paraître une cinquantaine d'Indiens. C'étaient des Moquis, tribu voisine des Navajos, et comme eux adonnés à l'agriculture. De caractère belliqueux, jaloux de leur indépendance, les Moquis ont souvent lutté avec avantage contre les Espagnols et n'ont jamais été qu'imparfaitement soumis.

Les cavaliers s'arrêtèrent à cinq cents mètres du camp, et l'un d'eux s'avança de deux cents mètres encore, portant une flèche dont la pointe était tournée vers le ciel en signe de paix. Otumpa se rendit à sa rencontre; et les deux chefs se saluèrent. Le Moquis, prenant la parole, se plaignit des mauvais traitements infligés à des Navajos, ses alliés, et réclama les moutons et les bœufs dont on les avait dépouillés. Otumpa répondit tranquillement que bœufs et moutons avaient été dévorés. Sommé de les payer, il répondit que, grand chef des tribus comanches, il imposait des tributs et n'en payait pas.

Le Moquis déclara aussitôt qu'il était suivi de mille combattants, et que si les Comanches ne lui remettaient leurs armes et leurs chevaux, aucun d'eux ne sortirait vivant du pays dans lequel ils s'étaient aventurés, pays qui avait des maîtres, comme on le leur prouverait.

— Tu veux la guerre, répondit alors Otumpa, soit. Mais si ta nation est assez brave pour nous tuer tous, vingt mille des nôtres viendront nous venger.

Le chef lança aussitôt une flèche de défi vers les ennemis, revint au galop vers ses guerriers, et leur raconta le résultat de son entrevue. Les Comanches, sans répondre un mot, préparèrent leurs fusils, leurs arcs et leurs lances.

Le père Anselme demanda la parole, et, l'ayant obtenue, il exposa que le but de l'expédition n'était

pas la guerre; que les Moquis et les Navajos avaient
le droit d'être irrités de voir des étrangers s'emparer
de leurs troupeaux et parler en maîtres. Il fallait
s'expliquer avec eux avant de livrer un combat dont
le succès même serait désastreux, ne fût-ce qu'à cause
des blessés, qui deviendraient un embarras très sérieux. Il supplia qu'on le laissât parler à son tour
aux Moquis, certain de rapporter la paix de leur
camp. Otumpa consentit à cette démarche, et le missionnaire, sans autre arme que son crucifix, se dirigea à pied vers les cavaliers, au milieu desquels il
disparut bientôt. Au bout d'une heure, ne le voyant
pas reparaître, Otumpa s'avança lui-même pour le
réclamer. Il fut accueilli par quelques coups de feu;
puis l'ennemi s'enfuit à toute bride, emmenant le
padré prisonnier.

XVII

LE FLEUVE D'OR.

Le premier mouvement d'Otumpa fut de se lancer
à la poursuite des fuyards. Mais la nuit venait ; les
chevaux trébuchaient sur un sol dont on ne voyait
pas les obstacles : force fut de s'arrêter. Quand la
nuit devint plus obscure, les voyageurs virent s'allumer, au pied des collines, une série de foyers. Ils
supposèrent que les Moquis, ayant rejoint les combattants qu'ils avaient annoncés, reparaîtraient le
lendemain, et ce fut le cœur plein de cet espoir
qu'ils se décidèrent à se rapprocher du camp. Toutefois, aucun d'eux ne songea au sommeil ; ils s'éta-
blirent près des sentinelles avancées, ne perdant pas
de vue les feux qui brillaient à l'horizon, feux qu'ils
craignaient de voir disparaître. Ils ne se parlaient
que pour se communiquer leurs craintes sur le sort
de leur ami, qu'ils espéraient à peine revoir vivant.

Otumpa, que ne semblait nullement inquiéter la
possibilité d'une lutte, se rapprocha d'eux. Voyant
leur air morne, il essaya de les rassurer. Si les Moquis, le lendemain, ne venaient pas expliquer leur

violation d'une coutume toujours respectée au désert, celle de la neutralité d'un parlementaire, il
était décidé, disait-il, à les relancer jusque dans leur
village et à leur faire expier par le fer et le feu leur
inexcusable traîtrise.

La confiance du célèbre chef, celle de ses soldats,
émerveillaient Lambert. Les Comanches, le fait est
certain, l'emportent de beaucoup en audace et en courage sur les tribus indiennes rapprochées de l'océan
Pacifique ; mais que peut le courage contre un
nombre écrasant, et deux cents hommes, quelle que
fût leur vaillance, pourraient-ils avoir raison de
mille ? Sur ce point, Lambert se tourmentait à tort ;
Otumpa était un général trop expérimenté pour ne
pas savoir qu'au désert mille combattants sont difficiles à réunir, encore plus difficiles à nourrir.
Aussi considérait-il la menace des Moquis comme
une jactance ou comme une ruse pour l'intimider.
Ce n'était pas à la légère que le père de Nilca,
résolu à marcher vers le fleuve d'or, n'avait emmené
avec lui que deux cents guerriers. Dans ses expéditions au cœur du Texas, sur les frontières des
États-Unis ou dans les provinces mexicaines, où il
était toujours exposé à rencontrer des troupes dis-
ciplinées, il s'était souvent aventuré avec moins
d'hommes encore. C'est qu'il apparaissait à l'improviste et qu'il avait disparu lorsque l'alarme était
donnée. Sans l'état d'épuisement des chevaux, qui

avait obligé de séjourner sur les bords du petit
Colorado, on eût été déjà loin du pays des Moquis
et de celui de leurs alliés, les Navajos.

Avant que le soleil parût sur l'horizon, les Comanches s'empressèrent de faire boire, puis d'har-
nacher leurs montures.

Paul s'approcha alors d'Otumpa.

— Mes compagnons et moi, dit-il, nous voulons
t'aider à délivrer notre ami, combattre à tes côtés.

A cette offre, le chef se contenta de répondre par
le « c'est bien » sacramentel des Indiens.

Paul lui ayant demandé ses instructions, il répondit :

— Faites à l'ennemi le plus de mal que vous pour-
rez ; ceux qu'on blesse ou qu'on tue ne sont plus à
craindre.

Aussitôt qu'il fit jour, les cavaliers se dirigèrent
vers les collines, avançant au pas. Les uns tenaient
en main leurs fusils, d'autres leurs arcs, le plus
grand nombre leurs lances. Ils marchaient sans
ordre, silencieux, et Paul ne pouvait se défendre,
en les regardant, de songer à ces hordes barbares,
aventureuses, qui ont autrefois ravagé, ébranlé, puis
renversé le monde romain. Il se disait qu'un chef
indien, assez influent pour se faire suivre de toutes
les tribus sauvages, mettrait en péril les États-Unis
et le Mexique. Le jeune homme ne se doutait guère
que cette pensée tourmentait l'esprit d'Otumpa, que

c'était pour la réaliser que le célèbre chef l'accompagnait vers le fleuve d'or.

Otumpa, qui ne voulait pas perdre de vue la rivière, ordonna soudain de faire halte. On se trouvait alors dans une plaine, ayant devant soi de hautes collines et à gauche un épais rideau de chênes blancs. Paul, ignorant la façon de combattre des Comanches et craignant de gêner leurs évolutions, se groupa avec ses compagnons à l'extrémité de l'aile droite de la petite colonne. Minno et Vampa, peints à neuf, comme disait Lambert, avaient un air terrible sous les couleurs dont ils s'étaient barbouillé le visage et le corps. Thibaut, toujours placide, ne se lassait pas d'examiner son fusil. Quant à Lambert, il ne cherchait nullement à dissimuler l'émotion qui lui serrait à la fois la gorge et le cœur.

— Vous ne tenez guère en place d'ordinaire, lui dit Thibaut ; mais en ce moment, mon camarade, on pourrait croire que votre selle est garnie de pointes d'aiguilles.

— Je crois qu'elle l'est en réalité, répondit le Parisien, et je suis très perplexe. C'est la première fois, Thibaut, que je vais livrer bataille, et je me demande si j'ai, oui ou non, du courage.

— Vous en avez, Lambert, répliqua le Canadien avec conviction.

— Il ne faut rien affirmer sans en être sûr, dit sentencieusement le Parisien. Aujourd'hui, Thibaut, il

ne s'agit pas de tirer sur un pauvre bonhomme
d'ours qui fait le beau devant un fusil, mais de se
prendre par les cheveux avec une collection de citoyens qui, si j'en juge par leur conduite d'hier,
n'ont rien de commun avec les agneaux.

— Vous allez avoir à défendre votre vie, Lambert,
et ce n'est pas l'heure d'avoir les scrupules qui, par
bonheur, vous ont empêché autrefois de tirer sur
Nilca. Songez que nous avons à délivrer le padré.

— C'est ce que je me répète, pour me mettre en
colère.

— Soyez tranquille, mon camarade; les Moquis
s'avancent enfin, et ils vont se charger d'exciter
votre bile.

Une trentaine d'éclaireurs venaient, en effet, d'apparaître dans la plaine, précédant une troupe d'au
moins cinq cents cavaliers. Arrivés à deux cents
mètres des Comanches, les éclaireurs commencèrent
à les injurier. Lambert s'attendait à voir les soldats
d'Otumpa répondre à ces provocations; ils demeurèrent silencieux. Courbés sur leurs chevaux, qu'ils
maintenaient immobiles, leurs regards, perçants,
cruels, étaient fixés sur l'ennemi; on eût dit des
fauves à l'affût.

Lançant son cheval au galop, comme s'il voulait
aborder Otumpa qui se tenait en avant de sa troupe,
un Moquis s'avança, décocha une flèche dans la direction du chef et tourna bride aussitôt. Un second, le

suivant de près, exécuta la même manœuvre, puis, avisant Paul, il le salua d'un coup de fusil. Thibaut riposta, et le provocateur roula sur le sol.

De joyeux cris partirent des rangs des Comanches, cris auxquels répondirent de menaçantes clameurs. Les Moquis s'avancèrent alors en nombre, et leurs flèches vinrent s'abattre autour d'Otumpa. Le chef, impassible, ne paraissait pas prendre garde à ces provocations; il se dressait sur ses étriers, comme pour voir au loin. Minno, doué de l'impatient courage de sa nation et que l'immobilité silencieuse des Comanches irritait, se dirigea soudain vers les ennemis. L'Osage, avec son torse nu, son visage peint en rouge, faisait tournoyer son fusil au-dessus de sa tête comme une massue, défiait et injuriait à son tour l'ennemi. Vingt flèches furent lancées contre lui; il entonna son chant de guerre et déchargea son fusil contre un Moquis.

Comme s'il eût attendu ce signal, Otumpa marcha en avant. Ses cavaliers, brandissant leurs lances, galopèrent aussitôt vers les Moquis. Des coups de feu retentirent, des flèches sifflèrent; les Comanches avançaient sans riposter. Ils abordèrent l'ennemi, et une mêlée, dans laquelle Lambert se trouva enveloppé, confondit les deux troupes. Saisi à l'improviste par les cheveux, le Parisien se sentait entraîné, prêt à choir de son cheval, lorsqu'il fut délivré par Thibaut. Pour le coup, aveugle, furieux, Lambert vit

18

rouge. A peine remis en équilibre, il frappa à droite
et à gauche, cherchant un nouvel ennemi dès que
celui qu'il attaquait était hors de combat. Il ne son-

Le Parisien se sentait entraîné.

geait plus qu'à détruire et n'écoutait plus Thibaut,
qui voulait l'arrêter.

Les batailles que se livrent les Indiens sauvages
sont le plus souvent de longues escarmouches, que
leur prolongation finit par rendre meurtrières. La
charge audacieuse des Comanches, arrivant droit sur

eux, avait déconcerté les Moquis. Atteints par le
large fer des lances de leurs adversaires, ils ne songèrent bientôt plus qu'à les gagner de vitesse pour
échapper à leurs coups. Soudain, ils s'enfuirent dans
vingt directions, pris de panique. C'est que Nilca,
avec une trentaine de guerriers, leur barrait le
passage. C'était pour donner à sa fille le temps
d'exécuter cette manœuvre, en se glissant derrière
le rideau de chênes qui bordait la plaine, qu'Otumpa
avait retardé son attaque.

Le combat dégénéra aussitôt en poursuites et en
meurtres. Minno et même Vampa comptaient parmi
les plus ardents dans cette chasse à l'homme. Mais
Paul, Lambert et Thibaut ne combattaient plus ; ils
se dirigeaient vers les collines au pied desquelles
avaient campé les Moquis, avec l'espoir de trouver
là le padré. Nilca, qui devina leur intention, galopa
bientôt à leurs côtés.

Le camp était désert ; ceux qui devaient le garder,
terrifiés par la prompte déroute de leurs compatriotes, l'avaient abandonné à la hâte. Un cri d'appel retentit, et Lambert aperçut deux cavaliers qui,
entraînant le missionnaire, gravissaient la colline.
On se lança à leur poursuite. Il devint vite évident
que, grâce à l'avance qu'ils possédaient, les ravis-
seurs atteindraient le faîte de la hauteur avant d'être
rejoints. L'adresse de Thibaut, qui blessa successivement les chevaux des Indiens, permit de gagner

sur eux du terrain. Nilca, pressant sa monture, put
arriver à temps pour sauver le missionnaire, qu'un
de ses ennemis allait égorger. La jeune fille, d'un
coup de casse-tête, étourdit l'Indien, et Lambert,
qui la suivait de près, fit son compagnon prisonnier. En ce moment, la victoire des Comanches était
complète, et ils cessèrent leur poursuite. Les Moquis
fuyaient, laissant une centaine des leurs sur le champ
de bataille, dont quarante tués. La troupe d'Otumpa
n'avait perdu que cinq hommes et comptait une douzaine de blessés.

Ses amis, joyeux d'avoir retrouvé le missionnaire
sain et sauf, ne cessaient pas de l'interroger, de lui
serrer les mains, de lui témoigner leur satisfaction.
De son côté, le père Anselme les remerciait avec effusion. Les Moquis ne l'avaient pas maltraité; mais
ils avaient essayé de l'intimider en faisant tournoyer
des casse-tête autour de son front, en lui lançant
des flèches. On le ramena vers la rivière, et l'on
dut traverser le champ de bataille, où les vainqueurs
s'occupaient de dépouiller les vaincus, où des blessés
expiraient sous de nouveaux coups. Lambert, ré-
volté, se joignit au padré pour supplier Nilca, puis
Otumpa, de faire cesser ces meurtres inutiles. Nilca
s'interposa le plus qu'il lui fut possible, sans beaucoup de succès.

— C'est laid, la guerre, s'écria Lambert en s'a-
dressant à Thibaut. N'avez-vous pas le cœur serré,

mon camarade, de voir tant d'hommes qui, il y a une
heure, galopaient si robustes, si orgueilleux, étendus
sur cette herbe verte qu'ils ont rougie de leur sang,
et regardant, avec leurs yeux mornes, le soleil qu'ils
ne voient plus?

— Ne vous plaignez pas trop de ces horreurs,
Lambert, répondit le Canadien; vous échappez à la
vue de l'affreuse opération du scalp, que par bonheur
les Comanches ne pratiquent pas.

— Bonté du ciel! il me semble que Minno la pra-
tique, lui.

— Oui, sur les guerriers qu'il a frappés, et Vampa
l'imiterait avec plaisir s'il n'était retenu par le respect
que lui inspire le padré.

— Je me sens des démangeaisons, dit Lambert, de
tomber à bras raccourci sur nos alliés, pour les empêcher de frapper les malheureux qui ne peuvent plus
se défendre.

— Ne regardez pas de leur côté, mon camarade;
votre intervention serait aussi dangereuse qu'inutile.
Allons voir couler l'eau, et parlons de votre courage,
dont vous ne devez plus douter.

— Je voudrais, répondit avec tristesse le Parisien, effacer de mon esprit l'heure qui vient de s'é-
couler.

— Regrettez-vous d'avoir délivré le padré, défendu
votre vie?

— Je regrette les coups que j'ai frappés, Thibaut;

j'étais alors pris de rage, de folie, d'un désir de destruction que je ne m'explique pas et dont je me
sens honteux.

— Vous étiez en colère, mon camarade; on avait
voulu prendre votre chevelure, et vous avez subi
l'enivrement du combat. Seriez-vous fâché, par hasard, de ce que la peau de votre crâne n'est pas suspendue à la ceinture d'un Moquis?

— Non certes; et, à ce propos, mon cher Thibaut,
c'est à vous que je dois d'avoir encore besoin d'un
peigne.

— C'est un service que vous me rendrez tôt ou
tard à votre tour.

— Je désire, répondit Lambert, rester longtemps
votre débiteur, ne plus jamais me battre. Si les
Moquis ont eu tort de garder le padré, nous n'avons
pas eu raison de manger les moutons des Navajos.

Peu à peu, chargés d'arcs, de bijoux, de vêtements, les Comanches regagnèrent le camp. Outre
les armes, dont plusieurs fusils, ils s'étaient emparés
d'une vingtaine de beaux chevaux et d'une importante provision de pain de maïs. Otumpa, satisfait,
songeait déjà au départ, et interrogeait deux prisonniers qu'il avait faits de sa main. Il leur promit la
vie, à la condition qu'ils guideraient la troupe, par
les chemins les plus courts, jusqu'aux rives du grand
Colorado. Vers midi, on traversa la rivière. Lambert
jeta un regard mélancolique sur la plaine où il avait

combattu, au-dessus de laquelle planaient déjà des oiseaux de proie, et où venait de retentir l'aboiement lugubre d'un loup de savanes, ce chacal des déserts américains.

Pendant huit jours, les voyageurs traversèrent un pays inhabité, fertile, accidenté, où le gibier abondait. Ils rencontraient souvent des forêts de cèdres dont les arbres surprenaient Lambert, qui n'avait jamais vu de végétaux de cette dimension. Ce fut à l'improviste, un après-midi, qu'on arriva sur les bords du grand Colorado, que l'on aperçut, majestueux et bruyant, au fond d'un canon d'une profondeur de cinq cents mètres.

Le rio Colorado, qui, après avoir appartenu au Mexique, le sépare aujourd'hui des États-Unis, prend sa source dans les monts Wasatch, et, après un cours de 1 500 kilomètres, va se jeter dans le golfe de Californie, nommé aussi mer Vermeille et golfe de Cortez. Il n'est pas de fleuve, croyons-nous, plus intéressant que le Colorado, qui arrose des contrées d'un pittoresque grandiose, où la nature semble avoir réuni toutes les merveilles qu'elle peut enfanter. A chaque pas, sur le plateau qui domine les eaux du beau fleuve, aux rives escarpées, dont la largeur est parfois de cinq cents mètres, se dressent des éminences au sommet tronqué, piédestaux gigantesques qui semblent attendre des statues de colosses. Partout des amoncellements de roches figurant des édifices, des villes, des chaussées, qu'ombragent, spectacle merveilleux, des arbres pétrifiés. Dans ces parages, on se croit transporté dans un monde cyclopéen, et la dimension des chênes, des cèdres, des érables complète l'illusion. Les antilopes, les cerfs abondent dans cette riche vallée, rôdant sur le bord des canons dont les parois sont tantôt de marbre blanc, tantôt de granit rose ou bien encore de jaspe aux couleurs variées. Les Comanches, fanatiques de leurs mornes prairies, ne pouvaient s'empêcher d'admirer cette belle contrée au climat doux, à l'aspect à la fois souriant et imposant que Lambert déclarait un paradis.

Ce ne fut pas un mince travail que de franchir le grand fleuve, et l'on ne put y réussir que grâce à l'industrie de Paul, qui, secondé par Lambert, improvisa un vaste radeau. Il fallut trois jours pour transporter la petite troupe sur la rive droite, où l'on fit la rencontre de quelques Indiens Yumas — fils de la rivière. La petite tribu des Yumas vit de chasse et de pêche, et les armes à feu lui étaient alors à peu près inconnues. De même que les hommes primitifs, elle se servait de haches de pierre, de flèches et d'hameçons fabriqués avec des os. Interrogés par le père Anselme sur la nature du pays que l'on voulait traverser, ils ne purent donner qu'un renseignement, c'est qu'il avait pour maîtres des Mojaves.

Au bout de quarante-huit heures de marche, on

réussit à capturer deux de ces Indiens, dont un petit tablier composait tout le vêtement. En revanche, ils étaient tatoués de la tête aux pieds, ce qui leur donnait un aspect des plus singuliers. Le père Anselme eut beaucoup à faire pour les rassurer; la vue des guerriers comanches les effrayait plus que celle des blancs, et ils comprenaient à peine ce qu'on leur disait. Enfin, voyant qu'on ne les maltraitait pas, ils reprirent un peu d'assurance et conduisirent la troupe vers leur village, où l'arrivée d'un si grand nombre de guerriers causa une vive panique.

Grâce au père Anselme, qui, en dépit de sa récente mésaventure, se rendit seul près du chef des Mojaves et s'offrit comme otage, la paix fut assurée. Le chef parlait un peu espagnol, et le missionnaire lui expliqua que l'on ne voulait que traverser son pays, pour se rapprocher de la mer. L'Indien déclara que toutes les contrées qui s'étendaient vers le couchant appartenaient à sa tribu. Questionné sur la distance à laquelle se trouvait l'océan Pacifique, il l'estima à quinze journées de marche.

On resta deux jours près du village, dans lequel il avait été stipulé que les Comanches ne pénétreraient pas, afin d'éviter toute cause de querelle. Au moment du départ, les femmes ne résistèrent pas à la curiosité de voir les étrangers et se pressèrent autour d'eux. Elles portaient des jupes d'écorce de cotonniers qui leur descendaient aux genoux, et Lambert

constata qu'elles ignoraient l'usage des bas, des cor-
sets et des collerettes. En revanche, de merveilleuses
parures ornaient leurs cous : c'étaient des colliers de
cinq ou six rangs de grosses perles, dont les teintes

Les femmes se pressèrent autour des étrangers.

nacrées tranchaient agréablement sur leur peau
dorée. La proximité de la mer Vermeille, où les
huîtres perlières abondaient autrefois, expliquait la
multiplicité de ces colliers. Nombre des Indiennes ac-
courues pour voir les voyageurs avaient le menton

sillonné de lignes bleues, qui indiquaient des femmes
mariées.

On se remit en route sous la conduite de deux
jeunes Mojaves, auxquels Otumpa avait donné des
chevaux en leur promettant de les leur laisser pour
prix de leurs services. Un mois plus tard, sans qu'aucun incident notable eût contrarié leur marche dans
un pays où la chasse fournissait des vivres en abondance, les voyageurs pénétraient dans la haute Californie et atteignaient le lac de Tularé, petite mer
intérieure sur les bords de laquelle ils campèrent.

On se trouvait au milieu d'une nature presque
tropicale, où les cactus alternaient avec les chênes,
les palmiers, les cyprès, les noyers. Et ce n'était pas
seulement la variété de la végétation qui surprenait
Lambert, celle des animaux le frappait au moins autant. Sans s'éloigner du camp, il tuait, chaque matin,
des canards sauvages, des oies, des anhingas, des
vanneaux, et s'il s'aventurait dans les bois, des dindons, des marails, des cerfs, même des ours s'offraient à ses coups. Mais la pêche des tortues devint
son amusement favori. Il aimait à s'asseoir au pied
d'un citronnier sauvage, dont les fleurs parfumaient
l'air, pour contempler à son aise les cimes neigeuses
de la sierra Névada.

Le père Anselme, quoiqu'il n'eût jamais mis le
pied dans ce pays, le connaissait par les nombreux
écrits des missionnaires qui l'avaient autrefois tiré

de la barbarie. Les Indiens de la Californie, bien que
quelques-uns d'entre eux soient anthropophages,
sont d'un caractère doux et inoffensif. En revanche,
leur intelligence est plus bornée que celle de leurs
frères des bords de l'Atlantique. Plusieurs des tribus
de la Californie ont cette coutume singulière de donner à leurs cabanes la forme d'un cylindre, imitation
du tronc creux qui a dû servir d'asile à leurs ancêtres ; ces mêmes tribus, paraît-il, ne savaient pas se
procurer du feu, et durent cette découverte aux jé-
suites.

La petite troupe campait dans un pays relativement civilisé, et désirait éviter tout contact avec les
Indiens soumis. Elle longea donc la sierra Névada,
traversant des forêts dont les arbres, devenus depuis
célèbres, dépassaient de beaucoup en dimension ceux
des rives du Colorado. On arriva bientôt à la hauteur du port de San-Francisco, pauvre ville qui
comptait alors quinze cents âmes, et qui en renferme
aujourd'hui plus de cent mille. On se trouvait, à
vol d'oiseau, à plus de huit cents lieues de la Roche-
Verte, que l'on avait quittée sept mois auparavant,
et, avec les détours auxquels on avait été condamné,
Paul estimait à quinze cents lieues au moins le chemin parcouru, chiffre que Lambert citait avec complaisance.

Mais ce qui rendait le Parisien plus fier encore,
c'était lorsque le père Anselme affirmait que per-

sonne, avant eux, n'avait encore réussi à traverser le
continent américain sous ces latitudes. Lambert se
comparaît alors à un Cook ou à un Bougainville ter-
restres, et se réjouissait à l'avance du plaisir qu'il
aurait à raconter ses voyages à ses compatriotes du
faubourg Saint-Jacques, qui ne se doutaient même
pas qu'il y eût au monde des Navajos, des Moquis,
des Yumas, des Mojaves, des peuples, en un mot,
qui s'habillaient économiquement à l'aide de lignes
bleues tracées sur leur peau.

Le résultat heureux de ce beau et grand voyage, le
padré faisait remarquer qu'on le devait à la rencontre
de Nilca, qui leur avait valu l'aide d'Otumpa. Sans
cette aide, réduits à leurs propres forces, les voyageurs seraient encore perdus au-delà du pays des
Mojaves, et peut-être leurs prisonniers. Dans ce que
Lambert nommait volontiers chance et hasard, le
missionnaire voyait l'intervention de la Providence.

Trois jours après avoir dépassé San-Francisco,
Minno, qui servait de guide à la petite colonne, s'arrêta près d'une importante rivière. L'Osage, se préci-
pitant à bas de son cheval, s'avança dans l'eau, dont
il gagna le centre à la nage, puis il plongea. Il reparut au bout d'un instant, et revint avec lenteur
vers la rive. Il ouvrit alors ses mains, qu'il avait remplies de sable au fond de la rivière, et un hourra formidable retentit. Des grains d'or, énormes, abon-
dants, piquaient de points jaunes le gravier blanc

rapporté par l'Osage. On était enfin sur la rive du fleuve d'or, du Sacramento, pour lui donner son nom. Paul, songeant aussitôt à la Roche-Verte, à ceux qui l'attendaient, eut des larmes dans les yeux et pressa Minno dans ses bras. Otumpa, si maître de lui, ne dissimula pas sa joie. Quant à Lambert, il manifesta la sienne d'une façon inattendue, en exécutant une série de culbutes qui tinrent les Comanches bouche béante, ce genre d'exercice leur étant inconnu.

XVIII

OR ET DIAMANT.

Les pépites d'or rapportées du fond du fleuve par
Minno passèrent de main en main ; puis chacun des
Comanches, s'agenouillant sur la rive, se mit à ramasser du sable et à le trier avec soin. Bientôt
presque tous possédèrent quelques grains du jaune
métal, grains qu'ils se montraient avec une joie
bruyante. Ces échantillons, de la grosseur du plomb
de chasse moyen, étaient le plus souvent lisses, apla-
tis ou grossièrement arrondis. Quelques-uns, d'une
forte taille, moins usés par le frottement auquel les
avaient soumis les eaux, se montraient pourvus
d'arêtes.

Paul, fiévreux, se promenait sur le rivage. Il calculait que l'or dont le nouveau Pactole était semé
devait lui être apporté par ceux de ses affluents :
rivières, torrents et ruisseaux, qui descendaient de
la sierra Névada. Or, plus on se rapprocherait de la
source qui le fournissait, plus le métal devrait se
montrer abondant. Ces réflexions, l'ingénieur les
communiqua à Otumpa, en les appuyant de raisons

qu'il pût comprendre. Le chef fit aussitôt remonter
sa troupe à cheval, et, trois jours plus tard, on péné-
trait dans une gorge en apparence inaccessible, où
ruisselait, de gradin en gradin, une onde écumeuse
et bruyante. Il fallait toute l'habileté des cavaliers
d'Otumpa pour escalader sans relâche des roches humides, tapissées de mousse, de lichen, sur lesquelles
les chevaux semblaient toujours prêts à perdre l'équilibre. On déboucha dans une étroite vallée où l'eau
était plus tranquille, et sa transparence laissa voir
de véritables amas de pépites. Il n'y avait, comme
le dit Lambert, qu'à se baisser et à ramasser. Le Parisien, enthousiasmé, déclara que l'on venait de découvrir le fameux pays de cocagne, que les dindons
allaient tomber des arbres tout rôtis et les cailloux
devenir des diamants. Il ne se trompait qu'au point
de vue de la cuisson des dindons, car, ayant ramassé
deux morceaux de verre, qu'il ne s'attendait guère
à trouver dans cet endroit, Paul, auquel il courut
les montrer, lui apprit que c'étaient de bonnes et
belles émeraudes. Des émeraudes ! Lambert se le fit
répéter par trois fois, et considéra sa découverte
comme beaucoup plus importante que celle de l'or.

On installa les chevaux dans le haut de l'étroite
vallée, où l'herbe épaisse leur offrait une excellente
pâture. Alors Otumpa, sur les conseils de Paul, di-
visa sa troupe en plusieurs escouades, qui devaient,
à tour de rôle, travailler à chercher de l'or, chasser

Nul ne restait oisif dans le camp.

pour l'alimentation du camp et cuisiner. Secondé par Lambert, l'ingénieur, à l'aide d'une hache, fabriqua des sébilles de bois, dans lesquelles on put laver à la fois de grandes quantités de sable, et les Comanches apprirent assez vite à se servir de ces ustensiles.

Le premier jour, Paul estima la valeur des pépites récoltées et déposées en commun sur une couverture à la somme de cent cinquante mille francs. Par la suite, devenus plus habiles à se servir des sébilles, les travailleurs recueillirent en moyenne quatre cents livres de métal par vingt-quatre heures. Les explorateurs étaient si bien perdus au milieu de ces contreforts de la sierra Névada, que leur présence ne fut pas un instant soupçonnée. Du reste, peu d'Indiens habitaient ces hauteurs ; tous étaient attirés par le doux climat de la vallée du Sacramento, où l'hiver est inconnu.

Nul ne restait oisif dans le camp, à l'exception du père Anselme et de Nilca. Minno et Thibaut, ces deux philosophes, n'échappaient qu'à demi à la fascination du métal qui, par suite de conventions, représente, aux yeux des hommes, la considération, la puissance, voire le bonheur. Dix ans plus tard, la découverte du trésor dans lequel on puisait devait enfiévrer les États-Unis, l'Europe, l'Afrique, une partie de l'Asie, et peupler en un instant les bords en quelque sorte ignorés et devenus si célèbres du Sacramento.

Dans leur part du métal qui s'amoncelait, les Comanches voyaient des parures, des armes, des munitions ; mais les rêves ambitieux de leur chef s'exaltaient. Certain de pouvoir armer tous ses combattants de fusils perfectionnés, le père de Nilca se considérait déjà comme maître du Texas et des rives du Mississipi. Il allait donc enfin pouvoir vaincre, écraser, détruire ces hommes d'outre-mer, qui le repoussaient sans cesse vers le désert, et n'avoir plus pour servantes que ces femmes à peau rose, à cheveux blonds et à yeux bleus, que cependant il trouvait laides.

De tous les travailleurs, Paul était peut-être le plus ardent. Il songeait sans cesse à sa belle-mère, à ses frères et sœurs, aux faux amis de son père. A l'heure dite, il apparaîtrait pour confondre ces ingrats, déjouer leurs calculs et leur reprocher leur félonie. Ils le croyaient mort ; aussi quelle épouvante leur causerait son retour ! Il se vengerait ! Non, il pardonnerait ; ce serait plus digne de lui.

Lambert, sans dédaigner l'or, cherchait surtout des émeraudes, ayant calculé qu'elles seraient plus faciles à emporter. Il espérait bien trouver des rubis, des topazes, de vrais diamants, et ne voyait plus de limites possibles à sa fortune. Il rêvait de retourner en France, de s'acheter une maison, de porter des bottes vernies. Mais Lambert n'était pas un égoïste ; le plus caressé de ses projets, c'était la fondation d'un

grand atelier de menuisier où il emploierait de préférence, en les payant cher, les ouvriers dont la nombreuse famille rendait le salaire insuffisant, atelier
dans lequel il travaillerait lui-même à ses heures,
pour ne pas oublier son métier. De même que Paul,
Lambert méritait la fortune, car il ne la voulait que
pour être à même de faire le bien.

Thibaut, dépourvu d'ambition, dédaignait toute
autre condition que celle de trappeur. Il possédait
une hutte, les grandes forêts de l'Arkansas lui appartenaient en quelque sorte ; il se tenait donc pour un
homme heureux, et Minno partageait sa manière de
voir. Si le Canadien et l'Osage cherchaient de l'or,
c'était surtout pour Paul. Vampa, plus civilisé, se
proposait de ramasser assez de pépites pour acheter
une église dont le père Anselme serait le curé et lui
le sacristain, église dont il pourrait faire sonner les
cloches à son gré, puisqu'elles lui appartiendraient.
Que de projets, que de châteaux en Espagne ! Au
moins, ces palais avaient une base : les pépites d'or
que l'on récoltait à pleines mains.

Seuls, le père Anselme et Nilca demeuraient indif-
férents devant les richesses qu'ils voyaient s'amonceler. Eux aussi projetaient, mais leurs rêves étaient
d'une autre nature que ceux de leurs compagnons.
Aux yeux du missionnaire, l'or du Sacramento et de
ses affluents ne valait pas la conquête d'une âme,
et si Nilca se réjouissait, c'était à cause de la joie de

Paul. De même que le padré, la pauvre petite eût donné le monde entier pour une âme, pour celle de Paul, dont elle eût voulu être aimée, devenir la femme. Aussi, tandis que les travailleurs fouillaient sans relâche le lit du torrent, le père Anselme parcourait la sierra autour du camp, étudiant les plantes et le sol. Nilca l'accompagnait dans toutes ses excursions, et il lui prodiguait ses enseignements. Au retour de ces promenades, avant de redescendre dans la gorge, ils s'asseyaient sur un point culminant et regardaient le soleil, aux rayons apaisés, descendre avec lenteur derrière la belle vallée du Sacramento, derrière les collines qui cachent la mer. Les chênes blancs, les ormes, les palmiers, les érables, les cèdres qui couronnent ces hauteurs, se découpaient d'un côté sur un ciel d'un azur doux, lumineux, de l'autre sur un fond vermeil. Nilca, rêveuse, absorbée, inclinait sa jolie tête, comme pour mieux entendre les voix multipliées des bandes de passereaux, toujours bruyants à ces heures crépusculaires. Tout à coup, comme obéissant à un signal, les petits virtuoses se taisaient, écoutaient, et un seul chantait. Les notes harmonieuses du musicien semblaient accompagnées en sourdine par le bruit lointain, cadencé des cascades. Les chœurs reprenaient après ce solo, moins fournis, moins tumultueux, pour s'éteindre peu à peu, et le torrent seul continuait son hymne éternel. Les lueurs brillantes du ciel pâlissaient, prenaient

les jaunes reflets du métal que l'on récoltait dans la
gorge, puis l'ombre apparaissait, amenant le silence.
Il faisait déjà nuit dans la vallée, que des rayons fugitifs de pourpre teignaient encore les cimes blanches de la sierra Névada, au-dessus desquelles tour-
billonnaient de grands aigles au plumage roux.

De temps à autre, en face de cet apaisement de la
nature, une question subite révélait au padré l'orage
qui grondait au fond de l'âme de Nilca, orage qu'il
connaissait et qui l'attristait. Nilca aimait Paul, et,
de son côté, bien qu'il se tînt avec elle sur une constante réserve, l'ingénieur n'était pas indifférent à la
beauté, à la grâce naturelle, à l'affection visible de
la fille d'Otumpa. Comment se terminerait cette
aventure? Par une séparation qui affligerait Paul,
qui briserait le cœur aimant de la jeune sauvage,
si intelligente et si dévouée. Il y avait là, dans l'avenir, un malheur probable. Le bon missionnaire le
sentait et ne trouvait aucun moyen de le conjurer.

Nilca connaissait la Roche-Verte et un peu les
coutumes des blancs. Elle savait que Paul, maintenant surtout qu'il possédait de l'or, allait devenir le
maître de cette propriété. Mais elle pouvait lui offrir
un domaine bien plus vaste que celui qu'il ambition-
nait et le rendre puissant parmi les Comanches.
Il avait pour elle de l'amitié; n'accepterait-il pas la
vie libre du désert, avec elle pour compagne, pour
servante? Le père Anselme répondait non.

Nilca ne répliquait pas d'abord, et ses yeux se
mouillaient. Elle s'enquérait alors des raisons qui
pourraient empêcher Paul d'épouser une Indienne,
lorsque tant de trappeurs les choisissaient pour femmes. Et comme le missionnaire n'objectait que les
différences de mœurs, d'éducation, la jeune fille s'in-
formait si c'étaient là des difficultés impossibles à
vaincre. Une fois, allant plus loin, elle demanda ce
qui arriverait si elle suivait l'ingénieur à la Roche-
Verte, si on la laisserait libre, si Paul la repousserait ?
Le padré répondit évasivement. Nilca était trop intelligente pour ne pas comprendre que si le missionnaire refusait de s'expliquer, c'est qu'un obstacle,
jugé par lui insurmontable et qu'il ne voulait pas
révéler, se dressait entre elle et celui qu'elle aimait.
Elle se taisait, demeurait pensive, regardant au loin,
peut-être sans les voir, le ciel bleu, les prés verts,
les forêts sombres, et des larmes coulaient sur ses
joues.

Attendri par cette douleur silencieuse, le padré la
partageait. Il était convaincu que Paul aimait sin-
cèrement la jolie sauvage, qu'il se réjouirait de la
voir le suivre, qu'il n'hésiterait peut-être pas à l'épouser. Mais le sage missionnaire avait l'expérience du
monde, et derrière le présent il voyait l'avenir.
Nilca, transportée dans la vie civilisée, perdrait en
partie la grâce qui la rendait si séduisante au désert. Elle ne pourrait, à la Roche-Verte, se prome-

ner en habits masculins, un carquois et un arc sur
l'épaule, une couronne de plumes sur le front. Que
deviendrait son corps charmant emprisonné dans une
robe dont les plis l'embarrasseraient, la rendraient
gauche? Elle pourrait, il est vrai, porter le costume
des femmes de sa nation; seulement, ne l'exposerait-
il pas à des railleries? D'ailleurs, Paul consentirait-il
à voir, au milieu d'Européennes et d'Européens, sa
femme se présenter les épaules nues avec une jupe
lui couvrant à peine les genoux? Ces choses auxquelles l'ingénieur ne songeait pas pour l'heure deviendraient vite pour lui des causes d'embarras, des questions d'amour-propre, puis des blessures dont il
rendrait l'innocente Nilca responsable. Une union
entre les deux jeunes gens n'était possible que si Paul
prenait la résolution de vivre au désert, et rien ne
semblait plus éloigné de sa pensée.

Si le père Anselme se gardait de combattre trop
ouvertement la passion de Nilca, c'est qu'il savait bien
que, loin de l'amoindrir, il n'eût réussi qu'à l'aviver;
toutefois, il profitait de la patience avec laquelle la
jeune fille l'écoutait pour mieux lui faire comprendre
les sublimités morales de la religion du Christ. Il lui
parlait de la brièveté de la vie terrestre comparée à
la vie éternelle, et lui enseignait avec insistance cette
vertu douloureuse dont il pressentait qu'elle aurait
prochainement besoin, la résignation.

Un mois après son établissement dans la sierra

Névada, la petite troupe possédait plus d'or qu'elle n'en pouvait emporter, et l'on songea enfin à regagner les prairies. Chaque cavalier voulait prendre sa charge d'or ; mais Paul fit observer à Otumpa qu'il fallait prévoir le cas où l'on aurait à combattre, ne pas alourdir les chevaux et surtout ne pas les fatiguer outre mesure. On régla donc à trente livres de pépites la part que porterait chaque guerrier, et les quarante chevaux de rechange que l'on possédait reçurent une charge de deux cents livres, plus incommode par son petit volume que par son poids. Au résumé, à l'heure de se mettre en route, on emportait, d'après les calculs de Paul, une somme dépassant vingt millions. Quant au surplus, qu'il fallut abandonner, il en représentait au moins quatre. Ce trésor, douze ans plus tard, enrichit l'Américain qui eut la bonne fortune de le découvrir.

Une importante question fut longtemps débattue, celle de la direction qu'il convenait de prendre pour regagner la rivière Canadienne. Le père Anselme proposa de traverser la sierra Névada, au-delà de laquelle on retrouverait probablement les grandes prairies. C'était se lancer dans l'inconnu, aller à la rencontre d'obstacles peut-être insurmontables, et Paul, aussi bien qu'Otumpa, avaient hâte de mettre leurs trésors en sûreté. On reprit la route que l'on connaissait, en longeant de plus près la sierra, afin d'éviter toute rencontre. Trois mois plus tard, sans

autres accidents que la mort de deux Comanches, la
petite troupe, harassée, mais joyeuse, campait un soir
sur les bords du rio Puerco; il ne lui restait plus
qu'à franchir la sierra Madré, pour se retrouver en
quelque sorte sur ses domaines.

On avait traversé le pays des Moquis, puis celui
des Navajos, évitant avec soin leurs villages. Cependant, un jour de disette, on pilla une de leurs fermes
pour se procurer du maïs et des bœufs. Depuis lors,
on était suivi par des cavaliers qui, bien qu'ils
se tinssent toujours hors d'atteinte, préoccupaient
Otumpa. Ce ne pouvait être que dans un but hostile
que ces espions marchaient avec une pareille persistance sur les pas de la petite troupe, et avec des chevaux épuisés, alourdis par l'or qui les surchargeait,
un combat à livrer devenait redoutable. Alors que
l'on eût voulu atteindre en doublant les étapes les
bords du rio Pécos, il fallait au contraire marcher
avec lenteur et camper de quatre en quatre lieues.

On atteignit la rivière des Zunis, dont on remonta
le cours. Vers le milieu du jour, les éclaireurs se re-
plièrent à la hâte, annonçant qu'ils venaient d'apercevoir, postées au pied d'une colline, des centaines de
Moquis et de Navajos. C'était là une grave nouvelle;
néanmoins, on continua d'avancer. Bientôt la troupe
signalée par les éclaireurs apparut. Otumpa se lança
en avant, et une nuée de cavaliers vinrent à sa rencontre. Entouré, cerné, le chef et ses hommes eus-

sent été faits prisonniers sans le secours de Nilca.
Otumpa, ayant vu à quel état d'infériorité en était
réduite sa cavalerie, guida aussitôt sa troupe vers
une éminence appuyée contre la rivière, éminence
dont le sommet était entouré d'une muraille en ruine,
œuvre antique des *Cliffs-dwellers*. A peine réfugié
dans cet abri, il passa une revue des chevaux, en désigna vingt des moins épuisés, aux maîtres desquels
il ordonna de se débarrasser de l'or qu'ils portaient
et de se tenir prêts à se mettre en selle.

Otumpa, par son sang-froid et sa décision, se montrait digne du poste auquel ses compatriotes l'avaient
élevé. Il fit couper les arbustes qui poussaient au
pied de l'éminence, et transporter leurs branches
dans l'enceinte de la vieille construction. Il s'occupa
ensuite de faire boucher, à l'aide de pierres, les issues
pratiquées par le temps dans la muraille. Pendant
ces préparatifs, Nilca et une vingtaine de Comanches,
secondés par Paul et ses compagnons, échangeaient
quelques balles avec des éclaireurs. Le soleil, en dis-
paraissant, mit fin à cette escarmouche. L'ennemi
regagna sa colline, et, à mesure que la nuit devint
plus obscure, on vit se multiplier ses foyers.

Vers dix heures du soir, alors que le murmure de
l'eau troublait seul le silence, Nilca, à la tête des
cavaliers choisis par son père, sortit avec précaution
du campement. Paul et ses compagnons, croyant
qu'Otumpa préparait une attaque de nuit, se hâtè-

rent de le suivre. Parvenu à cent mètres au-delà de
l'éminence, le chef s'arrêta, retint les voyageurs, et
Nilca continua d'avancer. Durant une heure, Otumpa
demeura immobile, prêtant l'oreille. Aucun bruit ne
retentit dans la plaine, aucun mouvement ne se manifesta dans le camp ennemi. Le chef revint alors en
arrière, et Paul sut enfin que l'intrépide jeune fille,
à laquelle il n'avait pas même dit au revoir, allait
essayer de tromper la surveillance des Navajos et de
leurs alliés, franchir les montagnes, puis se diriger
vers le rio San-José sur les bords duquel, lors de son
départ, Otumpa avait ordonné de faire camper en
permanence cinq cents de ses guerriers. Le calme
qui régna toute la nuit dans la plaine parut un pré-
sage certain que la belle amazone avait pu accomplir
la première et peut-être la plus périlleuse partie de
sa mission, et Paul, tourmenté jusqu'alors, recouvra
un peu de calme. Maintenant, il fallait résister à l'ennemi jusqu'au moment où Nilca ramènerait du secours, c'est-à-dire pendant une dizaine de jours au
moins.

Lorsque le soleil se leva, on vit se répandre sur la
plaine plus de deux mille cavaliers, dont, par bonheur, un très petit nombre possédait des armes à feu.
Peu à peu ils entourèrent l'éminence sur laquelle
on était réfugié, et dressèrent des bivouacs. Le père
Anselme offrit d'aller parlementer, Otumpa refusa
net. Il se posta sur un pan de muraille, au pied du-

quel son cheval fut entravé ; il devait passer là de longues heures.

Vers le milieu du jour, des cavaliers vinrent galoper au pied de la colline, et commencèrent à injurier les Comanches, les conviant avec ironie à venir s'approvisionner de bétail et de maïs dans leur camp. On leur répondit par des coups de fusil ; mais Otumpa ordonna aussitôt de ne lancer ni une balle ni une flèche sans être sûr qu'elles porteraient. Les munitions, déjà rares, devaient être conservées pour le combat qu'il faudrait tôt ou tard livrer, soit pour rejoindre Nilca, soit pour repousser un assaut.

— Je commence à me persuader, dit Lambert à Thibaut, alors qu'appuyés contre la muraille construite par les Cliffs-dwellers, tous deux regardaient la plaine couverte d'ennemis, que ce n'est pas moi qui transporterai mes émeraudes en France.

— N'affirmez rien, Lambert, répondit le Canadien, demain ne ressemble jamais à aujourd'hui, et il m'est arrivé plus d'une fois de tuer l'ours qui m'avait défié la veille.

— Avez-vous donc, camarade, le moindre espoir que nous sortions du guêpier dans lequel nous voilà fourrés ?

— Certes ; d'abord, tant qu'une douzaine d'entre nous sera valide, aucun de ceux qui nous entourent ne s'approchera de ces vieux murs, et il aura raison.

— Doutez-vous de la bravoure des Navajos et des Moquis ?

— Non pas, Lambert, mais les Indiens combattent pour vaincre, non pour se faire tuer. Ils nous tiennent dans une souricière, et la patience est une de leurs qualités. Ils vont attendre l'heure de nous récolter sans s'exposer à nos coups.

— Ce qui veut dire qu'ils nous prendront par la famine ?

— C'est probable.

Lambert déclara que ce serait là une fin ridicule pour des gens qui, comme eux, venaient de traverser le grand désert. Puis, accoudé sur la muraille, il demeura pensif, regardant non vers le sud, mais vers l'orient, c'est-à-dire vers la France, vers Paris, vers son cher faubourg Saint-Jacques, où il eût désiré mourir.

Pendant huit jours, l'ennemi ne fit aucune démonstration hostile. Il justifiait les prévisions de Thibaut et comptait en effet sur la famine pour réduire Otumpa. Les assiégés se nourrissaient de viande de cheval, tuant chaque matin les moins valides.

— En attendant ce sort, les autres paissaient en liberté et se réconfortaient rapidement. Otumpa, plus silencieux encore que de coutume, passait une partie du jour et de la nuit assis sur la muraille, du haut de laquelle il pouvait contempler le sud ; ses compagnons l'imitaient, sachant que c'était dans cette direction que devait apparaître Nilca, c'est-à-dire le salut.

Paul et ses amis, eux aussi, passaient de longues heures au pied du mur qui servait d'observatoire au chef comanche et regardaient la plaine qui s'étendait au loin, brusquement bornée par une colline de sable blanc, sans trace de végétation. Parfois des cavaliers ennemis gravissaient cette côte. Parvenus sur le faîte, ils campaient et se tournaient aussi vers le sud. Avaient-ils remarqué la persistance des assiégés à regarder dans cette direction, et deviné que c'était de ce côté qu'ils attendaient des secours? Tout le donnait à croire.

Un matin, il y eut un grand mouvement dans la plaine, les cavaliers équipaient leurs montures. Bientôt le plus grand nombre se dirigea vers la colline de sable, la franchit et disparut. Cinq cents guerriers à peine gardaient l'éminence, et Otumpa fit seller à son tour. Nilca arrivait, et, avisés de son approche, les alliés couraient au-devant d'elle; ce fut vite la conviction générale. Otumpa passa en revue sa troupe : il possédait cent vingt soldats dont les chevaux, reposés, avaient en partie retrouvé leur ardeur. Le chef, placé en face d'une force encore bien supérieure à celle dont il disposait, mais las de son inaction, voulait prouver à l'ennemi que, s'il était réduit à l'impuissance, il n'était pas encore vaincu.

Paul, Thibaut, Lambert, Minno et Vampa réclamèrent en vain des chevaux; s'il connaissait leur courage, Otumpa ne les considérait pas comme des cavaliers assez habiles pour le seconder dans la sortie qu'il allait exécuter, et il le dit à Paul. L'ingénieur ne répliqua pas ; il ne pouvait avoir la prétention de rivaliser avec les centaures d'Otumpa. Seulement, à peine le chef se fut-il élancé vers la plaine que les voyageurs le suivirent. Armés de fusils, serrés les uns contre les autres, peut-être auraient-ils l'occasion de prêter aide à leurs alliés.

L'apparition d'Otumpa causa un grand émoi parmi les Moquis, qui abandonnèrent leurs bivouacs pour se grouper. Otumpa, fidèle à sa tactique, courut droit sur eux ; au lieu de l'attendre, les alliés battirent en retraite vers la colline de sable. La vue de ces cinq cents cavaliers, fuyant devant une poignée de Comanches, excita l'enthousiasme de Paul et de ses compagnons, qui hâtèrent leur marche. En ce moment, trois Moquis, rejoints par les cavaliers d'Otumpa, tombaient percés de coups de lance.

Paul s'arrêta et fut pris d'inquiétude. Otumpa approchait des collines et une partie des Navajos accourait. Un retour offensif de l'ennemi était d'autant plus à craindre que sa fuite précipitée ressemblait plus à une manœuvre qu'à une véritable panique, et les Comanches galopaient peut-être vers un piège. Paul s'alarmait à tort ; le chef était trop expérimenté pour ne pas prévoir un pareil danger. Il arrêta la poursuite et revint au pas vers le camp. Les Moquis, faisant à

leur tour volte-face, le suivirent à distance. Par deux
fois, Otumpa fit mine de s'élancer sur eux, et ils tournèrent bride aussitôt, prouvant ainsi qu'ils refusaient
tout combat.

Ils étaient décidés à vendre chèrement leur vie.

Les Comanches rejoignirent Paul et ses compa-
gnons, qui peu à peu leur servirent d'arrière-garde.
Tout à coup, sur un commandement de leur chef, les
Comanches s'éloignèrent au galop, et Paul, Lambert,
Thibaut, Vampa et Minno se trouvèrent isolés au mi-

lieu de la plaine. Les Moquis, apercevant cette proie,
poussèrent des cris de triomphe. Ils se précipitèrent
vers les voyageurs, qui, stupéfaits de se voir abandonnés, firent néanmoins face à l'ennemi, décidés à
lui vendre chèrement leur vie. Bientôt, ils furent entourés de cavaliers qui leur criaient de se rendre, sans
pourtant oser s'approcher d'eux. A ces sommations,
ils répondaient par des coups de feu, obéissant à Paul
qui leur avait recommandé de ne jamais tirer ensemble, pour ne pas rester un seul instant désarmés
devant ceux qui les cernaient. Au milieu de ce danger, Lambert trouvait encore le moyen de plaisanter.
Une flèche lui écorcha l'épaule, et il riposta par une
balle, en déclarant que les bons comptes font les bons
amis. Bien qu'ils tinssent les ennemis à distance, les
voyageurs sentaient qu'ils ne soutiendraient pas longtemps cette lutte inégale. En ce moment, un bruit de
galop retentit, et des cris assourdirent les combattants. Leurs ennemis, surpris par un retour offensif
des Comanches, tombaient sous leurs lances acérées,
et trente cadavres jonchèrent en un instant la plaine.
Les cavaliers saluèrent de vivats leurs braves compagnons, dont l'intrépide contenance leur avait permis
de saisir l'ennemi, qu'Otumpa défendit de poursuivre.
Un Comanche prit alors Lambert en croupe, pour le
conduire plus vite vers le padré, afin qu'il le pansât.
On rentra au camp, ramenant des bestiaux, des chevaux et cinq prisonniers.

Maîtres du champ de bataille, sur lequel ils cherchèrent en vain un cadavre ennemi, les Moquis, con-
sternés, s'occupèrent de ramasser leurs blessés. Vers
cinq heures du soir, on vit reparaître la colonne partie
le matin. Elle s'arrêta indécise, puis s'élança vers l'é-
minence, autour de laquelle tourbillonnèrent bientôt
nombre de guerriers. Dix d'entre eux portaient des
têtes à l'extrémité de leurs lances, et les présentaient
aux assiégés. C'étaient des têtes de Comanches,
reconnaissables à la façon dont étaient disposées leurs
chevelures. Tout à coup, un cri de douleur, répété
par ses compagnons, s'échappa de la poitrine d'O-
tumpa. Chacun venait de reconnaître, à la couronne
de plumes dont elle parait son front, la tête de Nilca
parmi les sanglants trophées que présentaient les
ennemis.

XIX

Convaincu par les clameurs de ses guerriers que ses regards ne le trompaient pas, Otumpa rabattit ses cheveux sur son visage, s'assit sur le sol et pleura sa fille une seconde fois. Sa troupe, consternée, se groupa silencieuse autour de lui. Paul s'élança loin des murailles, et, son fusil armé, suivit d'un regard sombre le cavalier qui promenait le lugubre trophée. Par instants, des sanglots suffoquaient le jeune homme et des larmes inondaient ses joues. Du reste, le padré, Thibaut et Lambert ne dissimulaient pas leur chagrin. Tous s'étaient attachés à la belle Comanche, devenue depuis tant de mois leur alliée fidèle et tombée victime de son courage.

Paul, voyant à la longue qu'il ne pourrait atteindre celui qu'il considérait comme le meurtrier de Nilca, revint avec lenteur vers l'enceinte et s'abandonna à sa douleur. Il avoua hautement son amour pour la fille d'Otumpa, amour qu'il avait en vain essayé de combattre, qu'il avait eu le courage de lui dissimuler à elle-même, ne voulant pas se laisser distraire de la

mission qu'il s'était donnée. A présent, il était vaincu ;
l'absence de la jeune fille lui avait fait comprendre
combien il l'aimait. Il attendait son retour pour lui
apprendre enfin qu'elle était son affection la plus chère,
pour lui proposer de devenir sa compagne. Où aurait-
il pu trouver plus de grâce, plus d'intelligence, plus
d'amitié ? Le missionnaire, auquel l'ingénieur se con-
fiait avec abandon, l'écoutait et l'approuvait. Il n'avait
plus d'objections à présenter, maintenant que la
mort avait tranché les difficultés dont il s'inquiétait,
et il ne songeait plus qu'à consoler son malheureux
ami.

Si intense, si réelle que fût sa douleur, Otumpa
avait trop d'empire sur lui-même pour ne pas la do-
miner promptement. Il ne s'expliquait pas la défaite
de Nilca, et il connaissait trop son habileté pour admettre qu'elle se fût laissé surprendre. D'ailleurs, le
nombre des guerriers dont elle devait être accompagnée eût vite fait expier à l'ennemi un premier succès. N'avait-elle pas rencontré ceux qu'elle était allée
chercher ? En ce cas, elle eût recruté des combattants
parmi les Apaches, et ne serait pas revenue au camp
avec l'escorte peu nombreuse qu'elle avait emmenée.
Le chef voulait douter ; l'évidence terrible et poignante
lui donnait tort. Il murmurait sans cesse des paroles
sourdes, inintelligibles, et ce murmure, qui revenait
chaque fois qu'il était préoccupé, lui avait valu son
surnom de « Tonnerre-qui-gronde ». Du reste, il ne

se perdit pas longtemps à conjecturer ; il était avant
tout homme d'action, et il songeait à faire face au
péril dont il se trouvait menacé.

Lambert, le père Anselme et Thibaut se tenaient près
de Paul et le surveillaient. Pris de soudaines colères,
le jeune homme voulait se précipiter au milieu des
ennemis, mourir, venger Nilea. Tout à coup, des cris
d'angoisse firent sursauter les voyageurs qui s'élancèrent vers l'enceinte. Ils reculèrent avec horreur ; les
Comanches, sur l'ordre d'Otumpa, venaient d'égorger
les prisonniers faits le matin, et les têtes de ces malheureux, placées à l'extrémité des lances de leurs
meurtriers, furent bientôt promenées autour de l'éminence et présentées à l'ennemi comme une réponse à
ses défis.

La nuit vint, et ni les Moquis ni les Navajos n'allumèrent de feu. Un silence profond régna dans la
plaine, que l'on eût pu croire déserte. Mais, en dépit
de l'obscurité, on distinguait les vedettes qui surveillaient l'éminence, sans doute dans la crainte de voir
les Comanches se dérober par une fuite nocturne.
Minno, accoutumé aux luttes à pied, disparut à l'improviste. Il fut plus d'une heure absent, et reparut
portant une chevelure, sanglante dépouille qu'il alla
montrer à Otumpa. Puis, fier du résultat de son expédition, il entonna un chant de triomphe et simula,
dans une sorte de danse, toutes les phases de la terrible opération faite à l'ennemi qu'il avait surpris. Le

grave Indien célébrait d'une façon enfantine son action inhumaine. L'homme sauvage, avec son inconscience du mal, se montrait chez lui à découvert, comme il s'était montré quelques heures auparavant chez les Comanches, lorsqu'ils avaient froidement égorgé leurs prisonniers.

Sur l'ordre d'Otumpa, on s'occupa de creuser un trou au pied d'une des murailles, et l'or que l'on avait récolté dans la sierra Névada fut enfoui dans cette excavation, au-dessus de laquelle des pierres furent disposées pour simuler un écroulement. Les Comanches s'occupèrent ensuite de mettre en bon état leurs selles, leurs brides et leurs armes. Cette tâche terminée, ils s'étendirent sur le sol et s'endormirent.

Paul, établi en dehors des murailles, en proie à une seule idée, paraissait étranger à ce qui se passait autour de lui. Il regardait au loin les ténèbres, ne pensait qu'à Nilca et laissait couler ses larmes. Il se considérait comme perdu et ne s'en inquiétait pas. Il lui semblait que son bonheur, ses espérances, l'avenir en un mot, avaient disparu avec la jolie Comanche, et rien au monde ne lui importait plus. Il se désolait de ce que la jeune fille fût partie sans qu'il lui eût révélé combien il l'aimait, et il accusait avec amertume le père Anselme, dont les conseils l'avaient retenu. A ses désespoirs succédaient des calmes profonds. Il tendait ses mains suppliantes vers les Navajos et les Moquis, les considérant comme des libérateurs qui

allaient bientôt le délivrer de la vie, l'envoyer rejoindre
Nilca dans les régions d'éternelle quiétude où elle
l'attendait.

Le père Anselme écoutait les plaintes de son compagnon et tentait de relever son courage, de lui rendre son énergie. Il lui parlait de ses frères, de ses
sœurs, de sa mère, lui rappelait que tous l'attendaient.
Il devait vivre, souffrir pour ces êtres faibles, mener
à bien la noble tâche qu'il s'était imposée. Puis n'était-
ce pas aussi un devoir impérieux que celui de reconduire à la Roche-Verte ces amis dévoués que lui avait
donnés la Providence : Lambert, Thibaut et Minno ?
Les paroles généreuses du missionnaire tirèrent peu
à peu le jeune homme de sa torpeur ; il promit de défendre sa vie.

Ne pouvant songer à dormir, Paul demeura accoudé
sur la muraille, tourné vers le point où il avait vu
pour la dernière fois la tête de Nilca. Vers le milieu
de la nuit, Otumpa, qui lui non plus ne pouvait reposer, s'approcha de l'ingénieur, s'appuya familièrement sur son épaule, et demeura longtemps silencieux.

— Elle t'aimait, dit-il enfin, comme s'il eût deviné
que le jeune homme, de même que lui, ne songeait
qu'à Nilca.

— Et je l'aimais aussi, répondit Paul avec douleur.

— Je le sais, et je ne veux pas que tu meures à ton

tour, reprit Otumpa; demain, pendant la marche, tu
te placeras au milieu de mes guerriers.

— Ne sommes-nous pas vaincus d'avance, chef, et
sera-ce un bien pour moi de mourir le dernier?

— Vaincus! répéta Otumpa, qui se redressa. Non,
si nombreux que soient nos ennemis, ils ne sont pas
assez vaillants pour nous tuer tous. Nous sèmerons
notre route de nos morts, de ceux des Moquis et des
Navajos, mais nous passerons.

— Tu méprises à tort nos adversaires, chef, n'ont-
ils pas vaincu Nilca et les cinq cents guerriers qu'elle
ramenait?

— Non, répondit Otumpa avec vivacité, lorsque
cinq cents Comanches sont réunis, les blancs eux-
mêmes s'écartent pour les laisser passer. Nilca a dû
être surprise avec les dix guerriers dont on nous a
montré les têtes; si un plus grand nombre eût marché
derrière elle, ils n'auraient pas laissé son corps au
pouvoir de l'ennemi.

— Tu espères traverser les montagnes et gagner
les prairies?

— Oui; nous arriverons cinquante, vingt peut-être,
et je veux que tu sois de ceux-là. Un esprit, ajouta le
chef avec mystère, avait dû apparaître à Nilca avant
son départ et lui prédire son sort, car elle m'a fait
promettre de te conduire jusque sur les bords de la
rivière Canadienne, et je le ferai.

Le chef s'éloigna, tandis que Paul, touché de la

nouvelle preuve de l'amour de Nilca qui venait de lui
être révélée, se couvrait le visage de ses mains et
pleurait.

Vers cinq heures du matin, l'ingénieur, à qui la
nuit avait paru éternelle, vit enfin les cimes de la
sierra Madré se découper sur un fond d'argent qui,
peu à peu, se teignit de rose. Les sommets, lumineux
et comme enflammés sur leur face tournée vers
l'orient, apparaissaient noirs du côté de l'éminence.
Des lueurs vermeilles envahirent bientôt le ciel, et le
soleil surgit d'une crête. Les rayons de l'astre inon-
dèrent la plaine, éclairant au loin les Moquis et les
Navajos. Un double cordon de cavaliers chargés de
surveiller pendant la nuit l'antique forteresse des
Cliff-dwellers se replia, emportant, avec des cris de
colère, le corps de la sentinelle tuée par Minno, corps
qu'ils venaient de découvrir.

Paul étira ses membres engourdis, regarda la multitude à travers laquelle Otumpa croyait pouvoir
s'ouvrir un passage, secoua la tête avec découragement et rentra dans l'enceinte. Il aperçut les Comanches groupés autour d'Otumpa, qui leur parlait d'une
voix assurée et qu'ils écoutaient avec attention.
Lorsque le chef se tut, on le salua de cris gutturaux
et l'on se mit en selle. Aucune crainte, aucun découragement ne se lisaient sur les traits des sauvages.
Ils avaient ce calme, ce sang-froid des gens coura-
geux, accoutumés aux dangers et qu'aucune aventure

ne peut ni surprendre ni intimider. Paul et ses compagnons montèrent à cheval, et la petite troupe,
composée de cent soixante hommes, sortit des murailles et se groupa en une seule masse. Ceux qui
possédaient des fusils se placèrent de façon à l'en-
tourer, et Paul, de même que ses compagnons, choisit
un de ces postes périlleux. Otumpa accourut au
galop et voulut obliger l'ingénieur à rentrer dans les
rangs.

— Je veux combattre et venger Nilca, répondit
Paul avec résolution ; ce n'est pas à toi, chef, de
t'opposer à mon dessein. Si je succombe, et que tu
reprennes possession du trésor que nous abandon-
nons, je te supplie, au nom de ta fille, de remettre la
part qui m'appartient au père Anselme, il sait l'usage
qu'il doit en faire. Je te prie aussi, ajouta-t-il, de
protéger jusqu'à la dernière heure mes amis.

Otumpa promit, et la petite troupe se mit en marche.
Les chevaux, qui se reposaient depuis onze jours,
avaient retrouvé leur ardeur et, soulagés du poids
incommode de l'or qu'ils portaient, ils évoluaient
avec légèreté. On atteignit la plaine ; les Navajos et
les Moquis poussèrent aussitôt des cris de joie ; puis,
grâce à leur nombre, ils entourèrent, de très loin il
est vrai, leurs redoutables adversaires. C'était un
spectacle imposant, émouvant même, que de voir
cette poignée de cavaliers marcher au pas, sans paraître se soucier de l'ennemi qui les poursuivait de

clameurs injurieuses, mais qui reculait à mesure qu'ils avançaient.

C'est une manœuvre pour ainsi dire inconnue parmi les batailleuses nations indigènes de l'Amérique que celle de se tenir en masse compacte devant l'ennemi. Leurs combats, en général, se composent d'escarmouches que leur prolongation finit par rendre meurtrières. Soit instinct militaire, soit que ses batailles avec les blancs lui eussent démontré l'avantage d'agir en rangs serrés, Otumpa, non sans peine, avait façonné ses guerriers à ce genre d'attaques. Il obtenait ainsi, sans grand dommage, des victoires complètes. Déconcertés, ses adversaires lâchaient pied, et se livraient aux lances que manient avec une si redoutable dextérité les cavaliers comanches. Du reste, le sang-froid et l'audace des soldats d'Otumpa avaient déjà émerveillé Paul, lors de la bataille livrée aux Moquis quelques mois auparavant. De même que le padré, il avait considéré que, si un chef habile parvenait jamais à discipliner les hordes des grandes prairies, ces sauvages deviendraient un péril pour les États-Unis et le Mexique.

La petite troupe longea la rivière des Zunis, et fut ainsi garantie d'une attaque sur son aile droite. Paul et ses compagnons, impatients d'en venir aux mains avec les meurtriers de Nilca, suivaient avec soin les évolutions des cavaliers navajos, qui souvent faisaient mine de vouloir les aborder. Arrivant au galop, ils décochaient une flèche, tournaient bride, et la flèche tombait toujours en avant du but visé.

Parfois, en dépit des ordres d'Otumpa, quelques-uns de ses cavaliers galopaient à la suite des fuyards. Lambert admirait alors, sans réserve, la hardiesse et la dextérité des habiles écuyers, qui, penchés à droite ou à gauche de leurs chevaux, cramponnés à leurs selles, semblaient emportés malgré eux. Au moment propice, ils se redressaient pour lancer une balle ou une flèche, projectile qui, celui-là, atteignait toujours l'ennemi. Ils revenaient ensuite au petit galop vers la troupe qui se tenait prête à les protéger. Ni les Moquis ni les Navajos n'avaient de ces hardiesses ; ils se tenaient constamment hors de portée, prudence qui devait cacher quelque dessein.

Après une heure de marche, la petite troupe atteignit une colline et dut abandonner la rivière. L'ennemi, qui allait occuper une position dominante, parut se préparer à combattre. Minno, voyant un Moquis à bonne portée, le visa et le blessa, car il roula à bas de son cheval. L'Osage brandit alors son couteau ; rappelé en vain par Paul, il galopa vers sa victime, près de laquelle il mit pied à terre. Des Navajos accoururent à toute bride, afin d'empêcher Minno d'accomplir sa funèbre opération. Paul, Thibaut et plusieurs Comanches s'avancèrent à leur tour afin de protéger leur compagnon. Des coups de feu furent échangés; cinq Navajos tombèrent, les

autres s'enfuirent. Minno, remontant à cheval, revint
triomphant avec son lugubre trophée.

La colline franchie, la petite troupe se retrouva
sur les bords de la rivière et continua sa marche en
avant. Les alliés la harcelaient de nouveau, sans
qu'elle daignât riposter. Tout à coup, un Comanche
partit à la poursuite d'un des tirailleurs, et laissa
choir son arc. Il s'arrêta, et, à la grande surprise de
Lambert, il descendit de sa monture pour ramasser
son arme. Or un cavalier comanche, si menu que
soit l'objet qu'il laisse tomber, se cramponne à sa
selle, se penche et le ramasse au besoin en courant.
La façon de procéder du cavalier étonnait donc avec
raison non seulement Lambert, mais ses compagnons.

Le cavalier, ayant assujetti son arc sur son
épaule, voulut se remettre en selle. Sa monture,
devenue brusquement rétive, s'effaroucha, bondit,
rua, se cabra, tourbillonna, sans que son maître
réussît à saisir l'étrier. Lambert, plus surpris que
jamais — il avait cent fois vu les Comanches se
mettre en selle d'un bond — commençait à soupçonner une ruse.

— Fait-il exprès de rendre son cheval indocile?
s'écria-t-il.

— C'est d'autant plus probable, répondit Thibaut, qu'aucun de ses compagnons ne paraît songer
à lui porter secours.

Le Canadien se tut; une vingtaine de Moquis venaient de s'élancer vers le Comanche. Ils allaient l'atteindre, lorsque d'un bond il se remit en selle et galopa devant eux. Otumpa, à la tête d'une trentaine d'hommes, partit alors à fond de train. On put croire qu'une lutte sérieuse allait s'engager; mais, comme pris de panique, les Moquis tournèrent bride. Bientôt rejoints, la plupart payèrent de leur vie leur moment de hardiesse.

Les Comanches, emportés par l'ardeur de leur poursuite, approchaient du gros des alliés. Voyant leur petit nombre, Moquis et Navajos les entourèrent. Paul, ses compagnons, et tous les Comanches galopèrent pour secourir le chef. Il y eut un moment de mêlée, puis les alliés lâchèrent pied, laissant sur le sol une quarantaine de tués et bon nombre de blessés. Les Comanches ne perdirent que trois des leurs et purent se considérer comme victorieux.

La marche en avant fut continuée, et l'ennemi, rendu prudent, se tint plus que jamais à distance. A deux ou trois reprises, Otumpa essaya de répéter la manœuvre qui lui avait été suggérée par l'aventure de Minno, et envoya des cavaliers caracoler sur le front de l'ennemi, qui se laissa braver sans répondre à aucune provocation. Peu à peu, on s'engagea sur un terrain semé de cactus, d'arbres et de buissons, côtoyant toujours la rivière, qui, dé-

crivant un demi-cercle, formait une boucle au
fond de laquelle on se trouvait engagé. On s'aperçut de ce contretemps au fond de l'impasse, et il
fallut rétrograder. L'ennemi poussa alors des cris
de triomphe. Il avait compté sur cet incident et
tenait la petite troupe acculée.

Otumpa ne parut pas s'inquiéter de cette position,
qu'il fut le premier à reconnaître. Il ordonna de
faire boire les chevaux, puis de les laisser brouter
tandis que l'on prendrait soi-même un peu de nourriture. Au bout de deux heures, le chef donna le
signal de remonter à cheval, et l'on s'avança vers
l'ennemi, que la multiplicité des cactus, des arbres
et des buissons ne permettait plus d'aborder en
masses serrées. Il fallut donc escarmoucher. Postés
derrière des abris, les Navajos et les Moquis montrèrent enfin leur courage. Les Comanches, obligés
de s'avancer à découvert pour déloger leurs adversaires, gagnèrent du terrain, mais au prix de sept
morts et de quinze blessés.

Paul et ses compagnons ne restaient pas oisifs
et rivalisaient d'audace. Par malheur, les obstacles
à surmonter devenaient de plus en plus sérieux
et inquiétaient l'ingénieur. Pendant le repos ordonné par Otumpa, l'ennemi avait coupé les cactus
à l'entrée de la boucle et semé le sol de leurs tiges garnies d'épines. En même temps qu'il fallait
répondre aux flèches et aux balles, on devait donc

s'occuper de guider les chevaux, qui eussent pu se
blesser les pieds, et chaque pas en avant coûtait
un mort.

Au milieu de ce combat, le père Anselme, secondé par Vampa, s'occupait de panser les blessés.
Le Creek, de race et d'humeur belliqueuses, s'échappait de temps à autre pour aller décharger son
fusil. Thibaut, sûr de ses coups, faisait paisiblement son devoir; quant à Paul et à Lambert, ils
étaient toujours au premier rang. Le Parisien,
échauffé par le bruit de la bataille, par l'exemple,
marchait au-devant du danger. Lui, si doux d'ordinaire, trouvait presque naturelle la conduite de
Minno, qui, chaque fois que son fusil atteignait un
ennemi, cessait de combattre pour aller récolter sa
chevelure. Tout à coup, on se heurta contre un
véritable retranchement, et il fallut reculer.

Cette lutte, dans laquelle l'ennemi avait l'avantage du nombre et des positions, devenait de plus
en plus inégale et ne pouvait se prolonger longtemps. Le père Anselme, profitant du moment de
calme qui succéda au recul des Comanches, s'approcha d'Otumpa et lui demanda l'autorisation
d'aller parlementer avec les ennemis, afin de connaître au moins leurs intentions.

— Va, lui dit le chef, et conseille-leur de se retirer, s'ils ne veulent périr tous.

C'était là une fanfaronnade; mais elle avait sa

La petite troupe s'élança en avant.

grandeur, car il était certain qu'Otumpa et ses soldats se feraient tuer sans se rendre.

Paul, qui conseilla au chef de faire mettre pied à terre à cinquante de ses guerriers, afin de pouvoir aborder avec moins de péril le retranchement construit par l'ennemi, fut mieux écouté. Mais les Comanches répugnaient à l'idée de se battre à pied. Ils voulaient de nouveau se précipiter sur l'obstacle qui les avait arrêtés, obliger leurs chevaux à le franchir et saisir enfin l'ennemi corps à corps. Or l'ingénieur avait vu de près la barricade de l'ennemi, derrière laquelle s'en dressait une seconde. On courait le risque, avec les chevaux, de rester prisonnier entre les deux barrières, d'y être massacré, sans pouvoir se défendre. Otumpa le comprit et descendit de cheval pour donner l'exemple.

Il était quatre heures de l'après-midi, et l'ennemi, circonstance favorable, recevait en plein visage les rayons du soleil. Trente guerriers seulement avaient imité le chef, et, armés de leurs lances, ils se tenaient près de Paul et de ses compagnons. A un signal convenu, la petite troupe s'élança en avant. Cette fois, Vampa était au nombre des combattants, et ce furent lui, Lambert et Minno, qui escaladèrent les premiers les obstacles amoncelés par les adversaires.

Surpris par cette attaque à laquelle ils ne s'attendaient pas, les Navajos et les Moquis reculèrent

si bien que le second retranchement fut emporté
presque en même temps que le premier. Les
hardis cavaliers d'Otumpa suivaient de près leur
infanterie improvisée, et poussèrent des cris de
joie en voyant la plaine s'ouvrir enfin devant eux.
Tout à coup, un trouble inexplicable parut s'emparer des ennemis, qui reculèrent en désordre, comme
refoulés vers le retranchement. Un son lugubre,
pareil au mugissement d'un taureau gigantesque,
retentit.

— Nilca! Nilca! s'écrièrent les Comanches.

Et tous s'élancèrent vers l'ennemi.

XX

Que se passait-il? Paul, impatient de le savoir, réclamait son cheval tout en marchant en avant. Il
voyait, sans en comprendre la cause, les ennemis
tourbillonner, fuir affolés, se précipiter dans la rivière. Le mugissement lugubre entendu une première fois résonnait sans relâche et couvrait les
bruits sinistres du combat, ou plutôt de la déroute,
car les lances comanches ne frappaient plus que des
fuyards, des vaincus.

Paul avançait, mais ni lui ni ses compagnons ne
faisaient usage de leurs armes. Enfin Minno et Vampa
amenèrent les chevaux. A peine en selle, Paul se
lança dans la plaine. Il aperçut un Comanche qui,
blessé, s'appuyait contre un arbre.

— Que se passe-t-il? lui demanda-t-il en espagnol.

— Nilca, répondit le cavalier, dont la main montra
l'orient.

Nilca! Paul fut pris d'un doute, et son cœur battit.
Ce nom, il avait cru jusqu'alors que les Comanches
s'en servaient comme d'un cri de guerre, pour s'exci-

ter à la vengeance. Les sons lugubres de la conque marine annonçaient la présence de renforts, était-ce Nilca qui les commandait? Paul poussa un cri et répéta de toutes ses forces le nom de celle qu'il aimait. Il la voyait au loin, belle, vivante, sa couronne de plumes sur le front. Elle entendit sa voix, et bientôt elle fut à son côté. Criblée de flèches, la monture de la jeune fille venait de faire un effort suprême et chancela. Paul tendit ses bras, et l'habile écuyère se fut à peine assise devant lui, que l'animal blessé qu'elle montait s'affaissa.

La joie suffoquait l'ingénieur. Il ne pouvait parler, et pressait avec force Nilca contre son cœur. Non moins émue que lui, la jeune fille lui rendait son étreinte, et se faisait petite pour mieux tenir entre ses bras. Elle le regardait avec ses grands yeux humides, si doux, si expressifs, et il la pressait plus fort. Il murmurait son nom, lui brûlait le front de ses lèvres. Il ne voyait plus, n'entendait plus ce qui se passait autour de lui. Nilca vivait! Elle était là, près de lui, tout près. Le bonheur perdu renaissait, était retrouvé! Nilca vivait!

La jeune fille, qui n'ignorait pas qu'on l'avait crue morte, s'expliquait l'émotion de Paul et la savourait. Elle savait bien qu'elle ne lui était pas indifférente; que le padré se trompait! et, toute à cette pensée, elle aussi oubliait ce qui se passait autour d'elle. A la façon dont Paul la serrait contre sa poitrine, dont il la

il, agenouillé, l'appelait et lui parlait.

regardait, dont elle entendait battre son cœur contre
lequel elle s'appuyait, elle comprenait avec délice
combien elle était aimée. Comme elle était belle,
comme le bonheur la rendait rayonnante ! Le cheval
qui portait les deux fiancés marchait à son gré et les
ramenait vers la bataille, alors qu'ils ne songeaient
qu'à s'avouer enfin leur charmant et douloureux
secret.

Des balles et des flèches, qui sifflèrent aux oreilles
de Paul, le ramenèrent à la triste réalité. Il allait
relever la tête, Nilca le retint.

— Tu m'aimes? lui dit-elle.

— Je t'aime, répondit-il.

Elle tressaillit, abaissa ses paupières avec lenteur et
fit un effort pour se redresser.

— Je t'aime, répéta le jeune homme.

Nilca ne répondit pas; elle pâlit, sa tête se renversa. et Paul sentit ses bras cesser de l'étreindre. Il
crut qu'elle s'évanouissait, et, la pressant plus fort, il
vit avec terreur la tunique de sa bien-aimée se tein-
dre de sang. Il appela Lambert et Thibaut, et la jeune
fille fut bientôt déposée au bord de l'eau.

Paul, agenouillé près d'elle, l'appelait, lui parlait.
Hélas! la jolie Comanche n'était pas évanouie; atteinte au flanc par une balle amie, elle avait expiré
sur le cœur de celui qu'elle aimait, et ce n'était pas
en vain qu'on l'avait pleurée.

Paul, d'abord, ne voulut pas croire au malheur qui

le frappait. S'asseyant sur le sol, il prit Nilca entre
ses bras et la tint pressée contre lui. Elle était morte
en souriant, et ce sourire illuminait encore son visage. Avec ses yeux à demi clos, elle semblait regarder celui qu'elle avait tant aimé. Otumpa, que Minno
alla prévenir, accourut au galop. Il trouva Paul fiévreux, le regard farouche, berçant le corps de la
jeune fille, et le père Anselme agenouillé et priant à
haute voix. Le chef, anéanti, prouva une fois de plus
qu'un sauvage n'est pas toujours un stoïque, que sa
cruauté ne lui enlève pas toute sensibilité, qu'il sait
même pleurer.

Les émotions poignantes qui depuis vingt-quatre
heures assaillaient le malheureux Paul, sa douleur,
sa joie, si vite transformée de nouveau en deuil; puis
les excitations de la bataille, le manque de sommeil,
et enfin son obstination à ne pas vouloir se séparer
du corps de Nilca, le tenaient dans un état de surexci-
tation qui semblait menacer sa raison. Il ne voyait
autour de lui que des ennemis, repoussait Thibaut et
Lambert. Le père Anselme, par sa fermeté douce,
réussit peu à peu à calmer le jeune homme, à l'entraîner. Il le fit monter à cheval, et, entouré de ses
compagnons, Paul galopa bientôt vers les ruines que
l'on avait abandonnées le matin. La bataille avait
cessé; mais partout des cadavres de Navajos et de
Moquis couvraient le sol. Les voyageurs passèrent
rapides; les résultats de cette lutte, à laquelle ils

avaient pris part, les désolaient, et tous détournaient
la tête pour ne pas les voir.

Il faisait presque nuit lorsque la petite cavalcade
pénétra derrière la muraille des Cliff-dwellers. Paul
s'étendit sur un lit d'herbes que lui prépara Lambert,
et s'endormit d'un sommeil profond. Lorsqu'il se
réveilla, le lendemain, le jeune homme vit ses amis
autour de lui. Il les embrassa avec effusion, et tous
se réjouirent de le voir calme. Il demanda où était le
corps de Nilca; et Lambert lui apprit qu'il reposait
dans la forteresse.

Paul jeta un regard vers la plaine où des Comanches, assis autour des bivouacs, avaient remplacé les
Moquis et les Navajos. Le ciel avait sa belle couleur
bleue, le soleil dorait au loin les montagnes, ce qui
s'était passé la veille semblait un rêve. Mais des vautours traversaient l'espace et se dirigeaient vers la
sierra Madré. Paul savait quelle pâture on avait pré-
parée aux rapaces, il retrouva des larmes.

Il avait cru Nilca morte, il l'avait ensuite revue vivante, tenue entre ses bras, et lui avait enfin révélé
qu'il l'aimait; puis, comme si cette joie l'eût tuée,
elle était partie. En ce moment, Otumpa s'approcha.
L'ingénieur et le sauvage se tinrent longtemps em-
brassés; une même douleur confondait leurs senti-
ments.

Dans la succession d'aventures que ressassait l'esprit
de Paul, il y avait, il devait y avoir une part de rêve.

Il avait vu, tout le camp avait vu comme lui la tête de
Nilca à l'extrémité d'une lance. Il apprit que c'était là
une ruse de l'ennemi. Douze cavaliers, lancés en avant
par la jeune fille, pour annoncer son arrivée, avaient
été surpris, massacrés, et leurs têtes, dont l'une avait
été parée d'une couronne de plumes, promenées
autour de l'éminence pour décourager ses défen-
seurs.

Paul, suivant machinalement Otumpa, se trouva en
face d'une immense fosse que creusaient des Comanches. Un peu en arrière de ce trou funèbre, Vampa
dressait un petit autel aux pieds duquel, sur un lit de
fleurs sauvages, reposait le corps de Nilca. C'était le
padré qui avait disposé la dépouille mortelle de la
jeune fille, dont les mains jointes tenaient un crucifix,
dont la tête était légèrement inclinée, comme si elle
dormait. Elle était morte foudroyée, et l'expression
du bonheur qu'elle avait ressenti à l'aveu de Paul per-
sistait sur son visage, donnait à ses traits une expression angélique. Paul alla s'agenouiller près d'elle, la
baisa au front, et ses larmes ne furent pas seules à
couler.

Le père Anselme commença la funèbre cérémonie
de la messe des morts, et les Comanches se pressèrent
pour le regarder et pour l'écouter. Ils étaient frappés
de l'attitude respectueuse de Thibaut, de Lambert et
de leurs compagnons, de l'air inspiré du père Anselme. Après la cérémonie, nombre de chefs vinrent

parler à Nilca, vanter son courage. Otumpa répondit
au nom de sa fille, dont le cheval fut descendu dans
l'immense fosse; puis Paul, secondé par Lambert et
par Thibaut, plaça la jeune fille près de son coursier.
Le père Anselme parla à son tour; il expliqua, en
langue comanche, l'arrivée de la jeune fille dans le
royaume céleste, près du Dieu unique qui ne voit que
les âmes, et qui place à sa droite ceux qui l'ont aimé.
La terre fut ensuite refoulée, et la jolie Nilca disparut
peu à peu, pour ne plus vivre que dans la mémoire de
ceux qui l'avaient aimée.

Deux mois plus tard, Paul et ses compagnons, es-
cortés par Otumpa et cinquante de ses guerriers,
voyaient se dessiner à l'horizon les monts Witchita,
et campaient sur la rive droite de la rivière Canadienne. Il y avait quatorze mois qu'ils avaient traversé les plaines qui s'étendaient autour d'eux, et
Lambert calculait qu'il avait parcouru plus de mille
huit cents lieues. Le joyeux Parisien ne regrettait pas
son voyage, mais il avouait ne pas désirer le recommencer. En somme, il connaissait maintenant des
contrées et des hommes dont on soupçonnait à
peine l'existence à Paris. Toute son ambition se ré-
duisait dorénavant à voir Paul prendre possession
de la Roche-Verte et à regagner ensuite lui-même
son fameux faubourg Saint-Jacques, vers lequel il eût
voulu entraîner son ami Thibaut.

Otumpa insista pour conduire ceux qu'il appelait
ses amis jusqu'au village des Shaunies. Là, Paul fit
l'acquisition de deux pirogues, au fond desquelles
fut déposée sa part des richesses recueillies sur les

Il lui fit don de son couteau de chasse.

bords du fleuve d'or. Au moment de le quitter,
Otumpa, qui depuis la mort de Nilca nommait le
jeune homme son fils, lui fit don de son couteau de
chasse, en le prévenant que, avec ce sauf-conduit,
il pourrait toujours traverser les prairies et le re-

joindre. Paul remercia le chef. N'espérant plus le revoir, et voulant de son côté lui laisser un souvenir, il lui offrit son fusil.

Le père Anselme avait accompagné le chef et devait repartir avec lui. Paul le remercia de son dévouement et lui fit promettre de le venir voir à la Roche-Verte. Le missionnaire bénit ses compagnons, suivit longtemps du regard leurs légères embarcations et s'enfonça de nouveau dans le désert. Une heure plus tard, Paul contemplait avec mélancolie les cimes des monts Sugar-Loaf et songeait à Nilca, qui dormait maintenant pour l'éternité sur le bord de la rivière des Zunis.

XXI

ÉPILOGUE.

Six années environ après les événements qui viennent d'être racontés, sur la frontière du Texas, un missionnaire à la longue barbe grise, aux pieds et aux mains mutilés — les sauvages l'avaient jadis crucifié pour braver le Dieu qu'il voulait leur faire connaître — gravissait péniblement une colline, appuyé sur le bras d'un Indien portant le costume des Creeks. Parvenu au sommet de la hauteur, le prêtre se retourna et regarda avec tristesse au-dessous de lui. Dans la vallée pittoresque, semée d'érables et de palmiers qui s'étendait à ses pieds, la petite rivière de la Trinité serpentait gracieuse, arrosant une plaine couverte de belles moissons. Mais le joli village qui, la veille encore, se mirait dans les eaux transparentes, ne montrait plus que des murs noircis par l'incendie, d'où montaient de longues colonnes de fumée. Çà et là, des cadavres de colons auprès desquels plusieurs chiens poussaient de sinistres hurlements.

Les Comanches, devenus depuis deux ans plus

agressifs que par le passé, ravageaient toutes les
frontières. Ils avaient fait brusquement irruption
dans ce coin paisible du monde, tué les hommes,
brûlé leurs demeures et emmené nombre de femmes et d'enfants. Le père Anselme, en face de ce
tableau de désolation, leva ses mains vers le ciel
et pria. Reprenant ensuite le bras de son fidèle
Vampa, il traversa le plateau qu'il venait d'atteindre et aperçut le campement de ceux qui avaient
changé en désert le paisible hameau dont il était
le pasteur. Le missionnaire, sans dire un mot, se
dirigea aussi vite que le lui permettaient ses pieds
mutilés vers une vaste tente de cuir, au-dessus de
laquelle flottait une banderole bleue.

Durant le pillage et l'incendie qui le tenaient na-
vré, le père Anselme, gardé à vue, avait accablé ses
surveillants de questions. Tous lui firent la même
réponse : ils avaient l'ordre de leur *Tlaloqué* — chef
suprême — de respecter les hommes vêtus de robes
noires. Le missionnaire, à plusieurs reprises, insista
en vain pour être conduit près de ce chef, et apprit
qu'il ne repartirait pour les prairies que le surlendemain. Il se rendait donc à son camp avec l'espoir
d'obtenir la liberté des veuves et des orphelins dont
la vie avait été épargnée.

Lorsque le missionnaire atteignit le premier bivouac, les sauvages voulurent l'empêcher de passer
outre. Il supplia, insista, invoqua le nom d'Otumpa :

on le repoussa avec impatience. En ce moment une jeune femme, portant un riche costume de cavalier comanche, le front surmonté d'une plume azurée et guidant un magnifique cheval blanc, parut.

— Nilca! s'écrièrent à la fois le missionnaire et Vampa surpris.

L'écuyère s'arrêta, se rapprocha des étrangers et les regarda avec curiosité.

— Nilca! répéta le missionnaire, qui croyait revoir la jeune fille qu'il avait ensevelie de ses mains.

— Nilca dort dans la prairie, dit l'amazone d'une voix dont le timbre fit tressaillir le missionnaire.

— Je le sais, répondit le padré avec émotion, c'est moi qui l'ai déposée dans sa dernière demeure. Pour lui ressembler d'une façon si complète, tu dois être sa sœur et te nommer Xocitl.

— C'est vrai.

— Alors que tu étais enfant, reprit le padré, je t'ai vue sous la tente de ton père, dont j'étais alors l'ami.

La jeune amazone regardait attentivement le missionnaire.

— Il est vrai, dit-elle, que mon père eut pour ami un prêtre des blancs. Pendant une de ses expéditions, les sorciers tuèrent le prêtre et mon père le pleura.

— Ils ont voulu me tuer, en effet, s'écria le père Anselme, en me clouant au tronc d'un arbre et en m'abandonnant dans la forêt; mais Dieu veillait, et il sauva son serviteur. Tes paroles, enfant, viennent de soulager mon cœur d'un grand poids ; j'avais toujours cru que c'était par ordre d'Otumpa que l'on m'avait infligé le supplice qui fit remonter mon maître au ciel. Je t'en supplie, jeune fille, conduis-moi vers ton père.

Xocitl secoua la tête, comme le faisait autrefois Nilca.

— Depuis trois ans, dit-elle, mon père chasse dans les prairies du Grand-Esprit.

Le missionnaire fit le signe de la croix.

— Qui donc commande à présent les Comanches? demanda-t-il attristé.

— Mon mari.

— Au nom de ton père, au nom de ta sœur, conduis-moi vers lui, je t'en conjure.

— Que lui veux-tu?

— Lui demander de me rendre les femmes blanches qui sont ses prisonnières.

La jeune femme demeura un instant pensive.

— Viens, dit-elle.

Faisant marcher son cheval au pas, afin que le missionnaire pût la suivre, elle le guida vers la tente. Sur le seuil, se tenait un homme au teint bistré, à la barbe épaisse, coiffé d'un chapeau à la Rubens, et dont le costume se composait d'un gilet de cuir posé sur une chemise de flanelle bleue. En dépit de son

accoutrement semi-indien, cet homme ne devait pas
être un Comanche. Le père Anselme le regardait, et
le chef, les sourcils froncés, le regardait de son côté.

— Paul ! s'écria le missionnaire.

Il la pressa contre sa poitrine.

Le chef tressaillit; une vive rougeur colora son
visage, il fit un pas vers le prêtre et s'arrêta.

— Vous, dit-il.

Sa gorge se serra, ses yeux devinrent humides, il
se couvrit le visage de ses mains. Xocitl, sautant à

terre, courut à lui. Il l'entoura de ses bras, la pressa contre sa poitrine et lui montra la tente, où la jeune femme disparut.

Le père Anselme, plus ému encore que son ancien compagnon, tendait vers lui ses mains tremblantes.

— Êtes-vous véritablement, lui demanda-t-il avec hésitation, le chef des tribus comanches ?

— Je le suis.

Il y eut un moment de silence.

— Je cherche à deviner, reprit le missionnaire, et je ne puis saisir la vérité. Les Comanches, depuis deux ans, sont devenus plus cruels, plus entreprenants qu'autrefois, et c'est vous qui les commandez ?

— C'est moi.

— J'ai trop vécu, s'écria le missionnaire, et vos paroles déchirent mon cœur.

— Que voulez-vous de moi ? demanda Paul.

— Je croyais trouver ici Otumpa, et je venais, au nom de Nilca, lui demander la liberté des malheureuses femmes qui sont prisonnières.

— Les blancs, répondit Paul avec amertume, ne rendent pas les femmes comanches dont ils peuvent s'emparer, ils les tuent. Moi, j'en fais des esclaves.

— O mon enfant, mon cher fils ! s'écria le missionnaire, quels événements ont donc bouleversé votre vie pour que vous teniez un pareil langage, vous, si noble, si généreux ?...

— Je le suis encore, répondit le jeune homme, et

22

c'est pourquoi je me suis réfugié chez les sauvages,
pour qui la justice, la droiture, la générosité ne sont
pas de vains mots. Ils ont fait de moi leur fils, leur
frère, leur chef, et j'ai juré de leur rendre l'empire
que possédaient leurs pères.

— Que vous est-il arrivé? demanda le missionnaire. Que sont devenus vos amis Lambert, Thibaut,
Minno?

— Ils sont morts, s'écria Paul avec douleur, morts
pour me rendre la liberté, que les blancs m'avaient
ravie. Je vis et je les venge, et j'exterminerai sur ce
continent la race qui les a tués.

Paul saisit un cor pendu à sa ceinture et en tira un
son prolongé. On lui amena son cheval, il sauta en
selle.

— Au nom de notre vieille amitié, s'écria le missionnaire en tendant vers lui ses mains suppliantes,
accordez-moi la grâce des malheureuses pour lesquelles je venais implorer Otumpa, et expliquez-moi
la cause de votre terrible colère.

— Les faux amis de mon père qui voulaient me
dépouiller, les meurtriers qui ont attenté à ma vie,
dit le jeune homme d'une voix que faisait trembler la
colère, étaient d'accord avec la misérable femme
dont j'avais adopté les enfants. Lorsque je suis arrivé
à la Roche-Verte, où l'on me croyait mort, j'ai été,
grâce à ma belle-mère et à ses complices, dépouillé
de l'or que j'avais si péniblement conquis, traité d'im-

posteur et emprisonné. Thibaut, Lambert, Minno
soulevèrent les trappeurs, firent le siège de ma pri-
son et réussirent à me délivrer, mais tous trois succombèrent en me défendant. Je me réfugiai près
d'Otumpa, et je trouvai près de lui amitié et sécurité.
Ma haine pour les blancs m'a fait élire Tlaloqué par
les Comanches, et depuis deux ans vous avez dû entendre parler de moi. La Roche-Verte et ceux qui la
peuplaient ont disparu, et toutes les habitations des
frontières sont en ruine. Le désert s'est agrandi et
s'agrandira encore, car je ne trouverai jamais assez
de sang pour venger l'assassinat de mes amis.

Paul éperonna son cheval et s'éloigna. Le père Anselme vit Xocitl sortir de la tente.

— Grâce, lui cria-t-il en tombant à genoux.

Elle lui sourit, et il crut de nouveau voir Nilca.
Mais la jeune femme s'élança dans la direction suivie
par le chef, sans prononcer un seul mot.

Le missionnaire, désolé, vit replier la tente, et les
Comanches disparaître un à un. De loin en loin, il
entendait résonner le cor, dont les sons lui arrivaient
de plus en plus affaiblis. Il pleurait à la fois sur les
victimes qu'il était venu réclamer en vain et sur l'esprit de vengeance qui l'avait emporté sur les instincts
généreux de son malheureux ami.

Il allait regagner le village, et réclamait l'aide de
Vampa, lorsqu'il vit accourir les veuves pour lesquelles il était venu implorer, et que le *Roi des prai-*

ries, comme on le désignait, venait de remettre en liberté.

— Toute idée d'humanité n'est pas morte en lui, pensa le missionnaire, il redeviendra tôt ou tard ce qu'il a été, mais que de sang et de deuil !

Cinq ans plus tard, le père Anselme apprit, des Comanches eux-mêmes, la mort de leur célèbre chef, dont il connaissait seul le nom et la véritable nationalité. Le Roi des prairies, poursuivant un but inconnu, s'était aventuré jusque dans les montagnes de l'isthme de Téhuantépec, et avait été tué par des Indiens soumis. Sa femme, Xocitl, qui ne le quittait jamais, n'avait pu regagner les bords de la rivière Rouge que grâce à l'énergie et à l'habileté des deux principaux lieutenants de son mari : Vautour-Noir et Poisson-Volant. La mort du célèbre chef amena la paix sur les frontières et mit fin aux grandes déprédations des Comanches.

Cependant, toujours rebelles à la civilisation, ils reculent de plus en plus vers le désert. Avant un demi-siècle, les savants seuls sauront l'histoire et le nom de cette race vaillante, qui eût peut-être repris possession du continent américain, si le Roi des prairies avait vécu.

TABLE DES MATIÈRES

CLASSEMENT

DES GRAVURES HORS TEXTE

PARIS. — TYPOGRAPHIE A. HENNUYER, RUE DARCET, 7.

www.ingramcontent.com/pod-product-compliance
Lightning Source LLC
Chambersburg PA
CBHW050323030726
47505CB00003B/835